Carina Obster

DER CHINESISCHE KOMPASS

Fantasy-Roman

DRACHENHAUS
VERLAG

IMPRESSUM

Titel: Der chinesische Kompass.
Text: Carina Obster
Redaktion: Nora Frisch
Lektorat: Nora Frisch
Layout und Satz: Simon and Sons
Titel des Originals: Clint of the Luopan

Dieses Werk erschien erstmals 2022 in Eigenpublikation

Bibliografische Information der Deutschen Nationalbibliothek: Die Deutsche Nationalbibliothek verzeichnet diese Publikation in der Deutschen Nationalbibliografie; detaillierte bibliografische Daten sind im Internet unter dnb.dnb.de abrufbar.

Druck: Libri Plureos GmbH, Friedensallee 273, 22763 Hamburg

ISBN: 978-3-943314-97-7

Lieferbares Programm und weitere Informationen:
www.drachenhaus-verlag.com
www.facebook.com/drachenhaus
www.instagram.com/drachenhaus.verlag

INHALT

Prolog

Der Mond hing tief zwischen der zweiten und dritten massiven Strebe der Brooklyn Bridge. Es sah aus, als wäre die Brücke ein uraltes Gerät, das die Mondphasen maß. Seltsame Musik lag in der Luft, Sitar-Riffs, die mit einem subtilen Jazz-Beat unterlegt waren. Ich spürte etwas Warmes an meinem Ohr und erschauderte, zog meinen Cardigan fester an mich und entfernte mich vom Geländer, zuerst mit langsamen Schritten, dann in schnellerem Tempo. Vor mir ragten mächtige gotische Bögen in den Himmel. Die Nacht war erstaunlich warm, aber trotzdem hielt ich meinen Cardigan mit beiden Händen umklammert. Plötzlich sah ich vor mir, tief am Nachthimmel, etwas schimmern. Ich begann darauf zuzugehen wie auf das Licht am Ende eines Tunnels. Als ich näherkam, bemerkte ich, dass es der Mond war, der jetzt im Fluss ertrank. Die Musik hatte aufgehört. Der Mond schwebte über dem Wasser und wurde durchsichtig, so dass die gekräuselte Wasseroberfläche dahinter sichtbar wurde. Ich spürte etwas Warmes in meiner Tasche und zog den Luopan heraus, meinen chinesischen Kompass. Einige Zeichen darauf fingen an zu leuchten, zuerst der innere Kreis, dann die äußeren: erst eine Himmelsrichtung in der Mitte, dann ein Trigramm, dann einer der Himmelsstämme. Die Nadel schwankte und rotierte, dann verharrte sie auf der Stelle, leicht zitternd, als würde sie von einer geheimnisvollen Unterströmung gesteuert.

Irgendetwas drängte mich in Richtung des über dem Meer schwebenden Mondes. Das Wasser schwappte um meine Füße, weich und warm. Dann verlor ich plötzlich das Gleichgewicht und wurde herumgewirbelt…

Lai Fang, ich schreibe diese Seiten hauptsächlich deinetwegen. Ich möchte, dass du ein wenig über meine Vergangenheit und mich erfährst, wenn ich nicht mehr bin. Ich bin in Shibati aufgewachsen, dem alten inneren Kern von Chongqing, wo sich der ganze Smog der Außenbezirke sammelt und wie giftiger Schweiß an den Hauswänden herunterläuft. Meine Eltern waren Obstverkäufer und zogen im Morgengrauen mit ihren Karren durch die Straßen von Chongqing. Leider waren sie auf große Früchte wie Ananas und Wassermelonen spezialisiert, was bedeutete, dass, wenn eine Wassermelone verdorben war, der ganze Tag vergeudet war. Mutter knirschte immer mit den Zähnen und hielt den Atem an, wenn sie morgens die Früchte vorbereitete. Wenn sie noch etwas Kraft aufwenden musste, um das Fruchtfleisch zu durchschneiden, war das normalerweise ein gutes Zeichen. Wenn das Messer dagegen so leicht durch die Melone schnitt wie durch eine dichte Wolke, wusste Mutter, dass es am nächsten Tag nur Reis zum Abendessen geben würde.

Ich musste meiner Mutter dabei helfen, den Obstkarren die Steintreppe hinaufzutragen, die von Shibati in die Hauptstadt führte. Sobald Mutter ihren Obststand aufgebaut hatte, rannte ich zurück in mein Viertel. Ich hatte Angst vor der Großstadt, vor den riesigen Wolkenkratzern, die in den 70er Jahren rund um den kleinen historischen Stadtkern entstanden waren. Shibati war wie eine kleine, erfrischende, abgeschiedene Oase. Wenn man jedoch nicht aufpasste und einmal falsch abbog, schlug einem gleich der Großstadtlärm entgegen.Während meine Eltern bei der Arbeit waren, blieb ich bei meiner Großmutter. Sie hatte ihr ganzes Leben in Shibati verbracht und war eine leidenschaftliche Kunstsammlerin. Mit „Kunstsammlerin" meine ich allerdings, dass sie den – meist von Touristen zurückgelassenen – Müll von der Straße aufsammelte. Sie suchte sich die Sachen heraus, die für sie eine gewisse ästhetische Qualität besaßen, und verkaufte den Rest an Recyclingfirmen.

Der Rest der Familie distanzierte sich von meiner Großmutter und ignorierte sie, so weit es möglich war – das heißt, so weit man eben ein Haus mit bunten Fenstern und Türrahmen und rosa Holzflamingos im Garten ignorieren konnte –, aber ich bewunderte sie. Sie lehrte mich, dass allem ein Geheimnis zugrundelag. Sie hatte keinen einzigen Jiao auf der Bank und doch war sie der reichste Mensch, den ich je gekannt hatte.

Eines Tages musste ich allein auf den Obststand meiner Mutter aufpassen. Schwere dunkle Wolken lauerten am Horizont. Die Glasfassaden der riesigen Wolkenkratzer auf der gegenüberliegenden Straßenseite sahen matt und trübe aus. Misstrauisch beäugte ich jeden Menschen, der vorbeikam, weil ich Angst hatte, dass jemand etwas kaufen wollte. Ich wusste nicht, wie man Melonenscheiben abwog und den Preis richtig bemaß. Mathematik gehörte nicht zu den Dingen, die ich im Haus meiner Großmutter gelernt hatte. Vielmehr lehrte sie mich etwas über das I Ging, das alte Buch der

Mythen, das schon damals in chinesischen Haushalten immer seltener zu finden war.

Dann sah ich plötzlich etwas am Himmel, das mich die Sorgen um den Stand gänzlich vergessen ließ. Links von dem hohen Glasgebäude, wo die Stadtlandschaft noch von kleineren Gebäuden dominiert wurde, tauchte inmitten der schweren Wolken etwas auf. Eine Reihe hoher, geisterhafter Gebäude schien über der Stadt zu schweben, als sei ein Teil von Chongqing in den Himmel gehoben worden. Ich rieb mir die Augen und blinzelte. Vielleicht brauchte ich eine Brille? Doch als ich sie wieder öffnete, waren die Gebäude am Himmel immer noch da.

Ich schaute mich um – vielleicht sahen andere die Gebäude auch? Aber es war noch früh am Morgen und die wenigen Leute auf der Straße trotteten mit gesenkten Köpfen die Straße entlang. Plötzlich erinnerte ich mich an etwas, das mir meine Großmutter vor einiger Zeit gesagt hatte. „Wenn Oben wie Unten, wirst du die Antwort in der Mitte finden.“ Der Ort, an dem sich Yin und Yang treffen. War dies das Yin, das vom Himmel herunterkam, um das Yang zu treffen?

Ich betrachtete die große Melone vor mir und hatte plötzlich das Gefühl, die Frucht zu sein. Ich konnte ihr matschiges Inneres spüren, die Melonenkerne, die in kleinen Büscheln zusammengedrängt waren, die wachsartige Schale. Ich hatte das Gefühl, alles über sie zu wissen. Ich war in ihr und spürte, dass die Melone sich öffnen wollte. Ich schloss die Augen und innerhalb von Sekunden explodierte sie. Ich schirmte mein Gesicht mit den Händen ab. Als ich die Augen wieder öffnete, lagen etwa ein Dutzend perfekt geschnittener Scheiben vor mir. Außerdem stand da ein großer Mann mit Anzug und Hut, dessen Kopf fast die Gebäude im Himmel verdeckte, die neben dem hohen Glasgebäude aufgetaucht waren.

Teil 1 New York

1

Mein Name, Lai Fang, klingt wie 来访, was so viel bedeutet wie „jemandem einen Besuch abstatten“. Es erinnert mich immer daran, dass ich nur als Besucherin, als Reisende hier auf der Erde bin. Das hatte mein Vater mir versucht klarzumachen, als ich noch ganz klein war.

Er hat immer gesagt: „Lai Fang, wir sind aus dem Staub der Sterne gemacht. Glaubst du nicht, dass sie uns, nachdem sie uns an die Erde ausgeliehen haben, irgendwann wieder zurückhaben wollen? Sie haben jedes Recht dazu.“

Seit ich denken konnte, lebte ich in New York. Ich hatte eine Wohnung, ein paar Freunde und Bekannte aus meinen Gruppentherapiekursen und ein paar obskure Interessen, mit denen ich mir die Zeit vertrieb. Es war nicht viel, aber es war mein Leben.

Erst vor kurzem hatte ich angefangen, darüber nachzudenken, dieses Leben mit einem anderen Menschen zu teilen. Mit jemandem, der mein Leben ein bisschen erfüllter machen würde und der mir vielleicht helfen würde, meine Vergangenheit zu verarbeiten.

Denn wann immer ich versuchte, mich an irgendetwas aus den letzten Jahren zu erinnern, war da nur Schwärze, unterlegt mit einer Art weißem Rauschen. Eine Schwärze, die mich seltsam anzog, es war die gleiche Anziehungskraft, die Wellen auf mich ausübten.

Ich hatte Suresh auf einer Dating-Plattform kennengelernt. Als wir uns das erste Mal im wirklichen Leben trafen, trug er einen langen schwarzen Mantel. Hinter der wortgewandten Fassade seiner WhatsApp-Nachrichten verbarg sich ein recht zurückhaltendes Auftreten. Es dauerte eine Ewigkeit, bis er seinen Mantel ausgezogen und sich an den Tisch gesetzt hatte. Er faltete seinen grauen Schal so ordentlich zusammen wie ein Verkäufer, der ihn in ein Regal zurücklegt. Noch bevor er mich ansah, ordnete er das Besteck parallel vor sich auf dem Tisch an, wobei er das Messer ganz weit außen hinlegte, als hätte er nicht die Absicht, es zu benutzen. Man hätte seine Bewegungen als „grazil“ beschreiben können.

Ich hatte leichte Schwierigkeiten, sein Englisch zu verstehen. Er erzählte mir, dass seine Muttersprache „Urdu“ sei. Es klang mystisch, altertümlich, irgendwie grünlich-braun und verwischte die Kanten des britischen Englisch, das er in Nordindien als Zweitsprache gelernt hatte.

Ich bestellte einen der leuchtenden Drinks auf der Karte, obwohl Suresh dringender einen zu brauchen schien als ich. Nervös tippte er mit den Fingern auf den Tisch, womit er wohl versuchte, Gesprächspausen zu überbrücken.

„Du hast doch in deinem Profil geschrieben, dass du gut Hähnchencurry kochen kannst“, warf ich ein, als wir auf das Thema Essen zu sprechen kamen. *„Ich koche dir gern ein Curry, wenn das deinen Motor auf Touren bringt“*, zitierte ich ihn mit einem zögerlichen Lächeln. Sätze hatten die Angewohnheit, mich zu verfolgen. Bestimmte Worte und Redewendungen blieben mir manchmal ewig im Gedächtnis.

„Ja, stimmt. Wenn du willst, kann ich mal für dich kochen.“ Ich sah in seine tiefbraunen Augen und wusste sofort, dass ich früher oder später bei ihm landen würde, mit oder ohne Hähnchencurry. Ich hatte „angebissen“, wie er ein paar Tage zuvor in einer WhatsApp bemerkt hatte. Die Angelmetaphern tauchten immer wieder auf, seit ich angefangen hatte, mich mit Männern zu treffen. Die meisten von ihnen hatte ich gefangen, nur um sie kurz darauf wieder im furchteinflößenden Meer der Möglichkeiten freizulassen. Jetzt hatte ich mir also einen neuen dunkeläugigen Kerl geangelt, der gerade dabei war, seinen Lachs zu verspeisen.

Er schaute auf. „Du isst wie ein Spatz.“

Ich blickte auf den Teller vor mir, auf dem die Reste der Frühlingsrollen lagen, die ich mit Messer und Gabel auf ziemlich grausame Art und Weise verstümmelt hatte. Sie waren zu schwer für die Stäbchen und ich wollte nicht riskieren, dass sie in die Soße fielen und die Soßenspritzer dann auf meiner weißen Bluse landeten – oder, noch schlimmer, in seinem Gesicht. Ich hatte auch absichtlich kein chinesisches Restaurant gewählt, damit er sich nicht noch mehr als Außenseiter fühlte. Er wirkte auch so schon wie ein Fremder in einer fremden Welt.

„Um ehrlich zu sein, bin ich noch ziemlich voll vom Mittagessen.“

„Aber das ist doch schon Stunden her!“ Als er lachte, blitzte etwas Schelmisches in seinen Augen auf.

Das Restaurant war voll. Wir saßen zwischen einem jungen Pärchen auf der linken Seite und zwei recht voluminösen Frauen auf der rechten. Trotzdem sah er nicht ein einziges Mal weg. Er blickte mir die ganze Zeit über in die Augen, und ich schaute zurück; meine Peripherie verschwamm.

Suresh schien etwas aufzutauen. „Während der ganzen Zugfahrt hab ich mir immer wieder gesagt: 'Du musst reden, du musst reden'. Normalerweise red ich nämlich nicht gern", fuhr er fort.

„Ich auch nicht." *Wie war es dann möglich, dass sich zwei Menschen wie wir überhaupt begegneten*, dachte ich. Musste eine Anomalie des Universums sein, eine Laune der Natur. Einmal eingetaucht in den Pool der multiplen Universen, in dem jede mögliche Konstellation existierte.

„Was hat es eigentlich mit dieser Fantasiewelt auf sich, die du erwähnt hattest? *Nähere Details können auf Nachfrage bereitgestellt werden*, so stand es in deinem Profil." Zu meinem eigenen Erstaunen schien ich mir seinen gesamten Profiltext eingeprägt zu haben.

Ein Psychopath, der sich hinter soziopathischen Zügen versteckt.

Das hatte mich zum Lachen gebracht, besonders in Kombination mit einem der Fotos, auf dem er eine lächerliche Pappmaché-Maske trug.

„Das ist meine ideale Welt, in der ich die Dinge nach Belieben manipulieren kann. Wenn ich zum Beispiel eine unangenehme Begegnung in der realen Welt habe, kann ich sie danach in meiner Fantasie nach meinen Vorstellungen modifizieren." Er schmunzelte.

„Meinst du so ähnlich wie in einem luziden Traum, wo man Dinge korrigieren kann, sobald man im Traum 'aufwacht'?"

Er dachte einen Moment lang nach. „Ja, so kann man es sagen." Er sah mich fasziniert an.

„In dieser Fantasiewelt bist du also so eine Art Superheld?"

„Genau." Seine Augen funkelten wieder. „Als ich jünger war, habe ich viele dieser Szenarien auch gezeichnet."

„Ich wette, du kannst sehr gut zeichnen."

„Ich weiß nicht. Ich könnte versuchen, dich zu zeichnen."

Nun war ich es, die rot wurde. *Ist das jetzt die Stelle, an der ich auf poetische Weise deine lieblichen Gesichtszüge beschreibe?*, hatte er vor ein paar Tagen geschrieben, als ich ihm ein Selfie geschickt hatte. Fast alles, was er schrieb, hatte diesen ironischen Unterton.

Langsam fanden wir einen Gesprächsrhythmus. Er redete weder zu viel noch zu wenig, ließ mir immer Raum zum Atmen und vermied es, dass wir in bodenlosem Schweigen versanken.

„Du lernst also Chinesisch? Was eigentlich recht seltsam ist, wenn man bedenkt, dass du chinesisch aussiehst." Er grinste.

„Ich bin tatsächlich Chinesin. Ich hatte nur einen Unfall und seitdem ist in meinem Kopf alles ein wenig falsch verkabelt. Ist eine lange Geschichte."

„Oh je." Er sah mich aufmerksam an. Als ich nicht weiter auf das Thema einging, redete er weiter. „Ich hatte mal einen schweren Unfall, als ich noch ein Kind war. Bin die Treppe runtergefallen und hab mir buchstäblich den Kopf gebrochen. Ich weiß noch, wie mein Vater mich durch die Straßen von Delhi zum Krankenhaus getragen hat, weil so viel Verkehr war." Zum ersten Mal sah er so aus, als würde er sich auf etwas in seinem Inneren konzentrieren.

„Klingt, als befände ich mich sozusagen in guter Gesellschaft." Er richtete seinen Blick wieder auf mich. „Willst du mir deine Geschichte erzählen?"

„Mmh. Vielleicht das nächste Mal, wenn wir mehr ... Zeit haben." Ich lachte nervös, weil mir schon wieder Wörter aus dem Chinesischunterricht einfielen. Im Chinesischen gab es Dutzende Worte für „Zeit", je nach Situation. 时间 shíjiān, die alltägliche Zeit. Eine kleine Tür mit der Sonne darin. 时分 shífēn, nur eine „Portion" Zeit, häufig von geschäftstüchtigen Unternehmern verwendet. 时光 shíguāng, die epische Zeit, wobei guāng „Licht" bedeutet, die diffuse kosmische Hintergrundstrahlung. Dann 岁月 suìyuè, suì Jahr, yuè Monat, die Art und Weise, wie die alten Chinesen die Zeit sahen, oder vielleicht, wie alte Menschen die Zeit sehen, nicht ein tägliches Zeitfenster oder Zeit, die in Portionen für verschiedene Aufgaben aufgeteilt war, sondern Monate und Jahre, die wie eine Reihe von Perlen auf einer Schnur aufgefädelt waren.

Draußen vor dem Restaurant war eiskalte Nacht. Suresh sah in seinem langen schwarzen Mantel riesengroß aus. Sein Gesicht war jetzt sehr weit weg, fast so weit weg wie die Straßenlaternen.

„Ich kenne einen Typen, der bei solchen Temperaturen schwimmen geht. Als wir das letzte Mal wandern waren, ist er in einen See gesprungen."

„Und du? Bist du auch reingesprungen?"

„Nein. Ich kann nicht mal schwimmen. Hab's nie gelernt. Ist auch nicht nötig, wenn man in einer Stadt aufwächst, die von Wüste umgeben ist."

„Hey, weißt du was? Ich kann auch nicht schwimmen. Bin auf dem chinesischen Festland aufgewachsen, also hatte ich auch keinen Grund, es zu lernen." Vielleicht war das der Grund, warum ich mir die Männer im Internet angelte, aus sicherer Entfernung sozusagen.

„Vielleicht können wir ja mal zusammen Schwimmunterricht nehmen. Wobei ich mich natürlich komplett zum Affen machen werde." Er grinste.

„Ein Affe auch noch? Nachdem du schon ein unausstehlicher Besserwisser bist?" So hatte ich ihn vor ein paar Tagen genannt, als er mich in einer WhatsApp-Nachricht korrigiert hatte.

„Okay, ich verschwinde dann mal. Erdboden, tu dich auf!", sagte er mit tonloser Stimme, seine Lippen bewegten sich kaum. Dennoch konnte ich spüren, dass er sich amüsierte.

Ich kicherte. „Bitte bleib. Du brauchst nicht wegzulaufen. „

„Na gut." Er warf mir einen kurzen Blick zu, bevor er sein Kinn im Kragen seines Sherlock-Holmes-artigen Mantels vergrub. „Dann begleite ich dich zur Bushaltestelle."

Ein paar Sterne zeigten sich am Himmel, was für diesen Teil der Stadt selten war. Wir kicherten noch ein paar Mal, warfen uns schüchterne Blicke zu und gingen dann direkt in die kitschige Sternennacht im Stil Van Goghs hinein.

2

Auf dem Weg nach Hause, als ich mich durch die Menschenmassen schlängelte, hatte ich die ganze Zeit über ein Lächeln im Gesicht. Kaum zu Hause angekommen, erreichte mich eine SMS:

> Danke für das Kiefertraining heute. Hab Muskeln benutzt, von denen ich ganz vergessen hatte, dass ich sie besitze. ☺

Kiefertraining? Hatte er schon länger nichts mehr gegessen? Schon länger mit niemandem geredet? Vermutlich Letzteres.

Ich hatte bereits vergessen, wie er aussah. Das passierte mir oft. Worte und Geräusche blieben mir im Gedächtnis, aber Gesichter verschwammen, wenn ich sie nicht vor Augen hatte. Vielleicht war das ein Teil meines Gehirnschadens. Ich konnte mich kaum noch an die Gesichter von Tanten und Onkeln erinnern – geschweige denn an die von Papa oder seiner Großmutter, die ich kürzlich kontaktiert hatte.

Nachdem ich mich dazu entschlossen hatte, mich auf die Suche nach meinem Vater zu begeben, war es logisch, die Person zu kontaktieren, die ihm immer am nächsten gestanden hatte. Vielleicht hatte er seiner Großmutter etwas erzählt, was er sonst niemandem anvertraut hatte, dachte ich mir, ähnlich wie manche Buddhisten, die ihre Geheimnisse in die Löcher von Hauswänden oder Bäumen flüsterten, denn sie wussten, dass diese weder Fragen stellen noch ihre Geheimnisse verraten würden. Ich hatte lange überlegt, wie ich mit ihr in Kontakt treten könnte. Die Eltern meines Vaters waren beide tot und es war unwahrscheinlich, dass es im Internet irgendwelche Infos über sie gab.

Doch dann, eines Tages, sah ich etwas, das ich als einen Fingerzeig des Universums interpretierte. Beim Scrollen durch eine chinesische Nachrichtenseite entdeckte ich eine Schlagzeile: „Das Herz des alten Shibati soll als

Relikt für Touristen erhalten werden". Darunter war ein Foto einer alten Frau mit langen weißen Haaren zu sehen, die neben einem rosa Türrahmen stand. Unter dem Foto standen zwei Sätze: Das „Traumhaus" der alten Frau zieht Besucher aus aller Welt an. Chinesische Kunstkritiker bezeichnen es als ein 'ausgegrabenes Juwel der postmodernen Kunst'."

Fieberhaft hatte ich nach dem Impressum gesucht, das in der Regel die Mailadresse der Seitenbetreiber enthielt. Nach einigem Hin und Her per E-Mail, bei dem ich mich als Kunsthistorikerin ausgab, hatten sie mir ihre Kontaktdaten gegeben.

***

Ein paar Tage nach unserer ersten Verabredung beschlossen Suresh und ich, eine Schneewanderung zu machen. Es war Sureshs Idee gewesen. Ich vermutete, er wollte wissen, wie „mädchenhaft" ich war und ob ich mutig genug sein würde, mich den Elementen zu stellen. Ein wenig widerwillig holte ich den Rucksack aus den Tiefen meines Kleiderschranks hervor und weigerte mich, auf meinen teuren langen hellen Schal zu verzichten.

„Willst du jemanden damit erwürgen?", fragte Suresh im Zug und deutete auf den Schal. Er hatte sein typisches Funkeln in den Augen und die Zungenspitze zwischen den Zähnen.

„Ja, wenn sich ein gewisser Jemand nicht benehmen kann, dann schon."

Er lachte. „Ich werde mein Bestes geben, Madam, es sei denn, die Natur begeistert mich so, dass ich mich nicht beherrschen kann und den ganzen Weg zum Gipfel hinaufsprinte."

„Wie eine Bergziege?"

„Du machst dich über meinen Ziegenbart lustig, stimmt's?"

Gestern hatte er mir per SMS eine „offizielle Einladung" zu unserem Ausflug geschickt:

> Meine Damen und Herren, willkommen an Bord! Mein Name ist Mr. Sozio. Ich bin heute Ihr Kapitän. Zusammen mit dem stellvertretenden Kapitän Mr. Hirn und der gesamten Besatzung möchte ich Ihnen eine angenehme Reise wünschen.

Das war das erste Mal, dass ich von Mr. Sozio und Mr. Hirn hörte. Ich verzichtete darauf, weitere Fragen zu stellen. Ich vermutete, dass es sich um „Personen“ aus seiner Fantasiewelt handelte, die mir genug vertrauten, um sich zu zeigen. Ich fühlte mich geehrt, dass er mir so schnell seine innere Welt offenbarte.

„Ich schätze, Mr. Jongleur musste die Reise für Mr. Sozio und Mr. Hirn bezahlen? Er scheint der bodenständigste von ihnen zu sein.“

„Ja, könnte sein, er ist sozusagen der Manager von Mr. Sozio und Mr. Hirn. Andererseits, wenn man seelenverwandt ist, ist es eigentlich egal, wer bezahlt.“ Er zwinkerte.

„Stimmt.“

Heute sah Suresh kleiner aus als beim letzten Mal. Der lange schwarze Mantel war durch eine praktische Windjacke ersetzt worden. Außerdem war sein Haar ein wenig zerzauster, seine typische Stirnlocke stand ab. Möglicherweise war dies auf den Einfluss von Mr. Sozio zurückzuführen.

Wir hatten uns einen guten Tag für unseren Ausflug ausgesucht. Die Sonne ging gerade auf, während Baumreihen am Zugfenster vorbeirauschten. Meine Bedürfnisse an diesem Tag waren sehr einfach: ein wenig frische Luft, ein paar verstohlene Blicke auf den strahlenden gelben Stern und vielleicht ein Kuss.

Die erste Gelegenheit für Letzteres bot sich vor einem kleinen Wasserfall, den wir gegen Mittag erreichten. Allerdings war ich mir nicht sicher, wie die Dating-Etikette in Indien aussah. Würde er schockiert sein, wenn ich so etwas versuchen würde? Schließlich stellte ich mich einfach auf die Brücke, die über den Wasserfall führte, und ließ ihn ein Foto von mir machen. Er ging äußerst gewissenhaft vor, kniete sich nieder und kletterte auf Steine, um mich aus unterschiedlichen Perspektiven einzufangen.

„Hmm.“ Er blickte auf den Bildschirm seiner Kamera. „Ich hab hier ein echt interessantes Tier auf dem Bild.“

„Was für ein Tier?“ Ich stieg von der Brücke und ging zu ihm hinüber.

„Schau mal.“ Das einzige Lebewesen, das ich auf dem Foto sah, war ich selbst.

„Wo ist es?“

„Siehst du es nicht? Sehr auffällig im Vordergrund, obwohl es normalerweise eher ein asoziales Tier ist.“

Es dauerte eine weitere Sekunde, bis der Groschen fiel. „Oh – du!“ Ich versuchte, ihn zu schubsen, aber er flüchtete auf die Brücke.

„Woher willst du wissen, dass ich asozial bin?“

„Das ist es, was dich daran stört? Nicht das Tier? Das ist lustig.“ Er grinste.

„Wir sind alle Tiere, aber wie kommst du darauf, dass ich asozial bin?“

„Einfach aufgrund dessen, was du mir erzählt hast. Gib's doch zu, du bleibst abends lieber zu Hause und siehst dir deine Lieblings-Alien-Doku an, als auszugehen. Außerdem genießt du ganz offensichtlich meine Gesellschaft und ich bin der asozialste Mensch, den ich kenne ... das tust du doch, oder?“, fügte er in seinem emotionslosen Tonfall hinzu, den Blick auf den Boden gerichtet.

„Ja, tu ich.“ Ich grinste und rollte mit den Augen.

Der Weg wurde steiler, der Schnee unter unseren Füßen wurde immer dicker. Wir machten Pause und packten unsere Sandwichesaus. Eine Zeit lang saßen wir nur da und kauten schweigend. Suresh schien die Umgebung in sich aufzunehmen, den dichten Wald, die glatte Seeplatte ein paar hundert Meter unter uns. Als wir bei den Keksen ankamen, zupfte er mir ein paar Haare vom Mantel. Seine Hand schien aus dem Nichts zu kommen. Ich hatte gar nicht bemerkt, dass er seinen Blick wieder auf mich gerichtet hatte.

„Wow, aus denen könnte ich leicht einen Teppich machen.“

„Ein fliegender Teppich wäre gut. Dann bräuchten wir nachher nicht mehr den Berg runtersteigen.“

„Haha.“ Er begutachtete die Haare und steckte sie dann in die leere Plastiktüte, in der sich die Sandwiches befunden hatten. All das tat er mit der gleichen Präzision, mit der er neulich im Restaurant das Besteck arrangiert hatte.

„Ähm, hast du gerade ...“

„Ja, wenn ich darf. Ich sammle gerne Sachen, die mich an eine Person erinnern. Meinst du nicht auch, dass all das organische Material, das wir tagtäglich verlieren, viel zu wertvoll ist? Jeden Tag verlieren wir so viel von uns selbst und es scheint uns gar nichts auszumachen.“

Vielleicht sind seine Probleme ähnlich wie meine, dachte ich. Vielleicht verschwammen in seiner Erinnerung auch die Gesichter, und deshalb brauchte er diese kleinen Erinnerungen.

„Du bist aber kein Forensiker, oder?"

„Haha, nein. Mein Vater ist Chemieprofessor, daher vielleicht die Faszination für organisches Material."

„Aber du hast eher eine Leidenschaft fürs Programmieren?"

„Hmm, ich weiß nicht. Es schien mir einfach das Praktischste zu sein, als ich mit dem Studieren angefangen hab."

„Ich bin pragmatischer als gut für mich ist, hast du in deinem Profil geschrieben."

„Vielleicht." Er schien in Gedanken versunken zu sein, als ob er bereits vergessen hätte, was er in seinem Profil geschrieben hatte.

Zwei Stunden später saßen wir im Bus zurück zum Bahnhof.

„Ich hoffe, es dauert nicht allzu lange. Bin schon ziemlich müde."

„Ich denke nicht. Aber du bist ja in guter Gesellschaft." Er grinste.

„Aber klar." Ich versuchte, seinen Blick zu erwidern, aber er hatte sich bereits abgewandt. Hatte er mich überhaupt angesehen? Es war schwer zu sagen, denn seine Augen waren hinter einer Brille versteckt.

Draußen hatte die Nacht alle Ecken abgerundet. Alles war in einen warmen, alten Braunton getaucht, hier und da durchsetzt mit den schimmernden Lichtern der kleinen Dörfer am Fuße der Berge. Obwohl meine Hände kalt waren, glühte ich innerlich. Zum ersten Mal saß Suresh mir nicht gegenüber, sondern direkt neben mir. Ich konnte die Wärme spüren, die von seinem Körper ausging.

Das entspannte, bleierne Gefühl in meinen Gliedern und das warme Glühen in meinem Körper machten mich mutig. " Übrigens, deine Haut ist wirklich schön."

„Ich glaub, ich muss jetzt aussteigen. Bye." Er sah geradeaus und sprach wieder in seinem emotionslosen Ton.

Ich lachte. „Was ist los? Kannst du kein Kompliment annehmen?" Auf Englisch konnte ich solche Fragen stellen. Im Chinesischen war das nicht so einfach. Es klang viel weniger fordernd und direkt. Ein chinesischer Satz war eine rhythmische Verbindung aus melodischen Tönen, bei der man aufpassen musste, ihn nicht mit einer schiefen Note zu beenden.

Er drehte den Kopf zu mir, wandte sich aber sofort wieder ab, als ich seinen Blick auffing. Seine Bewegung war so abrupt, dass ich fast erschrak. Wieder musste ich lachen.

„Ja, mach nur weiter so. Ist auch gar nicht verdächtig.“

Ein paar Sekunden lang schaute er geradeaus, seine Augen schienen auf nichts Bestimmtes fixiert zu sein. Dann fühlte er sich offenbar sicher genug, um zumindest eine halbe Drehung in meine Richtung zu wagen.

Er schaute noch ein paar Mal auf dieselbe Weise zu mir hinüber, bevor wir aus dem Bus stiegen. Jedes Mal, wenn ich versuchte, ihm in die Augen zu sehen, drehte er blitzartig den Kopf weg, fast so, als sei er ein Roboter.

„Ist dir kalt?“

„Nein, nein.“ Aber natürlich konnte ich diese Gelegenheit nicht ungenutzt verstreichen lassen, nicht in meinem von der Sonne und dem Spaziergang entspannten Zustand. „Was würdest du tun, wenn mir kalt wäre?“

Er drehte den Kopf zum Fenster. „Okay, ich muss gehen. Du findest sicher allein nach Hause.“

Ich musste wieder kichern, während er ohne definierbaren Gesichtsausdruck vor sich hin starrte. Er hatte die Beine gegen die Lehne des Vordersitzes gestemmt. „Lehn dich bitte ein wenig nach vorn.“

„Hm?“ Ich richtete mich in meinem Sitz auf. Erst, als er mit den Fingern ein Viereck formte und auf einen imaginäre Kameraauslöser klickte, bemerkte ich, dass mein Spiegelbild neben seinem in der Fensterscheibe aufgetaucht war.

„So werd ich mich noch lange an diesen Moment erinnern.“

„Hast du ein fotografisches Gedächtnis?“

„Ja, ich glaub schon.“

Eine Zeit lang schwieg er und blickte aus dem Fenster. Ich schaute den Gang entlang. Nur wenige Sitze waren besetzt. Die Lichter über uns flackerten müde.

„Es gibt noch was anderes, was ich wirklich gut kann.“

„Was denn?“ Ich hob eine Augenbraue.

„Handlesen.“

Ich fing an zu lachen. „Du bist also doch ein New-Age-Typ? Dann passen wir ja super zusammen, ich interessiere mich auch für das Okkulte.“ Er hatte mich bereits einmal dafür gescholten, dass ich davon ausgegangen war, dass alle Inder entweder Vegetarier waren oder täglich meditierten.

„Oh Mann, du machst es mir wirklich nicht einfach. Gib schon her!“

„Was denn?“

„Deine Hand, Dummerchen.“

„Schon gut."

Ich streckte ihm meine Hand entgegen und er nahm sie in seine rechte, während er mit seiner linken die Linien auf meiner Handfläche nachzeichnete. Erst jetzt fiel mir auf, was für große Hände er hatte. Sie schienen nicht wirklich zu seinen feinen Gliedern zu passen. Seine Hände waren wie geschaffen für das Motorrad, das er in der WhatsApp erwähnt hatte, aber der Rest seines Körpers war es nicht.

„Was siehst du?"

„Ich glaub, ich muss sie erst ein bisschen aufwärmen." Er nahm meine Finger zwischen seine beiden riesigen Handflächen.

Ein paar Minuten lang saßen wir nebeneinander, ohne uns zu bewegen, ohne etwas zu sagen, ohne uns anzusehen. Es fühlte sich komisch an, dass er einen Teil von mir hatte, ich aber keinen von ihm. Langsam ließ ich den Kopf gegen seine Schulter sinken. Wieder schien sein Gesicht sehr weit weg zu sein.

„Ist das okay so? Bin bisschen müde."

„Klar."

Er fuhr fort, meine Hand mechanisch und geduldig zu streicheln, während er gedankenverloren auf die Rückenlehne des Sitzes vor ihm sah. Ab und zu drehte er sich zu mir, aber etwas war anders als vorher. Anstatt mich anzusehen und dann wieder wegzuschauen, sobald ich es bemerkte, neigte er den Kopf zu mir und zog ihn dann blitzschnell wieder zurück, sobald sich unsere Köpfe durch das dichte Haar berührten, so als hätte er einen elektrischen Schlag bekommen.

Offenbar hatte er mich beobachtet, denn nach einer Weile sagte er: „Du schläfst gar nicht, oder?"

Ich lächelte. Mein ganzer Körper schien in einer Art weicher Honigwabe zu ruhen. „Vielleicht war das nur eine Ausrede, damit ich meinen Kopf an deine Schulter lehnen kann."

„Verstehe, du bist also der durchtriebene Typ." Diesmal war es keine ironische Stichelei, sondern eine liebevolle Feststellung. Seine Stimme war weicher, fast schon ein Flüstern.

„Du spielst doch hier auch ein doppeltes Spiel, oder kannst du wirklich aus der Hand lesen?"

„Na ja, ich kann sehen, dass du eine glänzende Zukunft vor dir hast." Ich konnte fast spüren, dass er wieder grinste.

„Das hab ich vorher schon gewusst.“

Der Zug fuhr in die Grand Central Station ein. Lichter glitten an den Fenstern vorbei, so als ob jemand uns mit Taschenlampen anstrahlen würde. Ich begann nervös zu werden. Wir hatten uns noch immer nicht geküsst und wenn wir erst mal draußen in der Menschenmenge wären, wäre es dafür zu spät. Schließlich waren wir nicht mehr in den 40er Jahren, wo jeder Tag zählte und Soldaten Frauen auf offener Straße küssten, weil sie am nächsten Tag in den Krieg ziehen mussten.

Diesmal fragte ich also nicht um Erlaubnis, sondern platzierte einen Kuss mitten auf seine glatte braune Wange. Er zeigte nicht die geringste Reaktion und starrte weiterhin auf den Sitz vor ihm. Ich nahm an, dass er es nicht gewohnt war, dass Frauen die Initiative ergriffen.

Gerade als ich mich von ihm lösen wollte, legte er den rechten Arm um meine Schultern und zog mich an sich. Es fühlte sich allerdings mehr so an, als würde er eine gute Freundin oder ein Kind umarmen. Sein Blick war dabei immer noch auf den Sitz vor ihm gerichtet.

Der Zug kam zum Stillstand. Draußen eilten die Leute vorbei. Suresh machte jedoch keine Anstalten, aufzustehen, sondern starrte immer noch vor sich hin und grübelte. Als ich im Gang stand und ihn ungeduldig ansah, stand er langsam auf und zog seinen Rucksack aus der Ablage.

New York sah nirgendwo so würdevoll und zivilisiert aus wie hier, in der Grand Central Station. Als hätten die Siedler hier ein gutes Fundament gelegt, nur um eines Tages festzustellen, dass ihnen die Stadt immer mehr aus den Händen glitt und seltsame Auswüchse bildete, die sie nicht mehr kontrollieren konnten.

Suresh begleitete mich zu meinem Bahnsteig durch die Haupthalle, die sich wie der zentrale Verkehrsknotenpunkt der Welt anfühlte. Auf Flughäfen war alles fein säuberlich geordnet, ankommende und abfliegende Menschen benutzten verschiedene Gates, fuhren auf weitläufigen Rolltreppen, kamen nicht miteinander in Berührung. Hier, in der Grand Central, streiften Aktentaschen an Hosenbeinen, leckten Hundezungen an glänzenden Lederschuhen, landeten Eistropfen auf Blusen. Zugleich schien es ein Ort zu sein, an dem Menschen spurlos verschwinden konnten. Hier war man nur eine bewegliche Fläche für die Aktentaschen, die Hundezungen und die Eistropfen, ein Mittel zur Befriedigung der geheimen Sehnsucht der Menschen, jemandem nahe zu sein. Es war einer der Orte, an denen ich mir am häufigsten vorgestellt hatte, von Aliens entführt zu werden. Woher diese Fantasie kam, konnte ich nicht sagen.

Suresh stand mir auf dem Bahnsteig gegenüber, sein Blick ruhte auf mir. Er war mindestens eins achtzig groß. Als wir uns umarmten, murmelte er mir etwas ins Ohr, aber der Wind des einfahrenden Zuges entriss mir seine Worte.

Als ich mich auf meinen Platz in der S-Bahn setzte, stand er immer noch auf dem Bahnsteig und schaute nicht direkt zu mir, sondern auf den Zug, einen leicht gequälten Ausdruck auf dem Gesicht. Es schien, als wolle er dem Fahrzeug sagen: *Bring sie sicher nach Hause, ja?* Dann setzte sich der Zug in Bewegung und er verschwand aus meinem Blickfeld.

Ungefähr fünfzehn Minuten später stand auf der Anzeige: „Fulton Street". Ich wusste, dass wir uns jetzt direkt unter Ground Zero befanden. Nach den Anschlägen vom 11. September hatten die Zeitungen etwas Seltsames berichtet. Ein Feuerwehrmann behauptete, eine Krankenschwester gesehen zu haben, die in den Trümmern der Türme herumirrte. Er meinte, dass sie eine Krankenschwesteruniform aus den 1930er Jahren trug. Als er versuchte, sich ihr zu nähern, löste sie sich in Rauch auf. Vielleicht würden die Geister in ein paar Jahren zum Ground Zero zurückkehren. Im Moment war der Ort eine einzige Baustelle. Das Hämmern der Bauarbeiter war so unaufhörlich, dass die Geister von der Baustelle flohen. Sie brauchten Ruhe, mehr noch als die Lebenden.

Mein Handy zeigte eine neue Nachricht an.

> Danke für deine Gesellschaft heute und für die kalte →→ warme Zugfahrt. ☺

Genau in diesem Moment begann der Zug zu rumpeln, ein Zeichen dafür, dass er die Richtung änderte und auf Brooklyn zusteuerte. Einen Moment später piepte mein Handy erneut.

> Oh, apropos Bergziege: Ich hab grade gesehen, dass 'Goat' auch 'Greatest of all time' bedeutet. Danke für das Kompliment (schätze ich) ☺

Als wir unter dem East River entlangglitten, wurde mir ganz warm. Obwohl ich noch nicht genau wusste, was ich von ihm halten sollte, schien Suresh mehr Interesse an mir zu haben als die anderen Typen, die ich in dieser kalten Stadt getroffen hatte. Und er schien gerade verrückt genug zu sein, mir bei meiner Suche zu helfen.

3

Suresh sah energiegeladen aus, sein dichtes schwarzes Haar stand noch wilder von seinem Kopf ab als beim letzten Mal. Er küsste mich auf die Stirn, seine Augen waren dunkel und voller Verlangen.

„Tut gut, ein bisschen rauszukommen. Ich war den ganzen Tag drinnen eingesperrt."

„Du hast gearbeitet?"

„Ja, bei dieser Versicherungsgesellschaft. Eigentlich mag ich den Job nicht, aber ich kann damit meine Studentenwohnung bezahlen und ich hab heute eine Gehaltserhöhung bekommen, was toll ist, weil ich mich nicht mal sonderlich angestrengt hab, den Job zu bekommen. Vielleicht bist du ja mein Glücksbringer." Er warf mir einen kurzen Blick zu. Ich kicherte und wurde rot.

Zwischen den Betongebäuden entlang des Highline Park wurden einzelne Zuggleise sichtbar. Mir war, als befänden wir uns in einem Computerspiel und der Bildschirm lud gerade die Pixel der direkt vor uns liegenden Strecke.

War das der richtige Zeitpunkt, um Suresh mit den Einzelheiten meines Plans zu konZfrontieren? Von wem konnte man schon erwarten, sich auf ein solches Geflecht aus wilden Spekulationen und dunklen Verschwörungstheorien einzulassen?

„Hallooo? Alles okay?" Sureshs Gesicht wanderte in mein Blickfeld.

„Ja, warum?"

„Ich weiß nicht, du bist so still..." Er kratzte sich am Kinn.

Ich zögerte. „Eigentlich wollte ich dich was über deine Kindheit fragen. Du meintest, dass du ein angespanntes Verhältnis zu deinem Vater hattest." Vielleicht konnte ich mich dem Thema auf diesem Weg nähern.

„Ah, du hast es also auf die Wunden der Vergangenheit abgesehen? Heikles Terrain, auf dem du dich da bewegst, werte Dame. Aber wenn du darauf bestehst ...

Ja, das Verhältnis zu meinem Vater war schon immer schwierig, zumindest nach dem Unfall, von dem ich dir erzählt hab.“ Er starrte angestrengt geradeaus, als würde er versuchen, sich an etwas zu erinnern.

„Hast du dich jemals von deinem Vater im Stich gelassen gefühlt?“

„Nicht im Stich gelassen, nein, aber er war immer etwas distanziert. Obwohl ich nie was angestellt hab, außer das eine Mal, als ich die Treppe runtergefallen bin.“

„Aber das war doch ein Unfall.“

„Ja, aber mein Vater glaubte irgendwie, dass ich das mit Absicht gemacht habe. Oder vielleicht war er einfach nur wütend, dass ich ihm so viel Stress bereitet habe. Aber manchmal hab ich das Gefühl ... Teile meiner Kindheit vergessen zu haben.“ Er schloss für einen Moment die Augen.

„Hmm. Im Gegensatz zu Müttern scheinen Väter viel häufiger zu erwarten, dass ihre Kinder ganz von selbst groß werden, ohne, dass sie viel Energie in die Erziehung investieren müssen. Wie bei einem Kaktus. Zumindest hab ich das als Kind so empfunden.“

„Ach ja, ich erinnere mich – du meintest, dass du momentan keinen Kontakt zu deinem Vater hast“, meinte Suresh. Er hatte seine Augen nun wieder geöffnet.

„Ja. Wir haben uns seit ungefähr fünf Jahren nicht mehr gesehen.“

„Das ist traurig. Warum?“

Ich erwiderte Sureshs Blick nicht. „Ist eine lange Geschichte. Zuerst dachte ich, dass er sich einfach nicht mehr für mich interessiert, aber jetzt bin ich mir da nicht mehr so sicher. Ich glaube, dass ihm irgendwas zugestoßen sein könnte.“

„Wirklich? Was denkst du, ist passiert?“

Entführung durch Außerirdische. Regierungsverschwörung? „Hmm, schwer zu sagen. Vielleicht war es auch eine Art Unfall?“

„Aber wenn etwas passiert wäre, hätte es dann nicht eine Untersuchung gegeben und du wärst darüber informiert worden? Ich denke nur praktisch, du kennst mich ja.“

Nicht, wenn die Beamten ein Interesse daran hatten, es zu vertuschen, dachte ich. „Hmm, ich bin mir nicht sicher. Er war nämlich beteiligt an ...“ Ich holte tief Luft. *Der Moment der Wahrheit.* „... einigen Regierungsprojekten.“

„Oh, wow. Ich hatte mich eigentlich mit dir getroffen, um ein bisschen zu entspannen. Und jetzt stecke ich anscheinend mittendrin in einer offiziellen Verschwörung.“ Suresh grinste.

Ich sah mich um. Sträucher und Unkraut wucherten zwischen den Bahngleisen und sahen staubig und krumm aus, weil sie zu viele New Yorker Jahreszeiten durchlebt hatten. Wenn ich noch länger damit wartete, mich mit dem Verschwinden meines Vaters zu befassen, würden die wenigen Spuren, die ich hatte, auch von der Vegetation der Zeit überwuchert sein.

Suresh hatte immer noch ein amüsiertes Lächeln auf den Lippen. „Verschwörungen finde ich spannend. Ich glaube, sie sprechen meine abenteuerlustige Seite an.“

„Wirklich? Du bist also doch nicht zu hundert Prozent praktisch veranlagt?“

„Nein, Ma‘am.“ Er warf sich scherzhaft in die Brust. „Also, hast du irgendwelche Hinweise darauf, wo dein Vater sein könnte? Irgendeinen Punkt, an dem man ansetzen könnte?“

Ich erzählte ihm, dass ich meiner Großmutter geschrieben hatte, die einzige Person aus der Heimatstadt meines Vaters, zu der ich einen Kontakt hatte herstellen können. In meinen E-Mails hatte ich schon mehrmals versucht, das Gespräch auf meinen Vater zu lenken, aber sie antwortete immer nur mit Zitaten aus dem *I Ging* und Geschichten darüber, welche neuen Schätze sie im Abfall gefunden hatte.

„Ich hab also keine richtigen Anhaltspunkte“, sagte ich.

„Hmm. Irgendeine Idee, was wir als nächstes tun sollen?“

„Ich hab wirklich keine Ahnung. Vielleicht einen Privatdetektiv suchen?“ Ich lachte nervös.

„Warum sich die Mühe machen, wenn bereits einer vor dir steht?“ Er hob das Kinn.

Ich kicherte. „Was, du?“

„Zu Ihren Diensten, Madam.“ Er drehte sich halb zu mir. „Ich meine, ich habe keine besonderen Superkräfte, außer meiner Fähigkeit, unangenehme Fragen zu stellen, und ein paar halbgare IT-Kenntnisse, aber ich werde dich unterstützen, so gut ich kann. Außerdem koste ich nichts.“

„Du bist so süß.“ Vorsichtig berührte ich seine Hand mit meiner und er umschloss sie. Wärme durchflutete mich. „Lass uns noch ein bisschen weitergehen“, sagte ich.

Der Weg schlängelte sich spiralförmig nach oben. Wir folgten ihm blindlings und zogen immer engere Kreise. Oben auf dem Hügel begann die Sonne unterzugehen. Ganz New York schien sich zu drehen.

Lijie Fangs Tagebuch
New York
10.11.2018

Nach meiner schicksalhaften Begegnung in Chongqing verbrachte ich die darauffolgenden Jahre in Suzhou am *Institute of Cadre Management*, einer Schule für Spione. Ohne wirklich zu wissen, was mich erwartete, schickten meine Eltern mich dorthin. Zhejiang war eine wohlhabende Provinz und sie waren froh, dass für mich gesorgt war.

Damals verfügte das Institut noch über die Abteilung für „übersinnliche Spionage", in der begabten Kindern *Remote Viewing*, das Lesen von verschlossenen Briefen und das vorübergehende Ausschalten des Gegners durch Telekinese beigebracht wurde. Für gewöhnlich nahm das Institut nur erwachsene Absolventen verschiedener Universitäten des Landes auf, die bestimmte Begabungen aufwiesen. Bei der Abteilung für übersinnliche Spionage war das anders.

Die Ausbilder wussten, dass sich übersinnliche Fähigkeiten hauptsächlich bei Kindern unter sieben oder acht Jahren zeigten. Sofern keine Maßnahmen ergriffen wurden, drohten die verborgenen Begabungen in den öffentlichen Bildungseinrichtungen zu verkümmern, bis sie in Vergessenheit gerieten oder von den strengen Regeln des Konfuzianismus erstickt wurden. Diese Kinder mussten also bereits in sehr jungen Jahren ausgebildet werden. Die Mitarbeiter des Instituts mussten aktiv nach ihnen suchen, da die Eltern nicht offen mit den Fähigkeiten dieser Kinder prahlten, aus Angst vor gesellschaftlicher Ächtung.

Allein die Tatsache, dass ein solches Institut existierte, war für die chinesische Regierung etwas sehr Ungewöhnliches. Normalerweise rekrutierte sie nicht aktiv Spione, sondern wies Touristen oder Studenten, die ins Ausland reisten, diskret an, „ihre Augen offenzuhalten", um bei der „Modernisierung Chinas" zu helfen. Das nannte man die Methode der „Tausend Sandkörner". Viele Einzelne trugen jeweils ein winziges Puzzleteilchen zum Gesamtbild bei. Wer ein Rahmenstück bekamen, hatten noch am meisten Glück. Sie kannten zumindest die Eckpunkte des gesamten Bildes. Schwieriger war es für diejenigen mit einem Mittelstück, das sich vielleicht inmitten eines dunklen Waldes im Hintergrund des Bildes befand.

Ich kann mich noch genau an die Akademie für Spionage erinnern. Das Eingangstor mit den Löwenstatuen zu beiden Seiten erweckte den Eindruck eines buddhistischen Tempels. Die riesigen Oleander, die direkt an den Außenmauern wuchsen, waren so voller Blüten, dass die obersten Äste erschöpft auf den Mauern lagen. So etwas hatte ich in Chongqing selten gesehen, wo alles so dicht besiedelt war, dass nur hier und da ein paar wenige domestizierte Bäume gediehen.

Der Duft der feurigen Oleanderblüten schlug mir wie eine Welle entgegen, als ich zum ersten Mal durch das Eingangstor des Instituts trat. Es war der Duft, der einen neuen Abschnitt in meinem Leben markierte, der Duft eines neuen Kapitels in der Geschichte Chinas. Es war das Ende von Maos Kulturrevolution und der Beginn der chinesischen Infiltration des Westens.

4

Suresh, der neben mir auf der Couch saß, reichte mir eine flache schwarze Schachtel und eine lange Papierrolle. „Ich hab dir was mitgebracht“, sagte er und lächelte sein verschmitztes Lächeln.

Ich entrollte das Papier. Es war eine Weltkarte.

„Da wir von der Suche nach deinem Vater gesprochen haben, dachte ich mir, dass das nützlich sein könnte. Sieh es als ein Symbol, das dir dabei hilft, dein Ziel nicht aus den Augen zu verlieren.“

„Oh, cool. Das wäre aber wirklich nicht nötig gewesen.“

Ich hob den Deckel der flachen schwarzen Schachtel an. Darin befand sich eine runde Metallplatte mit eingravierten chinesischen Schriftzeichen. Ein Luopan – genau so einen hatte mein Vater gehabt!

„Wow, danke!“ Ich schlang die Arme um seinen Hals. „Ich kann mich gar nicht mehr daran erinnern, das erwähnt zu haben.“

„Doch, das haben Sie, Mademoiselle. Die meisten der abgebildeten Zeichen sind mir jedoch ein völliges Rätsel.“ Er löste sich von mir und betrachtete die Metallscheibe. „Sieht für mich aus wie ein altes Radargerät.“

„Das ist eine Art Kompass. Er ist im Feng Shui sehr wichtig und enthält die traditionellen Himmelsrichtungen und Sternenkonstellationen. Hmm, ich muss nachsehen, wie man ihn richtig interpretiert.“ Die meisten Zeichen auf dem Luopan waren so klein, dass ich ganz nah herangehen musste, um sie zu erkennen.

„Ich hab uns auch was zum Essen mitgebracht.“ Sein Lächeln wurde zu einem breiten Grinsen.

„Wow, der Tag wird immer besser.“

„Ja, meiner auch. Es war ziemlich beschissen in der Arbeit.“

„Warum? Was ist passiert?“

„Sie waren mit meiner Arbeit an dem letzten Projekt nicht sehr zufrieden, denke ich. Marketing ist mir einfach komplett egal. Die Leute in dieser Abteilung werden sowieso bald durch KI ersetzt.“

„Igitt, KI. Ich hab neulich gehört, dass sie dabei sind, einen Art Super-Speicher zu schaffen, in dem man nicht mehr erkennen kann, welche

Erinnerungen die eigenen sind. Aber ich schätze, bei mir ist da nicht viel zu holen." Ich kicherte. „Wenn das passiert und jeder die Erinnerungen aller anderen teilt, bedeutet das wohl das Ende meiner Suche, falls ich meinen Vater bis dahin nicht gefunden haben sollte. „

„Oder jemand stolpert über deine Erinnerung an die Suche nach deinem Vater und beschließt, selbst nach ihm zu suchen", sagte Suresh. „Vielleicht gründen sie sogar eine KI-Sonderermittlungsgruppe oder so."

„Das würde mir sehr helfen. Aber vielleicht stolpern auch Feinde über die ganze Sache und versuchen, sie zu sabotieren, was zu einer Art KI-Gedächtniskrieg führen könnte." Ich genoss es, mit Suresh zu spekulieren.

„Klingt spannend. Weißt du von irgendwelchen Feinden?"

„Mein Vater war später Teil eines chinesischen Sonderermittlungsteams. Sie haben ihn in die USA geschickt, so bin ich auch hier gelandet. Falls mein Vater Feinde hatte, hat er mir nie was davon erzählt."

„Dein Vater war also ein Spion? Scheint, als hättest du ein aufregendes Leben geführt."

Ich hatte mein Leben nie als aufregend empfunden. Als mein Vater und ich in New York ankamen, war ich kaum fünf Jahre alt gewesen. Wir hatten in einer kalten, teuren Wohnung gelebt. Die einzigen Leute, die vorbeischauten, waren die Putzfrau und von Zeit zu Zeit ein Mann, der chinesisches Essen aus der Heimatprovinz meines Vaters lieferte, das er so sehr vermisste.

Ich ging zum Schrank, um mir ein Glas Wein einzuschenken. „Willst du auch?"

Suresh drehte sich um. „Ich will nicht, dass du siehst, welche Wirkung er auf Mr. Sozio hat. Du weißt doch, dass er es nicht gewohnt ist, viel zu trinken."

„Mr. Sozio? War das nicht der, der sich in mich verknallt hat?"

„Ja." Er kam näher, stellte sich vor mich hin und legte die Hände auf meine Schultern, wie man es mit einem kleinen Kind machte. „Aber ich glaub, er hat auch die anderen überzeugt."

Er beugte sich zu mir und wir verschmolzen in einem langen Kuss.

Wenig später saßen wir auf der Couch und aßen, was Suresh mitgebracht hatte.

„Ich hab noch was anderes für dich."

Suresh nahm eine kleine Flasche aus der Tasche seines schwarzen Wollmantels, der neben der Couch hing. Neugierig sah ich das Fläschchen an.

„Nicht lachen. Ich weiß, das klingt vielleicht etwas lächerlich, aber du weißt ja, dass ich mich für Chemie interessiere und da kam mir das hier in den Sinn. Lysergsäurediethylamid."

„Du sprichst in fremden Zungen."

„Entschuldige. LSD."

„Du – was?"

„Flipp nicht aus. Ich erklär es dir." Er drehte sich um und krempelte die Ärmel seines blau-schwarz gestreiften Pullis hoch. „Ich hab einen Freund, der Chemie studiert. Er meinte, dass psychedelische Drogen bei unterdrückten Erinnerungen Wunder bewirken."

Ich war nicht verärgert, dass Suresh diese Informationen an einen seiner Freunde weitergegeben hatte. Ganz im Gegenteil, mir wurde ganz warm bei dem Gedanken, dass er andere meinetwegen um Rat fragte. Dass ich auch in seinen Gedanken war, wenn er mit anderen sprach.

Bevor ich ein Wort erwidern konnte, fuhr er fort. „Ich weiß, dass du dir nicht ganz sicher bist, wie es zu deinem Gedächtnisverlust gekommen ist, aber wenn deine Erinnerungen verdrängt sind, besteht eine gute Chance, dass sie wieder ans Licht kommen, wenn wir die geeignete Dosis finden."

„Wie – wie bist du überhaupt an das Zeug rangekommen?" Ich griff nach der Flasche. Irgendwie ging das alles zu schnell für mich.

„Mein Freund hatte was. Hat's übers Dark Web bestellt."

Tausend Fragen schossen mir gleichzeitig durch den Kopf. Ich wusste nicht mal, welche ich als erstes stellen sollte. Ich hatte ein paar verschwommene Erinnerungen an Filme, in denen Leute LSD nahmen und danach nicht mehr dieselben waren.

„Macht das Zeug nicht ziemlich süchtig?"

„Ein weit verbreiteter Mythos. Tatsächlich haben die meisten Menschen nach der ersten Einnahme für einige Zeit kein Verlangen mehr, es nochmal zu probieren. Einige probieren es sogar nie wieder. Außerdem baut der Körper eine gewisse Toleranz auf, so dass man nicht unendlich viele Trips haben kann." Klang, als hätte er sich gut informiert.

Ich wog die kleine, bauchige Flasche in meiner Hand und strich mit meinem Daumen über den Korken. „Warte – das klingt wie – hast du es etwa selber schonmal probiert?"

Suresh lächelte wieder verschmitzt. „Wenn Mr. Sozio nicht mal auf Alkohol gut reagiert, wie würde er dann wohl auf LSD reagieren?"

„Oh, natürlich." Ich grinste. „Aber Mr. Jongleur würde es sicher genießen. Ich schätze, er hätte ein bisschen Spaß verdient, schließlich muss er immer den ganzen Laden schmeißen."

Ich beugte mich zu Suresh hinüber und kniff ihn in die Wange.

„Ja, aber ich fürchte, Mr. Sozio würde die anderen dann einfach wegstoßen und das Steuer übernehmen. Würde zu ihm passen." Sureshs Augen schauten nicht direkt in meine, sondern hatten sich wieder irgendwo zwischen meiner Nase und meinen Lippen verloren.

„Und dein Freund? Hat er es probiert?"

„Ich glaube nicht." Er wandte den Blick von mir ab. „Du könntest etwas recherchieren, wenn du mir nicht vertraust."

„Ja." Ich wog die Flasche in meiner Hand. „Ich denke, das werde ich." Ich sah zu ihm hinüber.

Er hatte den Kopf gesenkt.

Ich lächelte ihn an. „Es ist nicht so, dass ich dir nicht traue. Ich möchte nur auf Nummer sicher gehen."

„Klar. Du solltest das tun, was du für richtig hältst, damit du dich hundertprozentig wohlfühlst, wenn du es nimmst. Das ist eine wichtige Voraussetzung."

Ich starrte auf die Flasche in meiner Hand, aber durch das braune Glas konnte man nur ein paar Bläschen an der Pipette hängen sehen, kleine Perlen der Möglichkeiten.

Als ich am nächsten Morgen meine Wohnung aufschloss, war das Hochgefühl verflogen, das mich den ganzen Abend bei Suresh beherrscht hatte, und die Schwerkraft begann wieder auf mich einzuwirken. Ich betrachtete mich im Flurspiegel und bemerkte einen kleinen, mandelförmigen blauen Fleck an meinem Hals. Ich holte mein Handy aus der Tasche.

Übrigens, danke für den kleinen Knutschfleck. Weißt du, dass sowas einen Schlaganfall verursachen kann? 😫

Gern geschehen 😈 Du hast dich jedenfalls nicht beschwert, als ich dir den Hals geküsst hab ☺

Stimmt. Dann muss ich das Risiko, plötzlich umzukippen, wohl einfach eingehen 😌

Ich schaltete mein Handy aus und legte mich auf mein ungemachtes Bett. Ich hatte letzte Nacht kaum geschlafen. Jedes Mal, wenn ich aus meinem leichten Schlaf aufgewacht war, schien auch Suresh wach zu sein. Er hatte nichts gesagt, aber irgendetwas in seinem Gesicht, die Stellung seiner Gliedmaßen, hatte verraten, dass er nicht tief schlief. Vielleicht war es diese Wachsamkeit gewesen, die auch mich am Einschlafen hinderte, wie ein Leuchtturm vor dem Fenster, der mit seinem roten Licht immer wieder fragend die Gegend abtastete. Ich mochte das Gefühl, dass er über mich wachte.

Dennoch war ich auch frustriert, denn unsere erste Suche in den Online-Datenbanken hatte nichts ergeben. Wir hatten es mit einigen landesweiten und einigen New Yorker Datenbanken versucht, aber Lijie Fang blieb ein Phantom. Das wäre ohnehin viel zu einfach gewesen. Das Universum gab nicht so ohne Weiteres seine Geheimnisse preis.

„Und, wie ist der Neue so?“ Izzy stand neben meinem Stuhl, während ich langsam aufstand und meine Tasche schulterte. Diese Sitzungen der Gedächtnistherapie-Gruppe waren verdammt anstrengend. Fast jedes Mal war da irgendeine ältere Frau mit Alzheimer, die aus Versehen der Gruppe zugewiesen worden war und davon schwafelte, wie sehr ihre längst verstorbene Katze ihrem Mann geähnelt hatte.

„Wie kommst du darauf, dass es einen Neuen gibt?“

„Komm schon, ich hab gesehen, wie du vorhin auf diese spezielle Art aus dem Fenster gestarrt hast. Da ist doch was faul.“ Sie stupste mich an.

„Okay, okay. Ich treff mich mit diesem indischen Typen. Er ist süß und hat einen tollen Sinn für Humor.“

„Ah, Indien. Du lässt auch kein Land aus, oder?“

Sie packte mich am Arm – meine Tasche wäre mir fast wieder von der Schulter gerutscht – und zog mich durch Tür, hinaus in den New Yorker Nachmittag und in unser Stammcafé, in das wir immer nach unseren Gruppensitzungen gingen.

„Na zeig schon her“, sagte Izzy mit großen, neugierigen Augen.

„Was soll ich zeigen?“

„Den Typen!“ Izzy wurde langsam ungeduldig.

„Na gut, wart einen Moment.“ Ich holte mein Handy heraus und durchsuchte meine Fotos. Es gab eines, das ich während der Zugfahrt gemacht hatte, auf dem Suresh mit einem breiten Grinsen und etwas verwegenem Blick hinter seiner randlosen, rechteckigen Brille zu sehen war.

„Sieht aus wie ein indischer Jim Carrey. Als er noch jung war, natürlich, nicht die vertrocknete Hülle mit den stechenden Augen, die er jetzt ist."

„Wenn du meinst. Jedenfalls ist er sehr süß. Gestern hat er mit mir zusammen auf dem Dach in die Sterne geschaut." Ich konnte mir ein Lächeln nicht verkneifen. „Auch wenn wir eine App dazu benutzen mussten, weil, du weißt schon – New York."

Es war lange her, seit ich das letzte Mal in einen Sternenhimmel geblickt hatte. Als ich klein war, hatte mein Vater mich immer mitgenommen, um mir die Sterne zu zeigen. Ich kann mich vor allem an den großen und kleinen Wagen erinnern, ein Sternenbündel in Form einer riesigen Hand mit einem Finger, der die Jahreszeiten am Himmel anzeigte. Die Sterne hatten ihm in seinem Leben oft zur Orientierung gedient.

„Wie kitschig." Izzy nahm einen Schluck von ihrem Kaffee.

„Das ist das Netteste, das jemand seit Langem für mich getan hat."

„An das du dich erinnern kannst."

„Ja, an das ich mich erinnern kann."

Suresh hatte Schwierigkeiten gehabt, sich die Sternkonstellationen zu merken, also hatte ich ihm einige gezeigt. Er hatte seinen Blick auf diese entzückende Art gesenkt, wie er es immer tat, wenn er etwas verlegen war.

„Er ist so ganz anders als die anderen Jungs, die ich kenne. Er sorgt sich wirklich um mich und es gibt keine Ex-Freundinnen oder sowas im Hintergrund."

„Okay, okay. Du musst uns irgendwann mal vorstellen. Ich bin wirklich neugierig, wie so ein perfekter Mann aussieht." Izzy seufzte. „Vielleicht muss ich mich auf indische Typen konzentrieren. Die scheinen sich für eine Beziehung ganz schön ins Zeug zu legen."

„Hast du nicht wieder auf einem deiner Flüge einen Mann kennengelernt?"

„Keinen, der erwähnenswert wäre. Ich meine, seien wir ehrlich, ein Treffen während eines Fluges ist keine gute Basis für eine Beziehung. Die Distanz zwischen Service und Kunde wird immer vorhanden sein. Allerdings scheinen sich überdurchschnittlich viele Männer in Flugbegleiterinnen zu verknallen und umgekehrt. Wir haben einen speziellen Code, um unseren Kollegen mitzuteilen, wenn wir jemanden heiß finden. Zum Beispiel sagen wir: *Vielleicht fliege ich in 14 Tagen nach Israel*, was bedeutet, dass die anderen sich den Typen auf Sitz I14 anschauen sollten."

„Wow, hört sich an, wie wenn Spione in Geheimsprache miteinander kommunizieren. Zumindest stelle ich es mir so vor."

„Hmm, könnte sein." Izzy schien plötzlich ganz woanders zu sein. Sie schaute auf die Uhr. „Sorry, ich muss los."

Und weg war sie, immer unterwegs, obwohl sie keine Erinnerungen hatte, die sie verfolgten.

Lijie Fangs Tagebuch
New York
11.11.2018

In den ersten Wochen meiner Ausbildung am Institut lernte ich das Mädchen kennen, das später deine Mutter werden sollte. Ich sah sie bei einer halböffentlichen Vorführung der Abteilung für übersinnliche Spionage in einer der großen offenen Hallen, die das Herzstück des Institutsgeländes bildeten. Sie hatte sich eine Oleanderblüte hinter ein Ohr gesteckt. Vor ihr lag eine Glasflasche, in der ein Oleanderzweig mit einer Knospe steckte. Das Mädchen saß im Schneidersitz vor der Flasche, die Augen auf die Knospe gerichtet, die Arme auf die Knie gestützt.

Ich war auf dem Weg zu meinem morgendlichen Unterricht, doch sobald ich sie sah, vergaß ich alles andere. Ihre Arme und Beine, die in dunklen Leggings steckten, waren dünn und zart, aber ihr Blick war der einer 60-jährigen Frau, durchdringend und hart. Um sie herum hatte sich eine Schar von Leuten versammelt, Institutslehrer und – dem Anschein nach – hohe Regierungsbeamte. Der Duft von Oleanderblüten durchzog die Luft, die bei weitem nicht so dicht und träge war wie die in Chongqing, sondern frisch und lebendig.

Nach ein paar Minuten geschah etwas Erstaunliches. Langsam, Blütenblatt für Blütenblatt, entfaltete sich die Oleanderknospe. Die Versammelten begannen zu murmeln und zu flüstern. Ein frischer Wind kam auf, zerrte an meiner Hose und drängte mich zu meinem Unterricht, aber ich konnte den Blick nicht abwenden. Die Knospe in der Flasche hatte sich nun vollständig geöffnet. Mit einem schwachen Lächeln zog das Mädchen die Blüte aus der Flasche, ging zu einem großen Mann, der auf einem alten Holzstuhl in einer Ecke der Halle saß und reichte sie ihm. Der Mann sah sie kurz an, tauschte einen Blick mit einem Mann aus, der neben ihm stand, und nickte. Ich erkannte nun, dass er derjenige war, der mich für die Akademie angeworben hatte, der Direktor.

In diesem Augenblick spürte ich eine Hand auf meiner Schulter.

„Komm schon, Xiao Jie, warum stehst du hier untätig herum? Dein Unterricht hat sicher schon längst begonnen."

Es war einer meiner Lehrer. Er muss meinen verwirrten Gesichtsausdruck bemerkt haben, hatte aber nicht die Absicht, mir mehr über das zu erzählen, was ich gerade beobachtet hatte. Das war eine der ersten Lektionen, die ich lernen musste. Die Gesellschaft der Träumer gab mir nur die Informationen, die unmittelbar für meine Ausbildung notwendig waren – getreu ihrer Maxime, den Menschen nur einzelne Puzzlestücke, niemals das ganze Bild in die Hand zu geben.

Die ganze Woche über stand die braune Flasche auf dem mittleren Brett meines Regals. Von Zeit zu Zeit warf ich einen Blick darauf und sah, wie sich mein Gesicht in dem Glas spiegelte. Es war seltsam verzerrt, als ob ich bereits auf einem Trip wäre.

Ich versuchte, im Internet mehr Informationen zu finden. Zuerst erschien das Bild eines alten Mannes auf einem Fahrrad. „Albert Hofmann, Erfinder des LSD", lautete die Bildunterschrift. Offenbar hatte er einmal versehentlich eine extreme Dosis genommen und war daraufhin wie von der Tarantel gestochen durch die Straßen seiner Heimatstadt geradelt.

Ich klickte auf einen Artikel. Darin stand, dass LSD in den 50er und 60er Jahren zu Therapiezwecken eingesetzt worden war. Danach hatten die Hippies damit Spaß gehabt. Timothy Leary verbreitete die Droge landesweit, erforschte sie und hielt Vorträge. Nach seinem Tod wurden seine sterblichen Überreste ins All geschossen, wo sie beim Wiedereintritt in die Atmosphäre als Sternschnuppen verglühten. Leben und Tod waren für diejenigen, die sich der Droge anvertrauten, offenbar glanzvoll.

Auf einer anderen Website sah ich verschiedene Gehirnscans, die zeigten, wie LSD langsam alle Teile des Gehirns aktivierte. Während die ersten Scans einen langsamen Anstieg der neuronalen Aktivität zeigten, schien das Gehirn auf dem achten Bild in Flammen zu stehen, wie eine Stadt von oben gesehen, die in der Silvesternacht von Feuerwerkskörpern erhellt wird. Unter dem Bild hieß es: Im *Laufe des Lebens übernehmen verschiedene Hirnregionen bestimmte Funktionen. Sie entwickeln Routinen und „frieren" ein. LSD zwingt die einzelnen Bereiche, wieder miteinander zu kooperieren und ungewohnte Aufgaben zu übernehmen.*

Könnte die Droge Teile des Gehirns aktivieren, die nach meinem Unfall inaktiv geworden waren? Teile, die Erinnerungen speicherten? Das schien ohnehin meine einzige Chance zu sein, denn meine Großmutter und die Datenbanken spuckten nichts Brauchbares aus.

Aber wollte ich diese Erinnerungen überhaupt zurückhaben? Was, wenn sie furchtbar waren? Ich würde sie nicht gegen andere eintauschen können. Einige Menschen in meiner Mnemotherapiegruppe waren in Depressionen verfallen, nachdem sie bestimmte Erinnerungen wieder ausgegraben hatten.

So grübelte ich und ging in meinem Zimmer auf und ab. Ich schaute aus dem Fenster, bewunderte den Luopan, fuhr mit dem Finger über die erhabenen grauen Flächen der Weltkarte, die man wegkratzen sollte, sobald man ein Land bereist hatte. Schließlich griff ich nach meinem Handy und schrieb Suresh eine Nachricht.

Ich will's ausprobieren. Ich glaube, es könnte mein Gehirn zu einer mentalen Schnitzeljagd animieren. 🗝

Ich wusste, dass dir mein Geschenk gefallen würde 🎁 Aber unternimm nichts auf eigene Faust. Lass mich dein Trip-Sitter sein ☺

Du meinst wie ein Babysitter? 🍼

Ja, nur um sicherzugehen, dass du beim Trippen keine dummen Sachen anstellst, z. B. die Treppe hinunterfällst und dir dein hübsches Köpfchen brichst.

Nein, nein, sowas passiert nur dir.

Okay, ja 😂

***

Suresh kam am Freitagnachmittag vorbei. Ich war nervös. Vielleicht würde sich mein ganzes Leben in den nächsten Stunden ändern.

„Ich dachte mir schon, dass das passieren würde", sagte Suresh. „Deshalb hab ich dir einen Ayurveda-Tee mitgebracht, um deine Nerven zu beruhigen."

„Wow, du hast dich jetzt schon als Trip-Sitter bewährt." Ich gab ihm einen Kuss auf die Wange und wie immer zog er sich ein wenig zurück und tat so, als sei es ihm peinlich. Inzwischen war es zu einem Spiel geworden, genau wie die Sache mit Mr. Sozio und seinen anderen Persönlichkeiten.

Ich ging in die Küche, machte den Wasserkocher an und packte den Tee aus. „Willst du auch einen?"

„Nein danke. Ich bin nicht so scharf auf dieses Zeug, aber ich dachte, du magst es vielleicht." Dieser Kerl schien tatsächlich überhaupt keine Bedürfnisse zu haben.

Ich kam mit einer kleinen Teekanne und einer Tasse zurück ins Wohnzimmer und stellte beides auf den Couchtisch. Dann ging ich zurück in die Küche, um Suresh ein Glas Wasser zu holen.

„Darf ich?"

„Was?" Ich ging zurück zur Küchentür.

„Darf ich dir Tee einschenken? Sorry, ich kann nichts dafür, dass ich von einer kolonialen Vergangenheit geprägt bin." Er sah aus, als wüsste er nicht genau, woher dieses britische Getue gerade gekommen war.

Ich brach in Gelächter aus. „Sehr gewählt ausgedrückt, aber ja, du kannst mir Tee einschenken."

Ich kam mit Sureshs Wasser zurück.

„Also, entspann dich einfach und lass es auf dich zukommen, dann wird alles gutgehen. Es ist nicht gefährlich und wird auch nicht deine Gehirnzellen zerstören, wie manche Leute behaupten", versuchte Suresh mich zu beruhigen.

„Du meinst, wenn ich mich nicht entspanne, wird es nicht gut gehen?"

Suresh grinste nur.

Ich zog einen Schmollmund.

„Nein, nein, ich werde dein Gehirn immer wieder daran erinnern, dass es auf LSD ist, dann wird alles gut." Er zwinkerte mir zu.

Ich holte tief Luft und nippte an dem Ayurveda-Tee. „Also gut. Dann wollen wir mal. Kann ich das Zeug direkt in meinem Tee auflösen?"

„Ja. Fangen wir mit einer Mikrodosis von vielleicht 100 Milligramm an." Er öffnete die Flasche, zog die Pipette heraus, gab ein paar Tropfen in meinen Tee und rührte um.

„Cheers." Er nahm sein Glas, stieß es gegen meine Tasse und nahm einen Schluck.

Widerwillig nahm ich die Tasse in die Hand und nahm einen kleinen Schluck. „Ich schmecke gar nichts."

„Nein, es ist praktisch geschmacksneutral und äußerst ökonomisch. Man braucht nicht viel von dem Zeug, um high zu werden.“ Er lehnte sich zurück.

Ich hatte gelesen, dass LSD ursprünglich aus dem Mutterkornpilz gewonnen wurde, einem Pilz, der im Mittelalter viele Todesfälle verursacht hatte. Mir war nicht ganz klar, ob die Leute an einer Vergiftung gestorben waren oder weil sie so high waren, dass sie einfach abgedreht sind.

Ich warf einen Blick zu Suresh hinüber. „Hey, wusstest du, dass einige spirituelle Menschen der Meinung sind, dass man nicht ins Licht gehen sollte, wenn man stirbt? Sie glauben, dass böse Außerirdische dahinterstecken und dass sie einen dadurch direkt ins nächste Leben katapultieren, was man vermeiden sollte. Man will ja schließlich das Nirvana erreichen.“

„Und wohin soll man dann stattdessen gehen? Im Dunkeln bleiben, bis die Luft rein ist?“

Ich gluckste. „Keine Ahnung.“

„Was ist überhaupt so schlimm daran, wiedergeboren zu werden? Ich stelle mir das Leben nach dem Tod in so einem klassischen Jenseits ziemlich langweilig vor.“ Seine Gedanken schienen einen Moment lang woanders zu sein.

„Willst du nicht eines Tages von all den Schmerzen des Daseins befreit werden? Stell dir vor, du wirst als Huhn wiedergeboren, das in einer der Hühnerfabriken gemästet wird.“

„Hmm, dann wäre ich vielleicht froh, wenn ich auf deinem Teller landen würde.“ Suresh grinste.

Ich lachte und griff mir in die Haare. Meine Hand berührte eine Haarnadel. Sie kam mir sonderbar lang vor. Als ich sie loslassen wollte, bemerkte ich, dass ich das Ende nicht erreichen konnte. Als wären mehrere von ihnen zu einer Art Spirale aneinandergereiht, die nach unten verlief, etwa so, wie die menschliche Existenz häufig bei den Buddhisten dargestellt wurde.

„Ich glaube, es geht los.“

Ich lehnte mich zurück, schloss die Augen und wurde plötzlich in meine innere Welt gezogen. Auch der Moment des Augenschließens dauerte einige Momente an, als würde es eine Handlung, die ich mehrfach wiederholen musste. Er erzeugte einen Nachhall, der mich immer weiter in die Tiefen meines Geistes katapultierte. Sobald ich an etwas dachte, schien es in den hellsten Farben auf die Leinwand meiner Augen projiziert zu werden:

Feuerräder, Fraktale, eine Reihe von Silhouetten, die sich ins Unendliche vervielfältigten. Es erinnerte mich an etwas aus meiner Kindheit: Damals hatte ich immer beide Fäuste gegen meine Augäpfel gepresst, bis ich angefangen hatte, Formen und Farben zu sehen. Aber sie waren nicht annähernd so lebendig gewesen wie die, die ich jetzt sah.

„Alles okay?" Ich hörte Sureshs Stimme, aber meine Augen blieben geschlossen.

„Ich denke schon."

Ich öffnete meine Augen einen Spalt weit. Die Kreise auf dem Luopan, der auf dem Couchtisch lag, begannen, sich in verschiedene Richtungen zu drehen.

Ich wandte meinen Kopf und sah Suresh ins Gesicht. Diese raupenförmigen dicken Augenbrauen. Dieses übermütige, und zugleich leicht verschämte Lächeln. Ich begann zu lachen.

„Was ist los? Was ist passiert?"

Ich sah ihn wieder an. Die Spitzen seiner Augenbrauen kräuselten sich nach oben und seine Mundwinkel begannen zu zucken. Er sah aus wie auf einem Fernsehbildschirm, der seitwärts zu flimmern begann, bis er schließlich in wildes Rauschen überging.

„Dein Gesicht", prustete ich. „Es ist ..." Ich hielt mir die Hand vor den Mund.

„Verstehe. Ich hätte wissen müssen, dass ich als Trip-Sitter auch gleichzeitig als Lachnummer herhalten muss."

„Tut mir leid." Ich wischte mir die Tränen aus den Augen. „Es bist nicht nur du. Es ist – alles."

Ich blickte mich um. Als ich sah, wie mich der Kühlschrank aus der Küche anstrahlte und selbstzufrieden brummte, hätte ich fast einen weiteren Lachanfall bekommen.

Ich lehnte mich zurück und schloss die Augen. Mein Hirn erfand ungewöhnliche Metaphern. *Wenn man die Zeit mit drei multiplizierte, konnte man deutlich sehen, dass alles überflüssig war ...* Sobald mein Halbbewusstsein etwas berührte, strömten lebhafte Bilder auf mich ein.

Kurz darauf schwebte ich über der Unfallstelle. Ich sah ein gelbes Taxi unter mir, alle vier Türen aufgerissen, als würde es gleich wie eine Biene davonfliegen. Die zweite Hälfte des Taxis war schwer beschädigt. Um das Fahrzeug herum hatten sich Polizeiautos und ein Krankenwagen versammelt, deren Lichter wie helle Blumen leuchteten.

Ich versuchte, mich auf die Umgebung zu konzentrieren. Ein regloser Körper lag vor dem Taxi. Ein Schopf mit schwarzem Haar. An einer Stelle des Hinterkopfes war alles mit Blut verklebt. Mein Blut. Mein Haar.

„Oh mein Gott." Ich zog meine Beine hoch auf die Couch und rollte mich zusammen.

„Alles in Ordnung?" Die Stimme schien von weit her zu kommen.

„Nein." Mein Mund war trocken wie eine Wüste.

Ein Arm legte sich um mich und ich schmiegte mich in die wohlige, warme Höhle.

„Es ist alles gut. Alles, was du siehst, ist nur in deinem Kopf."

„Hmm." Die Droge pochte in meinem Gehirn und erzeugte mit jeder Welle neue Bilder.

„Willst du vielleicht eine Zeichentrickserie anschauen?"

„Ja." Ich hatte das Gefühl, immer weiter in den Raum unter Sureshs Achseln zu kriechen, als würde ich in seinen Körper wie in ein Schwimmbecken fallen.

Ich wollte ihm von diesem Erlebnis erzählen, aber irgendwie waren Worte nicht das geeignete Medium, um es zu beschreiben. Sie konnten nur Bruchstücke der ganzen Erfahrung wiedergeben, wie alter Lack, der von einer Oberfläche abblätterte, während darunter noch so viel mehr war.

Also schwieg ich und starrte auf den Laptop-Bildschirm, während die Zeit langsam wieder zu einem greifbaren Konzept wurde. Die Sekunden schlugen keine Wellen mehr, die sich danach in einen Ozean aus Zeit zurückzogen. Nur dieses seltsame radioaktive Glühen blieb. Selbst wenn ich die Augen schloss, blitzte es hinter meinen Augenlidern, als ob jemand mit einer Taschenlampe dahinter herumgehen würde.

Als wir etwa zwei Stunden später zu Bett gingen, konnte ich nicht einschlafen. Jedes Mal, wenn ich kurz vor dem Einschlafen war, rüttelte mich die Taschenlampe hinter meinen Augenlidern wieder wach. Als ich Suresh neben mir ansah, der fest zu schlafen schien, wurde mir klar, dass ich ihn während des ganzen Erlebnisses nicht wirklich beachtet hatte. Es war, als wäre er langsam in den dunklen Tiefen des grellen, psychedelischen Ozeans verschwunden, der meine Wahrnehmung in den letzten Stunden beherrscht hatte. Wie der Marianengraben. Ein schöner Name für etwas so Dunkles und Verstörendes, in dem man den ganzen Mount Everest versenken könnte.

Ich sah Suresh an und empfand plötzlich große Dankbarkeit. Er hatte mich nicht sofort für ein anderes Mädchen verlassen, dessen Vergangenheit weniger belastet war, wie es andere vor ihm getan hatten. Er hatte sich nicht von meiner Vergangenheit abschrecken lassen.

Ich ließ meine Finger über die glatte, dunkle Haut an seinem Arm gleiten. Mir wurde klar, dass Haut weder ein Ende noch einen Anfang hatte. Sie war zyklisch, genau wie mein neues Zeiterleben.

Ich drehte mich auf den Rücken und dachte über die Unfallszene nach, die mir während des Trips in den Sinn gekommen war. Hatte ich ein drogeninduziertes Remote-Viewing-Erlebnis gehabt – eine Art „Hellsehen", das angeblich von bestimmten US-Geheimdiensten eingesetzt wurde?

Mein Vater hatte ein paar Mal mit mir über Remote Viewing gesprochen, obwohl ich noch zu jung gewesen war, um das Konzept vollständig zu begreifen. Der chinesische Geheimdienst hatte die Idee von den US-Behörden übernommen, obwohl mein Vater immer betont hatte, dass die auf Hellsehen basierenden Spionagetechniken zuerst in China entstanden waren. Das waren die einzigen Gäste, die mein Vater jemals empfangen hatte, die „hellsichtigen Gäste", die sich in seinem geräumigen Arbeitszimmer um seinen Schreibtisch versammelten, ein paar Zahlen auf ein Stück Papier kritzelten und sich gegenseitig seltsame Fragen stellten, während ich sie durch den Türspalt beobachtete.

Damals hielt ich ihre Arbeit für ein Spiel, wie „Ich sehe was, was du nicht siehst" – nur, dass sie nicht ihre unmittelbare Umgebung ausspionierten, sondern irgendein geheimes Gelände der US-Regierung, das Hunderte von Meilen entfernt war. Manchmal ertappte mich mein Vater, wie ich durch den Türspalt starrte, woraufhin er mich sanft zurück ins Wohnzimmer schob oder einfach die Tür vor mir schloss.

Aber woher wusste ich, dass ich während meines Trips das „Richtige" gesehen hatte? War es wirklich das, was manche einen „Download" aus einer höheren Dimension nannten, eine Dimension, in der alle Dinge, die jemals geschehen sind, gespeichert waren? Oder war es einfach das Produkt meiner überaktiven Phantasie?

Ich versuchte einzuschlafen, wurde aber immer wieder wach, als ob ich an eine riesige Maschine angeschlossen wäre, die mir sehr subtile Elektroschocks verpasste. Ich sah Suresh an, der friedlich auf dem Rücken lag und nicht den geringsten Laut von sich gab. Er wollte nichts für sich selbst. Er schien kein Ego zu haben. Er gab alles, was er geben konnte. In diesem Augenblick war ich das glücklichste Mädchen der Welt.

5

Lijie Fangs Tagebuch
New York
21.11.2018

Die Ausbildung an der Akademie in Suzhou war hart, aber irgendwie hatte ich das schon geahnt. Morgens gab es zunächst ein paar Stunden körperliche Ertüchtigung. Danach begann der Unterricht. Wir lernten etwas über chinesische Geschichte, Daoismus und grundlegende militärische Strategien. Abends trainierten wir mehrere Stunden lang unsere hellseherischen Fähigkeiten. Rückblickend kann ich sagen, dass ich keine besonders schöne Kindheit hatte. Die Zeit an der Akademie war nicht weniger anstrengend als die Arbeit zuhause, im Gegenteil.

Zwischen den Kursen habe ich mich oft mit deiner Mutter getroffen. Sie saß entweder in einer der großen Hallen, um ihre mentalen Fähigkeiten zu schärfen, oder neben dem kleinen Fischteich, wo sie las oder auf die Oberfläche des Teiches starrte, auf der sich die umliegenden Äste spiegelten. Sie trug ihr Haar in einem Dutt und sprach nicht viel mit anderen Menschen. Soweit ich das beurteilen konnte, war sie eines der wenigen Mädchen, die die Akademie besuchten.

Als ich eines Tages am Teich vorbeikam, sah ich sie mit konzentriertem Gesichtsausdruck im Gras knien. Ein seltsames Gebilde schwebte über ihr. Ich war neugierig und kam näher. Das Objekt schien aus einer bläulich-weißen Substanz zu bestehen, und wirkte erstaunlich fest. Es war rund und gedrungen, mehrere Scheiben schienen in den Körper eingefügt zu sein. Erst auf den zweiten Blick erkannte ich den Himmelstempel in Peking.

„Was zum Teufel ist das?"

Ich musste es laut ausgesprochen haben, denn deine Mutter drehte sich abrupt um. Sie zuckte zusammen und das kleine Objekt, das sich über ihrem Kopf gebildet hatte, löste sich auf.

„Wieso störst du mich!?" Sie machte einen eher verängstigten als verärgerten Eindruck.

„Tut mir leid, dass ich dich unterbrochen habe. Was war das? Das hat toll ausgesehen!“

Sie sah mich fragend an. „Das darf ich nicht erzählen. Schon gar nicht einem Anfänger wie dir. Es ist ... ein Geheimnis.“

„Du musst mir nicht sagen, was es ist. Sag mir nur, wie du das gemacht hast.“ Plötzlich erinnerte ich mich daran, dass ich ein solches Wolkengebilde schon einmal gesehen hatte – damals in Chongqing, am Himmel.

Ihre Augen, die eine tiefe Weisheit ausstrahlten, richteten sich wieder auf mich. „Okay, aber das muss unser Geheimnis bleiben. Wenn du es jemandem erzählst, werde ich das sofort erfahren, ich bin nämlich schon auf Stufe 2b im Gedankenlesen.“

„Ich versprech‘s.“

Deine Mutter schaute auf den Teich. „Die Akademie forscht an einer Substanz, die durch die Kraft unserer Gedanken verändert werden kann. Ich kann dir den Namen nicht sagen, aber sie wird für China sehr wichtig werden.“

„Du meinst, du hast diesen Palast nur mit deinen Gedanken geformt? Auf dieselbe Art, wie du die Blüten in die Gläser zauberst?“

„Du hast mich also beobachtet?“ Sie grinste.

Ich antwortete nicht, weil es mir peinlich war.

„Im Grunde ja“, sagte sie. „Es ist derselbe Prozess, nur schwieriger. Diese Substanz ist sehr instabil. Wenn man sich nicht genug konzentriert, verflüchtigt sie sich wieder. Sie haben mir nur ein Fläschchen davon zum Experimentieren gegeben.“ Sie hielt ein kleines Gefäß hoch.

Ich fühlte mich nun umso schlechter, sie gestört zu haben, aber gleichzeitig wurde ich von Mut erfasst. „Tut mir leid, dass ich dich gestört habe. Kann ich es irgendwie wieder gutmachen? Darf ich dir ein Mantou[1] spendieren?“

Sie wandte sich ab und mein Herz sank. Dann begann sie zu lächeln, blickte aber immer noch geradeaus auf den Teich.

„Morgen Mittag, in der Pagode.“

Meine Großmutter hatte mir nochmal eine E-Mail geschrieben. Man hatte sie nun endgültig aus ihrem Haus im historischen Stadtzentrum von Shibati vertrieben und sie gezwungen, in eines der neuen Wohnhäuser im

---

1 Gedämpftes Brötchen

weiten Hinterland von Chongqing zu ziehen. Bis zuletzt hatte sie sich gegen die Umsiedlung gewehrt und sich an ihr altes Holzhaus geklammert wie die Wurzeln des dürren Baumes vor ihrem Fenster an die Steintreppe. Für diesen Baum gab es nichts mehr, keine Erde, kein Moos, in dem er hätte gedeihen können. Erst wurden die Pflanzen ihrer Lebensgrundlage beraubt, dann die Menschen. Meine Großmutter musste all ihre Habseligkeiten, das bunte Chaos, in dem sie sich so wohlgefühlt hatte, in einem Lagerraum weit weg von ihrer neuen Wohnung deponieren. Jetzt hatte sie nichts mehr, was sie an die Vergangenheit erinnerte.

Ihre neue Wohnung, etwa 30 Quadratmeter groß (nicht mal groß genug, um ihre Sammlung von Plastikflamingos zu beherbergen), befand sich am Ende einer der Monorail-Linien der Stadt im 12. Stock eines Wohnblocks. Meine Großmutter war dem Himmel über Chongqing selten so nah gewesen, aber was nützte das, wenn man außer einer Schicht aus zementfarbenen Wolken und Smog nichts sehen konnte? In dieser Umgebung waren die höheren Dimensionen nicht mehr spürbar und da sie fast alle ihre Sachen verloren hatte, konnte sie nicht einmal mehr die Hausgötter mit Totems ehren.

Glücklicherweise war ihre ehemalige Nachbarin auch in eine Wohnung in der Nähe umgezogen. Mit ihrer Hilfe war sie in der Lage, weiterhin per E-Mail mit mir in Kontakt zu bleiben. Da sie Vertrauen zu mir gefasst hatte, wurden ihre E-Mails länger und als ich das Thema ihres Sohnes ansprach, begann sie, mehr über ihn zu erzählen. Vor ein paar Jahren, so schrieb sie mir, war er einmal ganz aufgeregt zu ihr nach Hause gekommen. Er hatte sich kaum hinsetzen können, war im Haus herumgegangen und hatte sich über die Unordnung beschwert. „Du und dein Chaos“, hatte er gesagt, „haben mich aus diesem Haus vertrieben. Die Menschen gehen unter in deinem ganzen Gerümpel und du versuchst nicht einmal, sie wiederzufinden!“

Es stimmte, dass meine Großmutter nicht ein einziges Mal versucht hatte, meinen Vater zu kontaktieren, nachdem er Chongqing verlassen hatte und an die Akademie in Suzhou gegangen war. Sie hatte befürchtet, dass dies sein Heimweh nur verschlimmern würde. Sie wollte nicht, dass er die Chance seines Lebens verspielte. Sie wollte, dass er ein besseres Leben hatte, dass er nicht den „Rauch der einfachen Leute in Chongqing einatmen musste“, wie man so sagte. Erst nach seinem Studienabschluss sahen sich die beiden wieder. Damals hatte er es ihr nicht verübelt, dass sie sich nicht mehr bei ihm gemeldet hatte, er war bereits zu sehr mit den Anfängen seiner Karriere im Geheimdienst beschäftigt gewesen.

Mein Handy summte.

Lass uns heute Abend was unternehmen 😊

Suresh hatte sich die letzten Tage nur sporadisch gemeldet. Vielleicht wollte er mir etwas Raum geben, um über meine LSD-Erfahrung nachzudenken. Raum-Zeit, wie Einstein es nannte. Das Fläschchen stand unschuldig in meinem Badezimmerschrank, hinter dem Spiegel, der noch vor wenigen Tagen mein Gesicht so stark verzerrt hatte.

Als Suresh an meiner Tür klingelte, hatte ich bereits meine Dosis genommen. Ich fühlte mich, als hätte ich das gesamte Leben eines Sterns gelebt. Der dunstige Nebel meines Bewusstseins hatte sich zunächst zu einer Kugel mit scharfen Konturen verdichtet, um sich kurz darauf arabeskenhaft erneut in Nebel aufzulösen.

„Deine Augen sehen aus wie schwarze Bowlingkugeln. Das ist ein gutes Zeichen."

Suresh grinste.

„Oh, jetzt hast du wieder dieses Lächeln. Dieses weise Lächeln, mit dem du den Lehrern versichert, dass du ein guter Junge warst, aber allen anderen in der Klasse Angst einjagst."

„Heute sind wir aber ganz schön frech, was?" Suresh zog mich an sich, drückte mich fest und flüsterte mir etwas ins Ohr.

„Was hast du gesagt?" Gelegentlich fiel es mir schwer, ihn zu verstehen.

„Ach, nichts. Nur, dass wir bald losfahren sollten."

„Oh, sicher. Lass mich nur meinen Mantel holen."

Suresh musterte mich von oben bis unten. „Mademoiselle, Sie haben bereits Ihren Mantel an. Einen sehr schönen, wie ich finde."

Erst jetzt spürte ich den schweren Mantelstoff auf meinen Schultern ruhen.

„Hey, du hast ja recht!" Ich lachte, fast hysterisch.

„Hast du sonst alles, was du brauchst?"

„Ich bin mir nicht sicher." Ich lachte wieder.

„Wie viel hast du denn genommen?"

„Nicht viel. Ungefähr die Hälfte der Dosis, die ich beim letzten Mal genommen habe, wie du mir empfohlen hast."

„Dann sollte es okay sein. Wir hören uns das Konzert an und dann gehen wir direkt nach Hause, damit du runterkommen kannst."

„Okay, *Daddy*", sagte ich fröhlich. „Warum nimmst du nicht auch was?"

„Dummerchen. Du brauchst doch jemanden, der auf dich aufpasst." Er tätschelte mir spielerisch den Kopf.

„Ach ja, stimmt."

Die Wipfel der Bäume, die fein säuberlich in ihren kleinen Quadraten entlang der Straße angeordnet waren, hatten einen grünen Schimmer, der mich an die Weihnachtszeit erinnerte. Hinter den Häuserzeilen ragte die Brooklyn Bridge wie der Mittelteil eines riesigen Ozeandampfers auf. Ich betrachtete die Dinge um mich herum.

„Ich habe das Gefühl, als ob ich all diese Gebäude endlich wirklich verstehe. Es ist, als hätte ich bisher nur neben ihnen her gelebt, doch jetzt lebe ich *mit* ihnen."

„Ich glaube, ich verstehe, was du meinst." Suresh sah mich nicht an.

Das grüne Flackern der Bäume ließ die Realität plötzlich sehr brüchig erscheinen, als wäre sie eine Art Wechselstrom, der alles am Leben erhält und ständig alles ein- und ausschaltet. Gleichzeitig wurde mir klar, dass mein eigener Körper irgendwie in dieses Stromnetz eingebunden war, wie ein Zug, der mit den Stromleitungen über ihm verbunden war. Ich hatte keine andere Wahl, als mich dem seltsamen Verlauf des Abends hinzugeben.

„Check, Check..." Suresh schnippte mit seinen Fingern vor meiner Nase herum. „Alles in Ordnung an deinem Ende?"

„Was meinst du mit 'Ende'? Ich bin mittendrin."

„Okay, alles in Ordnung bei dir in der Mitte?"

„Ja, ich fühle mich wohlig eingewickelt in diese Welt, wie ein Geschenk ... eingewickelt in die Gegenwart ... Ich wünschte, wir könnten das gemeinsam erleben ..." Ich drehte fast eine Pirouette.

„Ich weiß. Ich kann das nächste Mal mitmachen, wenn wir nicht rausgehen."

Wir waren an der U-Bahn-Station angekommen.

Ich kicherte. „Du hast also schon eine ganze Reihe von Trips für uns geplant?“

„Na ja, zumindest ein paar. Bis du anfängst, dich zu erinnern.“

Der Bahnhof war überwältigend. Die einzelnen Säulen schienen sehr weit voneinander entfernt zu sein. Ich konnte mir nicht einmal ansatzweise vorstellen, was hinter der nächsten lag. Suresh nahm meine Hand und führte mich langsam den Bahnsteig entlang. Bis wir endlich die Mitte des Bahnsteigs erreichten, schien eine halbe Ewigkeit vergangen zu sein.

„Ich komme mir vor wie eine alte Frau, die kaum mehr gehen kann.“

„Keine Sorge, du gehst in einem ganz normalen Tempo. Ist aber interessant zu sehen, wie du die Zeit wahrnimmst.“ Während er sprach, verschwamm Suresh ein wenig.

„Ja, ich bin an einem Punkt angelangt, an dem alle Uhren für mich überflüssig geworden sind. Es ist, als gäbe es einmal meine Zeit und dann die Zeit von allen anderen.“ Trotz meines Zustands war ich noch in der Lage, meine Einsichten erstaunlich präzise auszudrücken.

„Ich bitte vielmals um Verzeihung, dass wir Sie mit unserer alltäglichen Zeit belästigen, Mademoiselle.“ Jetzt grinste Suresh wahrscheinlich wieder, aber sein Gesicht war zu weit oben, als dass ich es hätte sehen können.

„Ah nein, so ist das nicht. Es ist eher ein freundschaftliches Miteinander, aber es fühlt sich an, als wären wir nicht auf der gleichen Ebene.“

Ich versuchte, mich umzusehen, aber alles verschwamm vor meinen Augen, so dass ich sofort damit aufhörte. Vielleicht gab es ja eine besondere Existenzebene, auf der sich alle Menschen treffen konnten, die auf Psychedelika waren.

Der Veranstaltungsort war voll mit dem üblichen alternativen New Yorker Publikum: Mädchen mit großen Brillen und Schals, und Hipster mit Karohemden und Baseballkappen.

Suresh bezahlte die Karten und wir nahmen irgendwo im hinteren Drittel des Raumes Platz. Auf der Bühne wimmelte es bereits von Leuten, die hin und her liefen, um Mikrofone zu befestigen und Geräte anzuschließen. Inmitten des ganzen Trubels saß ein friedlicher, bärtiger Inder mit einer langen, schimmernden Sitar.

Suresh beugte sich zu mir hinüber. „Du kannst dir gar nicht vorstellen, wie komplex dieses Instrument ist. Bei allen anderen indischen Instrumenten kann man ohne große Umschweife zu spielen anfangen, aber bei der Sitar ist das anders. Man muss sich wirklich hinsetzen und ihr seine Aufmerksamkeit schenken, bevor man zu lernen beginnt. Einer meiner Cousins ist Sitarspieler, daher weiß ich das."

Die Art und Weise, wie der Musiker geduldig an den Schrauben seines Instruments drehte, zentrierte mich und beruhigte meine Synapsen.

„Hast du das nie lernen wollen?"

„Ich fürchte, ich bin völlig unmusikalisch. Meine Eltern wollten aber, dass ich die Tabla lerne." Hatte Suresh etwa gerade ein wenig mit den Augen gerollt?

„Was ist das?"

„Na ja, äh ... wenn ich es dir erzähle, versprichst du dann, mich nicht auszulachen?" Suresh verschränkte die Arme.

„Hmm, ich weiß nicht, ob ich dir in diesem Zustand irgendwas versprechen kann. Oder vielleicht alles?" Meine Gedanken begannen wieder abzudriften und ich konnte dem Sog der Wellen, die sie mitnahmen, nichts entgegensetzen.

„Stimmt. Also, Tablas sind diese kleinen Trommeln, die manchmal wie wild gewordene Glocken klingen. Ich werde nicht versuchen, den Klang zu imitieren. Nicht mal für dich."

Auch ohne, dass er das Geräusch imitierte, konnte ich mein Kichern kaum zurückhalten. „Ich glaube, die hab ich vor einer Weile in einem indischen Restaurant gehört. Hätte fast mein Lassi ausgespuckt vor Lachen."

Suresh lächelte ein wenig gequält. „Ja, ich hab mir schon gedacht, dass meine chinesische Prinzessin damit nichts anfangen können würde, also hab ich absichtlich eine Veranstaltung gewählt, bei der dieses lächerliche Instrument nicht auftaucht. In Kombination mit anderen Instrumenten kann es recht elegant klingen. Das Lächerliche bekommt einen gewissen Charme, wenn man es mit anderen Dingen in Verbindung bringt. Genau wie ich."

Ich sah ihn an und wollte ihm antworten, doch genau in diesem Moment begann der Musiker, seine Sitar anzuschlagen, und entlockte ihr die ersten hypnotisierenden Töne. Die Tonleiter durchlief meinen ganzen Körper und lenkte meine Blicke ganz automatisch zur Bühne.

„Er beginnt mit einem so genannten Raga, einer Reihe von Akkorden, über die er improvisieren wird."

Während der Musiker zu grooven anfing, begann meine ganze Umgebung und alle Menschen darin, völlig zu verblassen, bis nur noch die schimmernden Saiten des Instruments und die Hände des Spielers übrig waren, die unablässig über die Akkorde glitten. Nach ein paar Minuten kamen die anderen Bandmitglieder unauffällig auf die Bühne und stimmten in den Raga ein, ohne jedoch die Sitar zu übertönen. Deren hohe Töne schwebten über allen anderen, wie ein majestätischer Phönix, der über dem Boden dahingleitet.

Nach und nach verschmolzen alle Menschen um mich herum zu einem Feld aus Pilzen, die mit ihren kleinen Köpfen im Takt der Musik nickten. Der Vorhang hinter den Musikern begann sich zu bewegen und sah aus, als würde er sich jeden Moment öffnen und die Geheimnisse des Universums enthüllen.

***

Am nächsten Tag hatte ich ein Treffen mit meiner Selbsthilfegruppe für Gedächtnisverlust. Bereits bei meiner Ankunft wollte ich nur noch, dass es vorbei war. Das bisschen Schlaf, das ich gehabt hatte, war oberflächlich und von Stromstößen durchsetzt gewesen, und ich war noch immer nicht auf den festen Boden der Alltagsrealität zurückgekehrt.

Eine alte Frau erzählte immer wieder, dass sie dachte, sie hätte ihre Katze verloren, bis sie herausfand, dass die Geschichte einem Roman entnommen war, den sie gelesen hatte. In der Zwischenzeit war ihre Katze tatsächlich weggelaufen, weil sie sie nicht mehr gefüttert hatte. Ich hatte gehört, dass manchmal ein solches falsches Erinnerungsfragment ein anderes, wichtigeres ersetzte. Oft erinnerten sich Menschen, die angeblich von Außerirdischen entführt worden waren, an etwas ganz anderes, z. B., dass sie von einer riesigen Eule angegriffen worden waren.

Nach dem Treffen ging ich wie immer mit Izzy einen Kaffee trinken.

Izzy sah mich nachdenklich an. „Du siehst ganz schön scheiße aus."

„Vielen Dank auch. Ich hab letzte Nacht nicht gut geschlafen."

„Ist er so anstrengend, dein neuer Freund?" Sie hob frivol eine Augenbraue.

„Es ist eher so, dass die neue ... ähm ... Therapie, die ich gerade ausprobiere, ziemlich anstrengend ist."

„Du hast einen neuen Therapeuten? Was war denn mit dem alten nicht in Ordnung? Ich dachte, Hypnotherapie ist bereits die beste Möglichkeit, um so tief wie möglich in die Psyche vordringen zu können.“ Sie nahm einen Schluck von ihrem Kaffee, während ich meinen unangetastet ließ.

„Das hatte ich auch gedacht, aber es hat sich herausgestellt, dass es hinter dem, was wir für die Tiefen unserer Seele halten, noch eine ganz andere Ebene gibt.“

„Du sprichst in Rätseln“, sagte Izzy, ohne ihre Tasse loszulassen.

„Ja, aber ich glaube, anders lässt sich das nicht beschreiben.“ Ich sah Izzy in die Augen. Konnte ich ihr vertrauen? Eigentlich hatte ich mich seit Beginn der Therapie in ihrer Gegenwart sehr wohl gefühlt.

„Okay, also ... es hat mit bestimmten Substanzen zu tun.“

„Drogen? Was für welche? Kokain? Gott, wir haben regelmäßig Passagiere, die versuchen, das in unsere Flugzeuge zu schmuggeln. Das ist so ekelhaft. Letztes Mal hat jemand versucht, es in einem Lammkotelett zu verstecken. Die waren schon halb aufgetaut, als die Sicherheitsleute sie fanden.“

„Nein, nicht diese Art von Drogen. Ich spreche von Psychedelika. LSD.“

„Du weißt schon, dass dieses Zeug Leute dazu bringt, aus dem Fenster zu springen. Und du wohnst im 13. Stock!“

„Erstens hab ich dir schon mal gesagt, dass die 13 in der chinesischen Kultur als Glückszahl betrachtet wird. Zweitens muss man eine wirklich instabile Psyche haben, um einen Sprung aus dem Fenster in Erwägung zu ziehen. Ich hab das Zeug schon zweimal ausprobiert und ich kann dir versichern ...“

„Zweimal schon? Woher hast du das überhaupt?“ Izzy schien beunruhigt.

„Suresh hat es von einem Freund. Weißt du, es kann deinem Gedächtnis wirklich auf die Sprünge helfen.“ So wie ich es beschrieb, klang es wie eine Art Superfood.

„Oh, ich hätte wissen müssen, dass dieser Kerl nicht gut für dich ist.“ Izzy betrachtete ihre Fingernägel und kratzte ein wenig Schmutz unter einem davon weg.

„Es hat mir aber tatsächlich dabei geholfen, mich an was zu erinnern.“

„Wirklich? An was denn?“ Izzy blickte auf.

„An einen Unfall, den ich vor Jahren hatte. Ich glaube, er könnte der Grund für meinen Gedächtnisverlust gewesen sein.“

„Oh, wow. Bist du sicher, dass das nicht nur ein Produkt deiner Fantasie war?“

Ich zögerte. „Die Frage stelle ich mir auch immer wieder, aber ich habe das Gefühl, hier wirklich an etwas dran zu sein. Ich brauche nur noch ein paar Sitzungen.“

Der Trip am Abend zuvor hatte nichts Neues ergeben. Nachdem wir vom Konzert nach Hause gekommen waren, hatte ich versucht, in mich zu gehen, aber ich hatte immer wieder akustische Halluzinationen gehabt, die sich wie elektronische Versionen alltäglicher Geräusche anhörten, wie das Ziehen eines Klebebandes.

„Noch ein paar Sitzungen? Mensch Lai, pass bitte auf!“ Izzy stellte die Tasse ab.

„Tue ich doch. Das heißt, Suresh passt auf mich auf. Wenn ich meine Vergangenheit nicht verstehe, woher soll ich dann wissen, welchen Weg ich einschlagen soll? Ich hab keine Ahnung, worin ich gut bin, was meine Interessen waren, bevor ich meine Erinnerungen verloren habe. Die einzigen Dinge, an die ich mich erinnern kann, reichen weit in meine Kindheit zurück. Und man kann seine Karriere nicht auf ein paar vagen Vorstellungen von Wahrsagerei und Feng Shui aufbauen.“

Izzy lachte. „Doch, das geht. Sieh dir all die Leute in den Astrokanälen an.“

Ich nippte an meinem Kaffee. „Ich kann dir versichern, dass mir das Zeug wirklich hilft. Wer weiß, vielleicht brauche ich die Selbsthilfegruppe bald nicht mehr.“ Verträumt sah ich aus dem Fenster. Die Sonne war gerade dabei, durch die Wolken zu brechen, die von den gegenüberliegenden Fenstern reflektiert wurden.

6

In den nächsten Wochen trafen Suresh und ich uns alle paar Tage. Einmal pro Woche kam er vorbei und beaufsichtigte meine LSD-Trips. Am Anfang legte er dann immer indische Sitar-Musik auf, deren sich wiederholende Muster mein Hinübergleiten in jenes Land erleichterten, in dem Raum und Zeit austauschbar waren. Raum wurde durch die Zeit ersetzt, die mein Neokortex brauchte, um auf die andere Seite des Ozeans zu gelangen, und Zeit wurde durch den Raum zwischen mir und meiner Umgebung ersetzt, die sich bei jedem Atemzug zusammenzog. Es war, als würde ich in eine neue Haut hineinwachsen – oder eher aus einer alten heraus?

Danach sahen wir uns gemeinsam Zeichentrickfilme an. Das war ein guter Weg, um zu überprüfen, wie „weit" ich schon war. Sobald die Zeichentrickfiguren an den Rändern ausfransten, die Farben dieses giftige Neonglühen annahmen und ich begann, jede Szene als hochgradig symbolisch wahrzunehmen, war es Zeit für mich, mich auf mein Inneres zu konzentrieren. Dann ging ich ins Schlafzimmer und meditierte, während Suresh weiterschaute.

Manchmal hatte ich einfach nur das Gefühl, wieder ein Kind zu sein, was völlig in Ordnung war. Oft kam es mir albern vor, im Anschluss an meine Meditation schlafen zu gehen, weil ich das Gefühl hatte, gerade erst aus einem Traum aufgewacht zu sein. Dann las ich ein bisschen und profitierte von dieser besonderen Klarheit des Geistes, die blieb, nachdem das LSD mein Gehirn gereinigt hatte und mein Geist im Begriff war, den Körper zu verlassen.

Manchmal, entweder nach oder während eines Trips, hatte ich diese Geistesblitze, die mein Bewusstsein noch Tage später in der Luft schweben ließen. Dann wiederum gab es Tage, an denen ich mich deprimiert fühlte, sobald die Melodie der unendlichen Verheißungen wieder in den statischen Rhythmus der Realität überging. Manchmal schwänzte ich meinen Chinesischkurs oder die Therapiesitzungen, weil ich nicht aus dem Bett kam.

Suresh gab mir Bücher zu lesen. Darin war von der Überwindung, von der Auflösung des Egos die Rede. Ich lernte, das Ego – mich selbst – als etwas wahrzunehmen, das immer im Weg war und mich davon abhielt, zu erkennen, was während des Unfalls wirklich mit mir geschehen war. Mit speziellen Atemtechniken versuchte ich, mein Ego auszuatmen. Mein Atem formte sich dabei zu einer Art Drachen, den es zu zähmen galt.

Und hin und wieder entdeckte ich ein paar neue Details aus meiner Vergangenheit. Meistens schwebte ich über dem Taxi und betrachtete die Szene aus verschiedenen Winkeln, in einer Art retrospektiver außerkörperlicher Erfahrung. Ich konnte jedes einzelne Gesicht heranzoomen, sei es das eines Notarztes oder eines Passanten, aber wann immer ich mich auf mich selbst, vor dem Taxi liegend, konzentrierte, konnte ich nur meinen zerzausten schwarzen Haarschopf erkennen.

Könnte es sein, dass das Krankenhaus, in dem ich damals gelandet war, genauere Informationen darüber hatte, was bei dem Unfall mit mir passiert war? Damals hatte ich nicht nach Einzelheiten gefragt. Falls doch, hatte meine Amnesie auch diese Erinnerung weggespült, war in meine Gegenwart und Zukunft geschwappt wie Wasser, das in das Innere eines Notizbuchs eindrang und nicht nur die bereits ausgefüllten Seiten unleserlich machte, sondern auch die leeren Seiten in einem Zustand zurückließ, der jedes Wort, das man versuchte, darauf zu schreiben, bis zur Unkenntlichkeit verschwimmen ließ.

Auf einem meiner LSD-Trips war es mir endlich gelungen, dem Krankenwagen bis zum Krankenhaus zu folgen. Das Schild des Krankenhauses hatte ich aber nicht entziffern können. Ich versuchte, es gedanklich heranzuzoomen, und schließlich ordneten sich die Pixel zu vier chinesischen Schriftzeichen an.

Sobald mein Bewusstsein klarer wurde, holte ich einen Notizblock hervor und versuchte, die Zeichen so genau wie möglich zu notieren: 迈蒙尼德. Mai-mo-ni-de.

Am Tag darauf gab ich die Buchstaben in die Suchmaschine ein und es erschien das Bild eines Mannes mit einem Turban. Maimonides, ein jüdischer Philosoph. Ich tippte 'Maimonides' und 'New York' ein. Es erschien eine Karte mit zwei Ortsmarken. Maimonides Kinderkrankenhaus. Maimonides Medical. Bingo.

Ich spürte Adrenalin durch meine Adern rauschen. Mit zitternden Händen griff ich nach meinem Handy und tippte eine Nachricht an Suresh.

Ich glaub, ich hab gerade einen Durchbruch erzielt. Es hat mit chinesischen Schriftzeichen und einem Philosophen zu tun.

Wow. Möchtest du mir verraten, worum es geht? ☺

Nicht jetzt. Ich muss erst was überprüfen.

Okay. Soll ich mitkommen?

Nein, danke. Ich hab das Gefühl, dass ich das alleine machen muss.

Na gut. Schreib mir, sobald es was Neues gibt.

Ich sah mir die Adresse des Krankenhauses an. Es lag an der Kreuzung zwischen der 49th Street und der 10th Avenue. New York war wirklich ein Netz aus Straßen und Avenues, die sich im rechten Winkel kreuzten, wobei die Straßen von Osten nach Westen und die Avenues von Süden nach Norden verliefen. Wie zwei parallele Welten, die sich überkreuzten.

Ich schnappte mir meine Umhängetasche und eilte die dreizehn Stockwerke hinunter in einen grauen New Yorker Morgen. Das Krankenhaus war nur ein paar U-Bahn-Stationen von mir entfernt. Wenn ich nach meinem Unfall wirklich dort gelandet war, war er vielleicht irgendwo in Brooklyn passiert. Vielleicht konnte ich das auf einem meiner nächsten Trips herausfinden, indem ich meinen Blick vom Tatort weg auf meine Umgebung richtete.

Das Krankenhaus war ein grauer Backsteinkomplex, bei dem ein Teil des Gebäudes über eine Straße hinausragte und gerade genug Platz für ein paar Fahrspuren mit belebtem Verkehr ließ. Ich fragte mich, ob sich die Patienten in diesem Flügel wohlfühlten, mit dem Wissen, dass die Autos nur wenige Meter unter ihren Krankenhausbetten hindurchfuhren. In dieser Stadt musste das Leben noch dringender weitergehen als anderswo. Wenn man dafür kranke Menschen direkt über einer Straße aufstapeln musste, dann war das eben so.

Ich drückte mich durch eine ominöse Seitentür, die wie der Personaleingang aussah. Es war die erste Tür, die ich sah, und ich wollte keine Zeit damit verschwenden, auf diesem riesigen Gelände nach dem Haupteingang zu suchen. Der klinische Geruch stach mir sofort in die Nase. Auf beiden Seiten des Ganges standen Wäschewagen, hinter denen ich mich instinktiv versteckte, sobald ich ein Geräusch hörte.

Schließlich kam ich an einen runden Schalter, eine Art Rezeption. Die blonde Frau dahinter schien nicht überrascht zu sein, mich zu sehen. Gerade als ich den Mund aufmachte, merkte ich, dass ich nicht wusste, wie ich anfangen sollte. Mein Herz klopfte heftig. Auf dem Weg ins Krankenhaus hatte ich nichts bewusst wahrgenommen. Ich hatte nur die ganze Zeit die Krankenakte vor mir gesehen. Jetzt wurde mir plötzlich klar, dass es einiges zu erklären gab, bevor ich diese Papiere wirklich in die Hände bekäme.

„Ähm... ich... hatte vor ein paar Jahren einen Unfall."

Die Frau hinter dem Schalter sah mich an. „Ja?" Vielleicht dachte sie, ich sei eine Patientin, die gerade aufgewacht und jetzt ganz benommen in der Birne war. Andererseits war ich vollständig bekleidet und sah nicht wirklich wie eine Patientin aus. Ich fühlte mich plötzlich ziemlich seltsam.

„Also ... anscheinend wurde ich hier in dieses Krankenhaus eingeliefert. Ich wollte fragen, ob ich einen Blick in meine Krankenakte werfen kann."

Sie hob eine Augenbraue. „Name?"

„Wie bitte?"

„Ihren Namen, bitte."

„Oh, ähm ... Fang. Lai Fang."

Die Frau tippte etwas und klickte ein paar Mal mit ihrer Maus.

„Es tut mir leid, ich kann hier nichts finden." Sie schüttelte den Kopf, ihre Ohrringe klapperten.

„Sind Sie sicher?"

„Der Name ist Fang, F-A-N-G, richtig? Hier ist nichts."

„Ist das die zentrale Datenbank? Für den gesamten Maimonides-Krankenhauskomplex?" Zögernd legte ich meine Hände auf den Tresen.

„Ja."

„Kann ich hier vielleicht mit jemand anderem sprechen? Vielleicht mit einem Arzt?"

Die Frau runzelte die Stirn. „Hören Sie, wenn nichts da ist, ist nichts da. Offensichtlich sind Sie im falschen Krankenhaus."

„Okay.“ Ich zog meine Tasche an mich, drehte mich langsam um und ging zurück, den Korridor entlang. Alles war wie in Watte gepackt, sogar die Türklinke, die ich drückte, um nach draußen zu gelangen.

Wie war das möglich? Ich hatte doch so ein klares Bild vor Augen gehabt. Bedeutete das, dass auch alles andere, was ich bei meinen Trips gesehen hatte, nicht den Tatsachen entsprach? War das alles nur ein Produkt meiner Phantasie gewesen? Dann war das Universum ein chaotisches, willkürliches, sich ständig ausdehnendes Gebilde, und alles, woran ich je geglaubt hatte – Karma, Synchronizität, poetische Gerechtigkeit – war falsch. Dann war die Welt keine sorgfältig ausbalancierte Gleichung, sondern ein Haufen von Zeichen und Buchstaben, die keinen Sinn ergaben. Ich war kurz davor, verrückt zu werden.

Meine Finger zitterten, als ich mein Handy aus der Tasche zog.

Ich muss dich sehen.

Oh, auf einmal kommst du zu mir gerannt, Miss Ich-kann-das-Selber ☺ Klar, in 30 min. hab ich Feierabend. Treffen danach?

Ja. Danke

Stimmt was nicht? Dein Smiley scheint sehr halbherzig.

Erzähl ich dir später.

Ich ging zur U-Bahn-Haltestelle. Lustlos tippte ich wieder „Maimonides“ in die Suchmaschine:

Sein Hauptwerk befasst sich mit der Unvereinbarkeit von zwei Systemen: Einerseits der Glaube mit seinen offenbarten Wahrheiten und andererseits das System der aristotelischen Logik und Metaphysik.

Mein Vater hatte mir immer gesagt, dass die Welt unlogisch sei, dass nicht eine Sache logisch aus der anderen folgte, sondern dass wir es in Wirklichkeit oft mit voneinander losgelösten Phänomenen zu tun hätten, die in keinerlei

Verbindung zueinander stünden. Dass die Logik nur ein weiteres irreführendes Glaubenssystem sei, dem die westliche Welt anhinge. Aber was, wenn beide Systeme einen im Stich ließen? Was blieb dann noch übrig?

Ich ließ mich auf die Bank in der U-Bahn fallen und klammerte mich an meine Tasche. Die Gesichter der Menschen mir gegenüber sahen aus, als hätten sie mit der gleichen Art von metaphysischem Problem zu kämpfen. Existenzielle Falten schienen in ihre Gesichter geätzt zu sein.

Als ich an der Ecke der 213 W 35th Street ankam, wartete Suresh bereits auf mich. Er stand mit hoch erhobenem Kopf da, die Hände an den Riemen seines Rucksacks. Plötzlich wurde ich von einer Welle der Zuneigung überrollt. Ich schmiegte mich an ihn und legte die Arme um seinen Hals.

„Anscheinend bist du nicht der Einzige, der zu plötzlichen Zärtlichkeitsausbrüchen neigt", murmelte ich in seinen Pulli.

„Wie bitte, meine Liebe? Iss bitte nicht mein Oberteil auf."

Ich brachte ein wenig Abstand zwischen mich und seinen Pulli. „Ich bin verloren. Ich dachte, ich wäre auf der richtigen Spur, weil ich so klare Visionen hatte, aber anscheinend hat mir mein Verstand einen Streich gespielt."

„Na, na, lass uns einen Spaziergang machen und dann kannst du mir alles erzählen."

Ich erzählte ihm, was ich während des gestrigen Trips gesehen hatte, und von meinem Besuch im Krankenhaus.

„Es war alles so klar und eindeutig, dass ich wirklich dachte, ich sei auf der richtigen Spur." Ich zuckte die Schultern.

„Hmm, hört sich so an." Er hielt einen Moment inne. „Es mag seltsam klingen, aber hast du schon mal darüber nachgedacht, dass jemand deine Akte vielleicht verschwinden hat lassen? Wenn jemand deine Vergangenheit auslöschen will, wird er sicher nicht davor zurückschrecken, alles zu vernichten, was dir dabei helfen könnte, dich an dein früheres Leben zu erinnern."

Ich schaute ihn ungläubig an. „Klingt, als wäre ich der Mittelpunkt einer großen Verschwörung." Ich kicherte nervös. „Wer würde sich solche Mühe machen? Und warum ich und nicht mein Vater?"

Wir gingen eine belebte Straße entlang, die Schilder der Restaurants strahlten uns an.

„Es müsste jemand sein, der es darauf abgesehen hat, die Identität einer Person restlos auszulöschen, einschließlich der Beziehungen zu

Familienmitgliedern. Aus welchem Grund auch immer." Suresh schaute ernst, fast grimmig.

„Wie soll ich dann jemals irgendwas über meine Vergangenheit herausfinden?"

„Vielleicht gibt es eine Möglichkeit. Wenn eine digitale Datei gelöscht wird, wird sie nicht gänzlich gelöscht. Nur der Name wird gelöscht, so dass man sie nicht mehr finden kann. Aber sie ist immer noch irgendwo im System."

Zum Glück bogen wir in eine ruhige Seitenstraße ein und mussten nicht mehr so laut reden.

„Kennst du jemanden, der die Datei wiederfinden könnte?"

„Ja. Da ist jemand, der gemeinhin als GOAT bekannt ist."

Ich schaute ihn von der Seite an. „Du?"

„Jawohl, Madam. Und ich habe keine Ahnung, wie du da auch nur den geringsten Zweifel dran haben kannst. Immerhin hab ich mich bereits als dein Trip-Sitter und dein Privatdetektiv bewährt", sagte er mit gekünstelter Selbstgefälligkeit und griff dabei erneut die Riemen seines Rucksacks.

„Sorry... Ich meine, ich wusste, dass du gut mit Computern bist, aber nicht, dass du wirklich ein Hacker bist."

„Da ich für eine Versicherungsgesellschaft arbeite, hab ich auch viel Erfahrung."

„Wie das?" Bis jetzt hatte er noch nichts Erwähnenswertes über seine Arbeit erzählt.

„Na ja, im Grunde lassen sie mich etwa alle zwei Monate ihr eigenes System hacken, um nach möglichen Sicherheitslücken zu suchen." Er sagte das, als sei es nichts Besonderes.

„Hast du schon mal was anderes gehackt?"

„Noch nicht, aber das klingt nach der perfekten Gelegenheit, es zu versuchen." Er grinste.

Dieser Typ verwandelte sich mehr und mehr in eine Art Schweizer Messer. „Wann könntest du es denn versuchen?"

„Eigentlich sofort."

Ich sah hinauf zu den Bäumen und konzentrierte mich auf die schwarzen und grünen Flecken der Blätter. Wenn ich eine Struktur lange genug betrachtete, setzten sich all die zufälligen Teile nach einer Weile zu komplizierten, symmetrischen Mustern zusammen. Hinter allem steckte ein

Quellcode, und LSD machte ihn sichtbar. LSD war jenseits der Dualität der individuellen Wahrnehmung von richtig und falsch. Es war brutal ehrlich. Es konnte nicht lügen. Oder etwa doch?

In den nächsten paar Tagen saß ich im Chinesischkurs und in der Gruppentherapie wie auf Kohlen und wartete auf das Wochenende. Als ich am Freitagnachmittag aus meiner letzten Sitzung kam, schrieb ich als Erstes eine Nachricht an Suresh. Ich wartete nicht einmal auf Izzy.

Also ... heute Abend?

Suresh hatte mir am Tag zuvor geschrieben, dass es ihm gelungen war, etwas zu installieren, das lustigerweise „Cookie Catcher" genannt wurde.

Na ja, wäre wohl grausam, dich noch länger hinzuhalten...

Bitte 🙏

Mir war klar geworden, dass ich die Akte nicht nur brauchte, um zu wissen, was mit mir geschehen war, sondern auch, weil ich eine Art Beweis für meine Existenz benötigte. Einen Beweis dafür, dass ich ein menschliches Wesen war, das verletzlich war, oder zumindest, dass ich jemand gewesen war, der verletzt worden war. Das LSD bewirkte, dass ich mich immer weiter von meinem Körper distanzierte, so dass mein Bewusstsein häufig zwei Meter über mir schwebte.

- Na gut. Du weißt, dass ich nie nein zu dir sagen kann, meine chinesische Prinzessin.

- Super ☺ Soll ich zu dir kommen?

- Woah, woah – wer hat gesagt, dass du zuschauen kannst? Weißt du noch, als du gemeint hast, du müsstest diese eine Sache „alleine machen"? Das ist eine Sache, die ICH alleine machen muss :)

Ich verspreche, dass ich dich nicht stören werde. Ich kann einfach auf deiner Couch sitzen und lesen oder so.

Tut mir leid, aber deine bezaubernde Anwesenheit könnte dazu führen, dass ich meinen Code falsch eintippe :/
Ernsthaft? Wie kannst du überhaupt deine Schnürsenkel richtig binden,

wenn ich neben dir stehe?

Hast du dir die mal angeschaut? :D Du könntest danach vorbeikommen, wann immer das sein mag ... könnte ein paar Stunden dauern ...

Zu Hause versuchte ich, mich mit den neuesten Nachrichten über UFOs abzulenken. Vor kurzem hatte ich mehrere einfache Überwachungskameras gekauft, die ich vor meinen Fenstern mit Blick zum Himmel aufgehängt hatte. Ich hatte vor, sie mehrere Monate lang dort hängen zu lassen, in der Hoffnung, dass irgendwann ein UFO auf den Aufnahmen zu sehen sein würde. US-Piloten hatten immer wieder von mysteriösen Sichtungen berichtet. Ich war überzeugt, dass es mehr UFO-Sichtungen geben würde, wenn die Öffentlichkeit öfter in den Himmel blicken würde.

Gerade als ich einen Artikel über einige Kampfpiloten las, die mysteriös blinkende Dreiecke am Himmel entdeckt hatten, vibrierte mein Telefon.

Geschafft.

So schnell? :O

- Man nennt mich nicht umsonst GOAT :P Soll ich zu dir kommen und dir zeigen, was ich gefunden habe?

- Beeil dich!!

Zwanzig Minuten später stand Suresh vor meiner Tür.

„Oh mein Gott, ich kann es nicht fassen. Du musst der beste Freund der Welt sein."

Mein Herz flatterte. *Freund.* Wir hatten unsere Sache nie wirklich „offiziell" gemacht, aber irgendwie mussten wir das auch gar nicht. Von der ersten Verabredung an war klar gewesen, dass er für mich da sein würde. Sein Blick war immer auf mich gerichtet, ohne jemals abzuschweifen.

„Ich weiß." Er zwinkerte mir zu, zog seine Schuhe aus und stellte sie ordentlich neben der Tür ab.

Wir setzten uns aufs Sofa und er zog ein paar Blätter Papier aus seiner Tasche. Ich versuchte, einen Blick darauf zu werfen, aber er legte sie mit der Rückseite nach oben herum auf seinen Schoß und platzierte seine gefalteten Hände darauf.

„Bevor ich dir das zeige, möchte ich, dass du dich geistig darauf vorbereitest. Denk dran, das ist nur Papier, nichts Reales."

Ich schaute ihn an. „Wie kann es nicht real sein, wenn es aussagt, was wirklich mit mir passiert ist?"

„Ich meine ja nur ..."

„Jetzt zeig schon!"

Widerstrebend legte er mir die Blätter in den Schoß. Ich blätterte sie durch, bis ich auf etwas stieß, das wie ein kurzer Bericht aussah, der von einem Rahmen umgeben war.

Die Patientin wurde mit schweren Kopfverletzungen, mehreren gebrochenen Rippen und einem Bruch des rechten Arms ins Krankenhaus eingeliefert. Sie wurde in ein künstliches Koma versetzt, aus dem sie nicht mehr erwachte. Am 10.12.2019 beschloss ihr Vater – in Übereinstimmung mit der Einschätzung des Chefarztes –, die lebenserhaltenden Maßnahmen abzuschalten.

Ich hatte das Gefühl, als hätte sich ein schwarzes Loch würde sich unter meinen Füßen auftun und mich hineinsaugen. Alle meine Gliedmaßen schienen plötzlich den Kontakt zur Schwerkraft und zur Realität verloren zu haben. Ich befand mich im Weltraum, ohne festen Boden unter den Füßen. Von allem befreit. Doch irgendwie war ich immer noch hier.

„Bist du...? Mist, ich hätte es dir noch schonender beibringen sollen." Suresh legte seine Arme um mich.

Ich blieb steif und starrte durch das Fenster hinter ihm in die hereinbrechende Nacht hinter ihm.

Ein bitteres Lachen entfuhr mir.

„Aber ich bin doch noch hier, oder? Ich bin immer noch hier."

„Ja, das bist du." Suresh streichelte mir über den Rücken.

Eine Unzahl von Möglichkeiten tat sich vor mir auf. „Bist du sicher, dass das die richtige Akte ist?" Ich blätterte nach vorne und überprüfte abermals den Namen auf der ersten Seite. Fang, Lai. *Verdammt.*

„Wie kommt es, dass ich immer noch mein offizielles Bankkonto und alles habe, wenn ich offiziell tot bin?"

„Ich glaube, ich sollte dir ein bisschen Wasser holen." Suresh stand auf.

„Nein, nein – ich ... tut mir leid, ich kann nicht." Abrupt stand ich auf und ging zur Haustür. Abwesend schnappte ich mir meine Tasche und verließ die Wohnung.

Ohne nach links oder rechts zu schauen, wanderte ich durch die Straßen. Konnte das wirklich sein? War Suresh wirklich online gegangen und hatte herausgefunden, dass ich nicht mehr existierte? Hatte er sich geirrt? Wie viele Lai Fangs gab es in den Vereinigten Staaten? Wahrscheinlich keine, die nach einem Unfall in diesem einen Krankenhaus gelandet war.

Oder hatte er mich angelogen? Warum hätte er das tun sollen? Er war bei mir gewesen, als ich am verletzlichsten gewesen war, während meiner LSD-Trips, und hatte das nicht ausgenutzt. Ich glaubte ihm, wenn er sagte, dass er mir helfen wollte. Während andere Männer den Frauen alles versprachen, um sie dazu zu bringen, das zu tun, was sie wollten, war er auf seine eigene, verschrobene Art vollkommen ehrlich. Hinter seinen manchmal seltsamen Gesichtsausdrücken glaubte ich wahre Zuneigung zu erkennen. Zuneigung, die nur ein Außenseiter für einen anderen Außenseiter empfinden konnte.

Suresh saß immer noch auf der Couch, als ich zurückkam. Er hatte ein Glas Wasser aus der Küche geholt.

„Geht's dir einigermaßen?"

Ich ließ mich neben ihm aufs Sofa fallen und zuckte mit den Schultern.

„Vielleicht sollte ich dir sagen, was ich von dem Ganzen halte." Er reichte mir das Glas. „Angesichts der gefährlichen Dinge, in die dein Vater verwickelt ist, könnte es doch sein, dass die Regierung oder wer auch immer, sich große Mühe gibt, dich zu schützen – dass du in einer Art extremem Zeugenschutzprogramm bist."

„Oh Gott. Aber warum? Ich hab seit Ewigkeiten keinen Kontakt mehr zu meinem Vater gehabt. Wovor könnten sie mich beschützen wollen? Wie kann es sein, dass alles noch unter meinem offiziellen Namen läuft?“

„Du hast mal gesagt, dass man nie genau wissen kann, welche chinesischen Schriftzeichen sich hinter einem chinesischen Namen verbergen. Es könnte ja sein, dass dein Name immer noch gleich klingt, nur die Schriftzeichen wurden geändert.“

Er bemerkte meinen skeptischen Blick und hob die Hände. „Nur so eine Idee.“

Ich dachte nach. „Scheiße, ja – ich schätze, das wäre möglich ...“ Gleich und doch anders. Es gab mehrere Möglichkeiten, wie man das Zeichen meines Nachnamens Fang – „Phönix“ – durch ein ähnlich klingendes Zeichen auszutauschen konnte. Meine amerikanische Identität wäre immer noch die gleiche, aber dahinter wäre ich eine vollkommen andere Person. Als solche ginge ich wahrscheinlich in einer anonymen Masse von Tausenden von Lai Fangs unter, die in den USA lebten.

„Moment, aber das würde bedeuten, dass sie mich vor der chinesischen Regierung schützen wollen?“

„Könnte sein.“

Das war alles zu viel. Erst gestern war ich ein einfaches Mädchen gewesen, das nach seinem Vater suchte, und auf einmal sollte die chinesische Regierung darin verwickelt sein?

„Oh Gott.“ Ich ließ die Stirn in meine Hände sinken. „Eine ganze Regierung könnte also zwischen mir und meinem Vater stehen, nicht nur ein paar Einzelpersonen. Wie soll ich ihn dann jemals finden? Für wen hat er denn überhaupt gearbeitet? Für die chinesische oder die amerikanische Regierung? Wenn ich mich nur an mehr Dinge aus meiner Kindheit erinnern könnte ... es ist alles so verschwommen.“

„Wir könnten es mit einem weiteren Trip probieren, du könntest über die Zeit vor deinem Unfall meditieren. Vielleicht kommt dabei ja etwas Brauchbares heraus.“ Suresh streichelte meine Hand.

„Ich glaube, das ist sowieso meine einzige Option, aber nicht heute ... es war alles ein bisschen viel auf einmal.“

„Natürlich. Wie wär's, wenn wir ein paar Cartoons anschauen? Das bringt dich vielleicht auf andere Gedanken.“

„Hmm, aber nur, wenn du mich dabei in den Arm nimmst – ich glaube, das ist das Einzige, was mich aufmuntern könnte."

In dem Moment, in dem Roadrunner sein klassisches *„meep meep"* von sich gab, wurde mein Geist seltsam ruhig. Ich schmiegte mich in Sureshs Arme und schaute mit halbgeschlossenen Augen auf den Bildschirm, bis sich meine Augenlider irgendwann schlossen und Roadrunner unaufhörlich auf meiner inneren Leinwand weiterlief.

Lijie Fangs Tagebuch
New York
22.11.2018

Deine Mutter und ich begannen, uns regelmäßig in der Pagode zu treffen. Wir dachten, dass die Anzahl der Stockwerke – sieben – uns Glück bringen würde. Wir waren damals sehr abergläubisch, wie das eben so ist, wenn man jung ist, sich selbst finden will und noch kein festes Glaubenssystem hat. Wir belegten alle Wahlfächer, die uns interessierten – Remote Viewing, Tierkommunikation, außerirdische Forschung.

Wir gingen in den siebten Stock, zündeten Weihrauch an oder verbrannten Räucherstäbchen. Ich ließ deine Mutter die Räucherstäbchen auf den Boden werfen und versuchte dann scherzhaft, sie nach Art des I Ging zu deuten. Manchmal brachte sie das Fläschchen mit der seltsamen Energie mit und versuchte, mit der Kraft ihres Geistes kleine Objekte daraus zu formen. Manchmal lachten wir uns kaputt, manchmal staunten wir nur.

Einmal brachte deine Mutter etwas Interessantes mit. Eine kleine goldene Scheibe, in die zahlreiche Zeichen und Symbole aus dem I Ging eingraviert waren. Sie meinte, dass einer ihrer Lehrer sie zurückgelassen hätte und dass sie sie einfach mitnehmen musste, weil es das Sonnenlicht so schön reflektierte. Es erinnerte mich an die alten CDs, die meine Oma immer in die Bäume in ihrem kleinen Garten gehängt hatte, um gierige Vögel zu verscheuchen.

Deine Mutter ging dann mit der Scheibe und mit mir im Schlepptau zu dem kleinen Teich hinunter. Sie sagte, dass sie mir etwas zeigen wolle. Sie legte die Scheibe in der Nähe des Teichufers ins Gras und forderte mich auf mir, ich solle genau hinzusehen. Plötzlich begann die Nadel wild zu zittern, als würde sie von irgendeiner geheimnisvollen Kraft beeinflusst werden. Ein paar Zeichen und Symbole leuchteten auf, scheinbar keinem bestimmten Muster folgend.

Aber deine Mutter sah in eine ganz andere Richtung. „Siehst du das dort, über dem Teich?“

Zuerst dachte ich, dass meine Sehkraft nachgelassen hatte. Vielleicht war es die Hitze des späten Nachmittags, die über der Wasseroberfläche flimmerte. Das Wasser im Teich schien etwas zu spiegeln, allerdings in einem Winkel von 90 Grad. In einem rechten Winkel über der Wasseroberfläche schwebte etwas in der Luft, das wie ein ovales Tor aussah. Ein Portal. Vorsichtig trat ich näher an das Ufer heran. Im Inneren des Portals glaubte ich etwas zu sehen, das wie schimmernde, durchscheinende Wellen aussah. Es war, als hätte der Teich einen Heiligenschein aus sich selbst erzeugt.

7

Sobald ich hinausging, fühlte ich mich, als wäre ich kein Teil dieser Welt mehr. Ich beobachtete die Obdachlosen, die die Straßen säumten und war beinah neidisch auf sie. Wenigstens hatten sie eine Identität, einen Namen, der ihnen gehörte. Wenn ich auf der Straße landen würde, hätte ich nicht einmal mehr einen Namen.

Als wir in meiner Kindheit in die USA gezogen waren, hatte ich nicht das Gefühl gehabt, meine Identität zu verlieren – daran konnte ich mich noch erinnern. Ich hatte das Gefühl gehabt, perfekt in meine neue Umgebung zu passen, sogar mit meinem chinesischen Namen. Obwohl wir keiner chinesischen Emigrantengemeinschaft angehörten, gab es in New York für jeden einen Platz und eine Geschichte. Doch nun war nur noch eine leere Hülle von mir übrig, der Geist des Phönix war aus mir herausgesogen worden. Wahrscheinlich hatte die US-Regierung den „Phönix" durch ein weniger glückverheißendes Zeichen ersetzt, vielleicht durch „封", was so viel wie „schließen" bedeutete. Ich war ein abgeschlossener Fall.

Mein Papa hatte mir meinen Namen zu Ehren des kommunistischen Nationalhelden Lei Feng gegeben, der als selbstloser Soldat in der Volksbefreiungsarmee diente. Auch wenn die kommunistische Partei versuchte, den Daoismus, dem mein Vater anhing, zu entmystifizieren, war er dennoch ein überzeugter Anhänger der staatlichen Politik geblieben. Es fiel mir noch immer schwer zu glauben, dass er den chinesischen Staat verraten würde, indem er als Spion für die Amerikaner arbeitete.

Ende der Woche machte ich mit Suresh meine nächste LSD-Sitzung. Überraschenderweise hatte ich mich weitgehend von dem Schock erholt, dass ich offiziell als tot galt. Tief in mir konnte ich einen kleinen Rest an Angst vor der Zukunft und den Menschen da draußen spüren, die es möglicherweise auf mich abgesehen hatten. Ich dachte zwar immer noch an sie, aber sie berührten nicht mehr mein Gefühlszentrum. Es war, als hätte jemand einen Stecker in mir gezogen. Meine Gedanken und Gefühle lagen in wohliger Dunkelheit.

„Umso besser für unsere nächste Sitzung", sagte Suresh, als ich ihm davon erzählte. „Auf diese Weise kannst du neutral und aufmerksam bleiben."

Wie immer trank ich das LSD aufgelöst in einem Glas Wasser, das er mir einschenkte. Er bestand darauf, das zu tun, als wäre ich eine alte Frau, die nicht mehr selbst aufstehen und sich das Wasser selbst einschenken konnte. Allmählich wurde das zu einem Teil unseres Rituals.

Dieses Mal schien die Wirkung der Droge intensiver zu sein als sonst. Ich begann stark zu schwitzen, so stark, dass ich mir alle Kleider vom Leib riss. Als Suresh begann, mit seinen Fingern um meinen Nabel zu kreisen und langsam zu meinen Brüsten hinaufzufahren, griff ich nach ihnen.

„Nicht jetzt, bitte. Ich kann jetzt nicht. Es ist, als hätte ich Fieber." Das Innere meines Mundes fühlte sich an, als hätte ich mehrere große Stücke Sandpapier gegessen. Als wäre ich ein Fisch, der irgendwo an einem heißen Strand angespült worden war, umgeben von nichts als kilometerlangem Sand um mich herum.

Suresh reichte mir ein weiteres Glas Wasser, das ich gierig hinunterkippte. „Hast du mir eine größere Dosis als sonst gegeben?"

„Nicht größer als sonst, nein."

„Vielleicht hab ich es schon zu oft gemacht." Ich wusste, dass es bei LSD so etwas wie „zu oft" eigentlich nicht gab, aber es fühlte sich an, als würde mein Körper dagegen rebellieren und versuchen, alles durch die Poren auszuschwitzen. In Gedanken fuhr ich durch eine Wüste mit endlosen Sanddünen um mich herum. Als wäre ich einmal zu oft falsch abgebogen und in diesem Niemandsland gelandet.

Erst allmählich lichtete sich der Sand, der mich wie Nebel umgab und ein paar scharfe Kanten wurden sichtbar. Ein Schreibtisch. Das alte Arbeitszimmer meines Vaters. Mein Vater saß hinter seinem Schreibtisch, die Hände ängstlich auf dem Tisch verknotet. Ihm gegenüber saß ein anderer Chinese, sehr förmlich gekleidet und mit glattem Haar, der in eindringlichem Tonfall zu meinem Vater sprach.

„... du musst wissen, dass sie dich nicht wirklich wertschätzen. Du wirst für sie immer nur ein Sandkorn inmitten einer Wüste sein. Sie haben dir nicht einmal die ganze Wahrheit über die Mission verraten. Ich weiß, dass sie dir nicht viel zahlen. Alles, was du im Grunde genommen bekommst, ist die Wohnung und die Möglichkeit, deinem Nebenjob als Magier nachzugehen. Wie willst du da das College für deine Kleine bezahlen?"

Ich erschrak. Eine Sekunde lang hatte ich das Gefühl, dass sie wussten, dass ich sie beobachtete. Nur mit Mühe konnte ich ihr Chinesisch verstehen.

Mein Vater seufzte. Unter seinen Augen hatten sich bereits dunkle Ringe gebildet. „Ich weiß, es ist ein wenig schwierig, seit Tang Li nicht mehr da ist, aber bisher hatten wir ein gutes Leben hier in den Staaten."

„Warum sollte man sich mit einem bescheidenen Leben zufriedengeben, wenn man ein gutes Leben haben kann? Denk an das Projekt, von dem ich dir erzählt habe. Denk an die großartigen Dinge, an denen du mit deinen Fähigkeiten mitarbeiten könntest... Ich habe dich da oben gesehen, ich weiß, wozu du fähig bist ..."

Mein Vater fuhr sich mit den Händen durch das Haar. „Ich werde darüber nachdenken. Das ist alles, was ich im Moment sagen kann. Tut mir leid. Ich brauche einfach etwas Zeit."

Der Krawatten-Typ mit der Krawatte nickte. „Hao hao, das verstehe ich. Gib mir doch nächstes Mal, wenn du auf der Bühne stehst, deine Antwort. Ich werde mir deine Show auf jeden Fall ansehen."

„Ja, in Ordnung."

Allmählich begann die Szene wieder zu verblassen. Zum Glück kam die Wüste nicht zurück, stattdessen spürte ich plötzlich wieder das Sofakissen in meinem Rücken, weich und beruhigend. Suresh saß dicht neben mir und starrte mich besorgt an.

„Alles okay?"

„Ja ... es war nur recht heftig. Einmal hat es sich angefühlt, als ob ich eine falsche Abzweigung genommen hätte und in einem riesigen Nichts gelandet wäre. Dann dachte ich: 'Das war's. Jetzt kommt nichts anderes mehr. Du steckst hier fest'. Das war ziemlich furchtbar." Ich lachte nervös. „Vielleicht sollte ich es die nächsten Wochen etwas ruhiger angehen lassen."

„War irgendwas nicht okay? Fühlst du dich hier irgendwie unwohl?"

Ich schaute mich um. Der Luopan leuchtete vom Regal gegenüber auf mich herab. Bis jetzt hatte ich mich noch nicht näher damit beschäftigt. „Nein, das ist es nicht. Es ist nur so, dass ich aufpassen muss, wohin ich meine Gedanken wandern lasse."

Ich konnte es nicht wirklich in Worte fassen. Vielleicht stimmte etwas mit der Umgebung nicht. Vielleicht war die Wohnung zu leer und meine Gedanken hatten die Leere nur noch vergrößert. Seit ich nach meinem einmonatigen Krankenhausaufenthalt hier eingezogen war, hatte ich weder

Möbel noch irgendwelche Deko gekauft. Es sah immer noch so aus, als wäre ich nur auf der Durchreise. Anonym. Ziemlich passend für jemanden, dessen Identität ohnehin eine leere Hülle war.

„Wie auch immer, nach dieser Sache mit dem Nichts ist was wirklich Interessantes passiert. Ich war plötzlich in dem ehemaligen Arbeitszimmer meines Vaters. Er saß an seinem Schreibtisch und sprach mit einem Mann. Ich konnte alles hören, was sie sagten."

„Wow. Was haben sie denn gesagt?"

„Es schien, als wollte der Typ meinen Vater dazu überreden, bei etwas mitzumachen... er erwähnte ein Projekt... die USA ..." Ich spielte die Szene in meinem Kopf noch einmal durch. „Glaubst du, er wollte ihn dazu bringen, für die amerikanische Regierung zu spionieren?"

„Ganz offensichtlich, Dummerchen." Suresh grinste ironisch.

Ich ignorierte seine Stichelei. „Ich muss dieses Gespräch irgendwie mitgehört haben, als ich ein Kind war. Mein Vater hätte das bestimmt vor mir geheimhalten wollen, obwohl ich mir nicht vorstellen kann, dass er das Angebot angenommen hat. Ich meine, er war der chinesischen Regierung gegenüber sehr loyal. Er ist nur in die USA gegangen, weil sie es wollten. Warum sollte er sie verraten?"

„Vielleicht wegen des Geldes, das dieser Typ ihm angeboten hat?" Suresh schenkte mir Tee ein. Seine Hände zitterten ein wenig, vielleicht war er auch aufgeregt, dass unsere Ermittlungen vorankamen.

„Mein Vater war nicht so. Ist nicht so. Der andere Kerl hat gesagt, dass die chinesische Regierung ihm nicht viel Geld zahlt. Aber soweit ich mich erinnern kann, ging es uns immer recht gut. Ich meine, wir hatten unsere Wohnung, meinen Privatlehrer ..."

„Vielleicht hat die chinesische Regierung nur für diese Dinge gezahlt? Ich bin mir sicher, dass sie nicht wollten, dass er große Geldsummen anhäuft und dann nach Hawaii oder so verschwindet."

„Das ergibt Sinn." Ich hielt einen Moment inne. „Ich glaub, mein Vater war mit dem Stand der Dinge zufrieden. Ich glaub nicht, dass er mehr wollte ..." Durch die zugezogenen Vorhänge fiel ein wenig Sonnenlicht herein, das von den Wänden zurückgeworfen wurde.

„Vielleicht kannst du das beim nächsten Mal herausfinden."

„Red nicht schon vom nächsten Mal, während ich noch am Trippen bin!" Ich lachte. „Jedenfalls bin ich überrascht, dass das Abrufen von

Erinnerungen so einfach ist. Es ist, als würde man einen Kanal einschalten und sich ansehen, was gerade läuft.“

„Vielleicht bist du besser darin geworden. Du hast es jetzt schon ein paar Mal gemacht. Vielleicht bist du ein Naturtalent.“ Suresh lächelte mich an.

„Mein Vater hat immer gesagt, dass ich kein bisschen übersinnlich begabt bin.“ Es war seltsam, wie alte Wunden den Gedächtnisverlust überleben konnten. „Ich glaub, er war enttäuscht von mir. Ich meine, sowohl er als auch meine Mutter waren Musterschüler an dieser Akademie in Suzhou … er hat sicher gehofft, dass da was auf mich abgefärbt hat.“

„Vielleicht hat er sich geirrt? Vielleicht hast du deine Fähigkeiten erst jetzt entdeckt. Wir wissen beide, dass du oft ein bisschen länger brauchst.“ Suresh versuchte, sein Grinsen hinter dem Ärmel seines Pullis zu verstecken.

„Hey!“ Ich schlug ihm spielerisch auf den Arm und lachte. „Du bist auch sehr begabt – wenn es darum geht, eine Beleidigung in ein Kompliment zu verpacken.“

„Ich geb mein Bestes, meine Prinzessin.“

Eine Woche – das übliche Intervall zwischen unseren Sitzungen – ließ dem LSD kaum Zeit, den Körper zu verlassen, den Nervenenden, die Berührung des Erhabenen zu vergessen und erneut davon geblendet zu werden. Trotzdem würde es noch monatelang in den Haaren gespeichert bleiben. Offenbar vergaß das Haar nie etwas. Es verzieh auch nichts. Der psychische Stress der letzten Wochen hatte seine Spuren hinterlassen. Wenn ich mir morgens die Haare bürstete, blieb immer ein kleines Büschel zwischen den Zacken zurück. Im Chinesischunterricht konnte ich mich schlecht konzentrieren und bei den Treffen meiner Selbsthilfegruppe war ich oft abwesend.

Nach einem Treffen nahm mich Izzy beiseite, musterte mich mit zusammengekniffenen Augen und beschloss, mit mir shoppen zu gehen – für ein klassisches New Yorker Mädchen das Mittel gegen alles.

„Wir sollten was mit deiner Haut machen. Sie ist irgendwie grau geworden.“

Als Flugbegleiterin, die jeden Tag erstklassig aussehen musste, wusste sie genau, wie man seine Wangen rosig leuchten ließ.

Nachdem wir alle Rottöne im Kosmetikladen durchprobiert hatte, hatte ich genug. „Wenn du so unbedingt mit mir shoppen gehen willst, dann lass uns wenigstens was Nützliches oder Schönes für meine Wohnung kaufen.

Sie sieht ein bisschen leer aus." Vielleicht könnte etwas Deko verhindern, dass ich bei meinem nächsten Trip wieder im Niemandsland landete. Ich erschauderte, als ich daran dachte, wie sich das angefühlt hatte.

„Na gut. Du weißt ja, dass ich auch eine Expertin in Sachen Inneneinrichtung bin."

Das wusste ich, seit ich das erste Mal in ihrer Wohnung gewesen war. Da gab es knallgelbe und rote Tapeten und die Räume waren vollgestopft mit Sesseln, die wie Eierschalen aussahen – ein Retro-Traum.

Wir landeten in einem großen Secondhand-Laden und verloren uns in den Gängen und unserem Gespräch.

„Schauen wir mal. Deine Lieblingsfarben sind blau und türkis", murmelte Izzy vor sich hin, während sie an den Regalen voller Schnickschnack entlangging.

„Du glaubst also, dass dein Vater ein Doppelagent gewesen sein könnte?" Izzy lehnte sich gegen einen großen blauen Plüschsessel.

„Ja. Nein. Ich weiß es nicht. Ich meine, er war immer sehr loyal gegenüber der chinesischen Regierung."

Es war seltsam, in einem Möbelhaus über meinen Vater zu sprechen, als wäre er ein alltägliches Thema.

„Und dann ist da noch die Krankenhausakte. Warum würde jemand deinen Tod vortäuschen wollen?" Sie senkte die Stimme. „Ich wusste sofort, dass du ein seltsamer Mensch bist, als ich dich zum ersten Mal in der Selbsthilfegruppe gesehen hab. Dank meines Jobs rieche ich seltsame Menschen schon aus hundert Metern Entfernung, aber du – du bist wirklich was ganz Besonderes." Sie lachte und schlug sich mit der Hand an die Stirn, als wäre sie diejenige, die gerade für tot erklärt worden war. „Du hast Glück, dass ich ein Faible für seltsame Menschen hab."

„Ich weiß, ich weiß, und ich bin sehr dankbar, dass du zu mir hältst."

„Nimmst du immer noch dieses LSD?"

Wir gingen an einem großen Teppich an der Wand vorbei, der ein wenig wie eine Landkarte aussah.

„Ja, das muss ich. Das nächste Mal werd ich herausfinden, ob mein Vater wirklich für die US-Regierung gearbeitet hat."

„Du klingst sehr zuversichtlich." Izzy blickte vor sich hin.

„Es hat jedes Mal geklappt, seit wir angefangen haben. Es scheint Erinnerungen freizulegen, von denen ich gar nicht wusste, dass ich sie da sind."

„Was ist mit Suresh? Vertraust du ihm? Du schluckst dieses Zeug, ohne zu wissen, woher es kommt. Das klingt für mich ein bisschen naiv.“ Izzy runzelte die Stirn.

„Na ja, es funktioniert. Ich vertraue Suresh.“ Wir hatten jetzt schon so viel zusammen herausgefunden. Und ich wollte niemanden und nichts mehr verlieren, nicht, nachdem ich bereits meine Identität verloren hatte.

Izzy drehte sich um und stieß einen kleinen Schrei aus. „Sieh dir diese Vase an! Wäre die nicht einfach perfekt?“

Ich drehte mich zu der Vase um und betrachtete die Vase. Sie zeigte Chinesen in antiker Gewandung mit zierlichen Regenschirmen, die über eine Steinbrücke gingen, umgeben von einer Darstellung der Mondphasen. Sie war wirklich perfekt, als ob sie schon immer schon auf mich gewartet hätte.

8

Es dämmerte bereits, als Suresh für unsere Sitzung vorbeikam. Währenddessen überprüfte ich meine Alien-Kamera, aber es war nichts vor die Linse gekommen. Vielleicht war New York zu überfüllt, sodass sie sich nicht zeigen wollten?

Ein paar Minuten, nachdem ich meine wöchentliche Medizin eingenommen hatte, und mich auf der Couch zurücklehnte, wusste ich, dass ich eine Glückssträhne hatte. Es kam mir vor, als säße ich in einem Rodelschlitten, und ich musste nichts weiter tun, als mich den Kurven der Bahn anzupassen, um gegen die Erfahrung den geringstmöglichen Widerstand zu leisteten.

Mein Bewusstsein raste hinab in eine große Halle und hielt plötzlich an, als ob mich jemand am Kragen gepackt hätte. Mein Magen flatterte. Ich hing an einer großen, runden Decke, die mit verschlungenen, wabenartigen Formen bedeckt war.

Unter mir starrte das Publikum schweigend auf jemanden auf der Bühne, jemanden in einer bestickten, schwarzen Seidenweste. Mein Vater. Vor ihm waberte Rauch durch die Luft, aber es war kein Feuer zu sehen. Der Rauch kam aus seinen Fingern.

Ich konzentrierte mich auf die ersten paar Zuschauerreihen. Ein kleines Mädchen saß ganz am Ende der ersten Reihe, die Haare zu zwei glänzenden Zöpfen gebunden, die Augen ängstlich auf die Bühne gerichtet. Ein paar Reihen hinter ihr erkannte ich den Mann, mit dem mein Vater in der letzten Sitzung in seinem Büro gesprochen hatte. Er saß mit verschränkten Armen und zusammengekniffenen Augen da. Mein Vater machte einige komplizierte Handgesten, woraufhin sich der Rauch zu chinesischen Schriftzeichen formte.

Das Publikum schnappte nach Luft, während das kleine Mädchen fröhlich mit den Füßen baumelte und an einem ihrer Zöpfe zog. Der Krawattenmann nickte fast unmerklich, als ob er mit sich selbst reden würde. Dann hatte ich das Gefühl, als würde mich etwas am Kragen ziehen, und die Szene begann zu verschwimmen.

Sanft erwachte ich aus meiner Trance. Als ich meine Augen öffnete, traf mein Blick Suresh.

„Schon fertig?“

„Ja. Zum Glück. Es ist kein sehr angenehmes Gefühl, von einer Decke zu hängen.“ Ich kuschelte mich in die weiche Couch.

Suresh reagierte nicht auf meinen Kommentar. „Hast du was gesehen?“

„Ja. Es war noch detaillierter als sonst. Ich konnte sogar Gesichter heranzoomen.“ Ich gestikulierte mit meinen Händen, wie mein Vater es während seiner Show getan hatte. „Ich hab meinen Vater gesehen. Das hatte ich ganz vergessen – er hat hier in New York immer Zaubershows aufgeführt. Feuerzauber, die chinesische Art von Magie. Der Typ von meinem letzten Trip war da und ich glaube, ich hab mich selbst als kleines Mädchen im Publikum gesehen. Wenn ich nicht hinter der Bühne saß, ließ mich mein Vater immer in der ersten Reihe im Publikum sitzen, ganz nah bei ihm. Vielleicht hoffte er, dass so etwas von seiner Magie auf mich abfärben würde.“ Als ich mich dort sitzen sah, erinnerte ich mich daran, wie sehr ich es meinem Vater immer hatte recht machen wollen. Ich hatte versucht, seine Zaubertricks zu verstehen, aber es hatte immer dieses letzte Verbindungsstück zwischen Realität und Illusion gegeben, aus der ich nicht schlau wurde.

„Und ich hab den Chinesen mit dem Anzug im Publikum gesehen. Mein Vater hat ein paar schemenhafte Schriftzeichen aus Rauch produziert, woraufhin der Anzugtyp plötzlich aufgestanden ist und den Saal verlassen hatte. Ich denke, er muss ihm eine Art Zeichen gegeben haben?“

„Hast du gesehen, was das für ein Zeichen war?“

„Ich glaube, es war 知道了. Das bedeutet: „Okay.“ 道, dao. Das steht auch für eine chinesische Philosophie, die mein Vater sehr schätzte ... die er sehr schätzt.“ Selbst meine Chinesischlehrerin hielt dieses Wort für unübersetzbar. Die Sprache könne keine Ideen über eine Philosophie vermitteln, bei der es um ständigen Wandel gehe, hatte sie gesagt.

„Natürlich. Das könnte also bedeuten, dass er wirklich angefangen hat, für den Anzugträger zu arbeiten. Für die US-Regierung. Wenn überhaupt, dann haben wir jetzt eine noch größere Anzahl von Leuten, die mit seinem Verschwinden zu tun haben könnten.“

„Gott, ja.“ Ich sah zum Fenster. Die Nacht senkte sich über die Stadt. Anstatt alle Geräusche zu dämpfen und zu überdecken, schien sie sie noch deutlicher hervorzuheben. Wie sollte ich meinen Vater in diesem

Durcheinander von Licht und Geräuschen finden, hinter all diesen miteinander verwobenen Teilen?

„Vielleicht ist er jetzt sogar in China. Das bedeutet also zwei große Länder und eine unendliche Anzahl von möglichen Orten. Mist." Ich lehnte meinen Kopf an Sureshs Schulter.

Suresh versuchte, sachlich zu bleiben. „Fangen wir einfach mit dem an, was wir wissen. Wir wissen, dass dein Vater ein Spion ist. Er hat sowohl für die chinesische als auch für die amerikanische Regierung gearbeitet. Er hat während seiner Arbeit Remote Viewing benutzt. Sonst noch was?"

Ich dachte nach. Die komischen gelben und blauen Flecken auf dem Papier. „Los Alamos. Die Atomanlage in New Mexico. Ich erinnere mich, dass in seinem Büro ein Plan des Geländes lag. Der Name ist mir irgendwie im Gedächtnis geblieben."

„Hmm, das ist interessant, bringt uns aber im Moment nicht weiter. Hast du jemals versucht, die Wohnung zu finden, in der du mit deinem Vater gewohnt hast?"

„Nicht wirklich. Wie soll ich sie unter den Millionen von Wohnungen hier finden?"

Suresh hob die LSD-Flasche auf und wedelte damit vor meinem Gesicht herum. „Vielleicht mit dem hier?"

„Ja, klar ... aber selbst wenn ich sie finden würde, ist sie doch sicher schon seit Jahren von jemand anderem bewohnt?"

„Vielleicht ... vielleicht auch nicht. Ich meine, wenn man die Umstände bedenkt: Dein Vater ist verschwunden, du wurdest offiziell für tot erklärt ..."

Ich zuckte unwillkürlich zusammen. „Ich frage mich, warum sie mich nicht auch haben verschwinden lassen. Hätte das die Sache nicht viel einfacher gemacht?"

„Das brauchten sie nicht. Vielleicht ist es einfacher, die Vergangenheit und die Identität von jemandem auszulöschen, als ihn zu entführen. Schließlich neigen die Menschen dazu, das zu glauben, was in offiziellen Formularen steht."

„Hmm."

Suresh hatte sein verhaltenes Grinsen aufgesetzt, das aussah, als würde es sich danach sehnen, wie ein wildes Tier von der Leine gelassen zu werden.

„Was?"

„Nichts. Nur ... Ich hatte noch nie so eine interessante Beziehung. Spione und so ...“ Sein Grinsen wurde breiter.

„Da bin ich aber froh, dass du Spaß hast.“ Ich zog die Stirn in Falten, woraufhin Suresh lachte und sie mit Küssen bedeckte.

Das Runterkommen von meinen LSD-Trips wurde nun von Stimmungsschwankungen und häufigen Wahrnehmungswechseln begleitet. Einmal fühlte ich mich, als könnte ich alles überblicken, als könnte ich herauszoomen und das Große Ganze sehen. Dann war ich wieder überwältigt von den unzähligen Details, aus denen alles bestand. Der Anblick der gewöhnlichsten Dinge – wie der Haarbürste, die ich auf dem Küchentisch vergessen hatte – brachte mich fast zum Weinen. An solchen Tagen konnte ich keinen Fuß vor die Tür setzen. Ich blieb zu Hause, sah mir Videos über Simulationstheorie an und starrte endlos lange auf den Luopan und seine konzentrischen Ringe, die mit Weisheiten aus dem *I Ging* gefüllt waren. Ich fragte mich, wie Menschen aus dem dritten Jahrhundert vor unserer Zeitrechnung ein so hochentwickeltes binäres System hatten erdenken können. Hatten sie einen geheimen Code gekannt, der der gesamten Schöpfung zugrunde lag?

Als Suresh vorbeikam, ging er fast sofort zur Küchenspüle und füllte pflichtbewusst das übliche Glas Wasser. Wir hatten nur noch sehr selten Sex. Mein Trieb schien durch die Droge ausgehöhlt worden zu sein, wie eine Pflanze, die man mit ihren Wurzeln ausgerissen hatte. Ich hatte nichts mehr, was mich erdete. Suresh schien es nicht zu vermissen. Er war ein Leuchtturm, der mit gleichmütiger Gewissenhaftigkeit alles in Licht tauchte und mich durch meine dunklen Stunden führte.

Gerade stand er in der Küchentür und trug seinen gewohnten gestreiften Pullover. „Wie wär es, wenn du versuchst, dich auf die Erinnerung zu konzentrieren, in der du deinen Vater und seine Kollegen beim Remote Viewing belauschst und dann aus der Szene herauszoomst, bis du vor deiner Wohnung stehst.“

„Glaubst du, das funktioniert? Ich meine, ich bin mir nicht sicher, ob ich mich in meiner Erinnerung bewusst bewegen kann. Das hab ich noch nie probiert.“

„Es ist einen Versuch wert. Hattest du schonmal luzide Träume?“

Ich dachte darüber nach. „Manchmal.“

„Wie merkst du normalerweise, dass du in einem Traum bist?“ Suresh stellte das Glas auf dem Tisch ab.

Ich dachte nach. „Es ist jedes Mal anders. Meistens merke ich, dass mit meinem Körper was nicht stimmt, dass ich sechs Finger habe oder, dass ich meine Beine nicht sehen kann.“

„Perfekt. Dann versuche dich einfach auf deinen Körper zu konzentrieren. Ist immerhin die einzige Variable, die du in- und auswendig kennst.“

„Woher weißt du so viel darüber?“

„Ich hab meine Hausaufgaben gemacht und mich über Remote Viewing informiert.“ Suresh grinste. „Es geht dabei um das Sammeln von mentalen Eindrücken zu räumlich entfernten oder unzugänglichen Objekten.“

Ich gluckste. „Hast du gerade zitiert?“

Suresh fuhr fort, ohne auf meine Frage einzugehen. „Das Objekt wird auch Target genannt und kann räumlich oder zeitlich weit entfernt sein. Anscheinend hat die US-Armee diese Technik bereits verwendet. Es wurde auch Forschung zur Validierung der Technik betrieben. Aber meiner Meinung nach ist es nur ein schickes Wort für Hellseherei. Eine Pseudowissenschaft.“

Ich rollte mit den Augen. „Alles klar, mein folgsamer Schüler, dann wart mal ab.“ Ich nahm das Glas und schluckte den Inhalt hinunter.

Nach einer halben Stunde konnte ich spüren, wie die Droge durch meine Adern floss. Immer glitt, nie schoss es durch die Adern, das war ihre Art. Schließlich formte sich vor meinen geschlossenen Augen ein zusammenhängendes Bild. Ich stand vor der angelehnten Tür des Arbeitszimmers meines Vaters. Ich hörte Stimmengemurmel, ganz leise und ununterscheidbar.

Ich versuchte, mich umzuschauen, aber es schien, als wäre mein Nacken aus Beton. Mein Körper schien wie ferngesteuert zu sein. Irgendwie musste ich die Kontrolle über ihn wiedererlangen. Ich zwang meine Augen, an ihm hinunterzuschauen. Wo meine Arme und Hände sein sollten, war nichts zu sehen. Ganz langsam spürte ich, wie bewusste Kraft in meine Glieder strömte.

Ich versuchte, mich zu bewegen, aber meine Füße schienen am Boden festzukleben. Ich konzentrierte meine geballte Energie auf meine Beine und ganz langsam, Zentimeter für Zentimeter, gelang es mir, sie zu bewegen. Der Raum um mich herum begann zu schwanken, so dass mir schwindlig wurde. Vorsichtig bewegte ich mich auf die Tür zu, die zum Flur führte.

Plötzlich spürte ich etwas an meiner Schulter und erschrak. Langsam zwang ich meine Augen, an die Stelle auf meiner Schulter zu blicken. Ein Zopf. Ich befand mich in meinem siebenjährigen Ich.

Je weiter ich mich durch den Raum bewegte, desto mehr Teile der Wohnung schienen zu verschwinden. Die Wand, die das Zimmer vom Flur trennte, hatte sich völlig aufgelöst. Nur die Tür war noch zu sehen. Panik stieg in mir auf, als ich sah, wie sie langsam vor meinen Augen verschwand. Wie sollte ich da durchkommen, wenn sie nicht mehr da war? Ich musste einen Blick auf die Wohnung von außen werfen, um irgendeinen Anhaltspunkt zu haben, wo sie sich befand.

Ich erschrak erneut, als etwas meine Hüfte streifte. Ein Stuhl. Daneben ein Tisch. Auf dem Tisch lag ein großer weißer Umschlag. Ein Umschlag ... mit einer Adresse? Ich versuchte, mich darauf zu konzentrieren, aber die Buchstaben waren unscharf. Das Einzige, was ich sehen konnte, waren Zahlen: 10011. 111/11.

Einen Moment später war der Tisch verschwunden. Und danach der Boden. Mir wurde flau im Magen, ich machte mich auf einen Sturz gefasst. Stattdessen riss ich die Augen auf. Ich saß wieder auf meiner Couch.

„Oh Mann.“ Ich holte tief Luft.

„Was ist passiert?“ Suresh hatte in der realen Welt geduldig gewartet – wie immer.

„Ich bin nicht mal bis zur Tür gekommen. Sie ist verschwunden, sobald ich es geschafft hab, mich zu bewegen.“

„Verdammt. Ja, darüber haben wir vorher nicht gesprochen. Vielleicht erinnerst du dich an deine luziden Träume – es ist wirklich schwer, diese Traumbilder festzuhalten. Irgendwann setzt die Rationalität wieder ein und löst alles auf.“

„Immerhin hab ich es bis zum Tisch geschafft. Da war ein Umschlag mit einer Adresse drauf. Ich konnte nur ein bisschen was erkennen. 10011. 111 11th Avenue. Ist das nicht seltsam? Meinst du, das hat was zu bedeuten?“ Ich dachte nach. „Manche Leute nennen die 11 die Engelszahl. Sie zeigt an, dass jemand eine höhere Bewusstseinsebene erreicht hat.“ Ich hatte wirklich eine Menge aus den ganzen Podcasts aufgeschnappt. „Also war das wohl nur meine eigene Erfindung. Das kann ja keine echte Adresse sein.“

Suresh runzelte die Stirn. „Was bringt dich zu der Überzeugung, dass du dir das im Gegensatz zu all den anderen Dinge, die du gesehen hast – das

Krankenhaus, dein Vater auf der Bühne – nur eingebildet hast? Die Postleitzahl 10011 muss es doch geben, oder? 11th ... Avenue? Klingt wie ein Binärcode."

„Mein Gott, du hast Recht." Das *I Ging*, das erste binäre System. Mein Vater hatte das *I Ging* geliebt.

„Ich denke, wir sollten es ausprobieren." Entschlossen verschränkte Suresh die Arme vor der Brust. Erneut hatte ich fast das Gefühl, dass er genauso an der ganzen Sache interessiert war wie ich.

„Das denke ich auch."

Ich spürte Aufregung in mir aufsteigen. Würde ich bald unsere alte Wohnung wiedersehen, den Ort, an dem mein Vater all seine geheimen Treffen abgehalten hatte, während ich am Tisch im Esszimmer gesessen und aus dem Gedächtnis einen geheimen Plan gezeichnet hatte, den ich in seinem Arbeitszimmer gesehen hatte? Wo wir manchmal, wenn er nicht gerade beschäftigt gewesen war, auf der Couch im Wohnzimmer am hintersten Ende der Wohnung gesessen und chinesische Nachrichten angesehen hatten (und alle Werbespots, weil ich darauf bestand). An der Wand hatte ein Bild meiner Mutter gehangen, auf dem sie verträumt in eine ferne Zukunft blickte, die sie nie erleben würde.

Bevor wir schlafen gingen, suchte ich im Internet nach dem Orakelspruch Nummer 11 im *I Ging*: Tai – Friede. Drei lange Linien unten, sechs kurze oben. Die langen Linien standen für den Himmel, die kurzen für die Erde. Wie oben, so unten, nur dass Himmel und Erde auf den Kopf gestellt sind. Die materielle Welt ging aus der spirituellen Welt hervor, nicht andersherum. Das sah meinem Vater ähnlich.

Nachdem seine Frau, meine Mutter, gestorben war, waren Frieden und Harmonie die einzigen Dinge gewesen, die mein Vater gewollt hatte. Für sich, und für uns.

9

In den letzten Tagen war New York eine graue, dicht gedrängte Ansammlung von Gebäuden gewesen. Das bisschen Luft, das noch zum Atmen übrig war, war mit Abgasen versetzt.

Suresh und ich gingen die 111th Avenue entlang. Auf der linken Seite, hinter einer Reihe von Gebäuden, folgte der Hudson River seinem ewigen Lauf. Zu unserer Rechten schlängelte sich der High-Line-Park entlang, wo wir bei unserem dritten Date den Sonnenuntergang über Manhattan angesehen hatten.

„Hey, deine alte Wohnung scheint tatsächlich nicht weit von meinem Büro entfernt zu sein." Suresh blickte hinauf zu den hohen Gebäuden.

„Ja, aber ich verstehe immer noch nicht, warum mein Vater in einer so belebten Gegend wohnen wollte. Er wollte es eigentlich immer ruhig haben. Ging es ihm nur um die Zahlen?"

Ich hatte immer noch Zweifel, ob die Adresse, die ich während meines LSD-Trips auf dem Umschlag gesehen hatte, nicht nur ein Produkt meiner Phantasie gewesen war.

Suresh trug den langen schwarzen Mantel, den er bei unserer ersten Verabredung getragen hatte. Er ließ ihn wie Sherlock Holmes aussehen, elegant und distanziert. Neulich hatte er über starke Kopfschmerzen geklagt, wie so oft in letzter Zeit, „als ob mir jemand den Kopf abschneiden wollte." Heute schien es ihm besser zu gehen.

Wir mussten lange gehen und mehrere Straßen überqueren, bevor wir in die Nähe von Nummer 111 kamen. An der Ecke 11th Avenue und 20th Street blitzte uns etwas entgegen, das wie eine gigantische Spiegelwand aussah. Als wir näherkamen, sah ich, dass die Vorderseite des Gebäudes aus rechteckigen Fenstern unterschiedlicher Größen und Formate bestand, in denen sich der graue Himmel spiegelte, einige davon waren offen, andere gekippt. Es schien, als ob sich hinter den Fenstern weitere Fenster befanden, die ineinander verschachtelt waren. Es sah aus wie ein gigantisches Spiegelkabinett.

„Ich muss sagen, das ist eins der seltsamsten Gebäude, die ich je in New York gesehen habe ... und das sagt Einiges."

„Wow." Ich spähte durch ein Fenster an der Seite und sah mein blasses Gesicht in einem zweiten Fenster dahinter reflektiert. „Lass uns reingehen."

„Warte. Vielleicht haben sie einen Pförtner. Was wollen wir dem denn sagen?"

„Mist. Du hast Recht." Ich dachte nach. „Wir könnten so tun, als wären wir daran interessiert, eine Wohnung in dem Gebäude zu mieten und, dass wir uns nur mal umsehen wollen."

„Ein Paar in den Zwanzigern, das gerade die ersten Jobs gefunden hat und eine Wohnung in einem erstklassigen Gebäude in Manhattan sucht. Klar, das funktioniert bestimmt ..." Suresh grinste.

„Okay, okay ..." Ich wurde rot. „Wie wär's, wenn wir so tun, als wären wir Architekturstudenten, die sich für die Gestaltung dieses Gebäudes interessieren?"

„Das ist gar nicht so schlecht, meine kleine Prinzessin."

Ich stieß die schmale Tür auf und wir fanden uns in einer seltsam geformten Lobby mit hohen Wänden wieder, die ebenfalls von unterschiedlich großen Fenstern durchbrochen war. Es sah aus, als ob sich hinter jedem dieser Fenster ein Geheimnis verbarg. Hinter einem langgestreckten grauen Tresen saß der Portier in einer Nadelstreifenjacke und las Zeitung – ein merkwürdiges Artefakt in einer so futuristischen Umgebung. Wir hatten kaum ein paar Schritte gemacht, als er aufblickte. Er schien zu spüren, dass wir hier nicht hingehörten.

Ich räusperte mich, mein Herz klopfte. „Entschuldigen Sie, wir studieren Architektur und wollten fragen, ob wir uns ein wenig in dem Gebäude umsehen könnten. Es geht um ein Projekt."

Der Pförtner sah uns mit gerunzelter Stirn an. Dann hellte sich sein Gesicht auf.

„Da habt ihr euch ja ein interessantes Studienobjekt ausgesucht. Dies ist vielleicht das berühmteste Gebäude in Chelsea. Nicht, dass sich das irgendwie in meinem Gehaltscheck widerspiegeln würde ..." Er rümpfte die Nase und fuhr mit seinem New Yorker Akzent fort: „Jedes der Fenster ist in einem einzigartigen Winkel installiert worden. Ziemlich beeindruckend, nicht wahr? Manche sagen, es sei von Mondrian-Gemälden inspiriert worden."

Jedes Fenster in einem anderen Winkel. Ein Kaleidoskop aus verschiedenen Ansichten.

„Ich würde euch ja gerne herumführen, aber ich muss hierbleiben und die Lobby im Auge behalten. Vielleicht möchtet ihr mal nach oben fahren? Von dort hat man einen beeindruckenden Blick auf den Hudson River."

„Ach, das ist okay. Wir müssen sowieso ein paar Skizzen anfertigen, also könnte es eine Weile dauern." Ich suchte in den Taschen meiner Jacke nach einem Stift , aber er schien nicht wirklich einen Beweis zu wollen.

„Klar, macht nur. Aber bitte nicht ins Schwimmbad runterfahren. Das ist nur für die Bewohner."

Suresh und ich machten uns auf den Weg zum Aufzug, der ebenfalls aus Glas war. Ein paar Meter unter uns konnten wir ein tiefblaues Rechteck sehen – den Swimmingpool.

„Also, ich schätze – 11. Stock, Wohnung Nr. 11?"

Ich lachte. „Mal sehen, ob es wirklich so vorhersehbar ist."

„Wenn wir richtigliegen, belohnen wir uns mit einer kleinen Runde im Swimmingpool. Kommt dir hier eigentlich irgendwas bekannt vor?"

„Nicht wirklich. Ich hätte nie gedacht, dass wir in so einer schicken Wohnung gelebt haben. Hausen Spione nicht normalerweise in unauffälligen Bruchbuden?"

„Da wär ich mir nicht so sicher." Suresh hatte dieses etwas verhaltene Grinsen im Gesicht, das für Außenstehende wahrscheinlich falsch aussah, für mich aber ein Zeichen von echter Wärme und Wertschätzung war, die sich hinter Schüchternheit verbarg. „Übrigens bin ich ziemlich beeindruckt von dir, kleine Prinzessin. Der Schachzug mit dem 'Wir müssen ein paar Skizzen machen' – das war ziemlich clever."

„Danke." Ich strahlte. „Spionage liegt in der Familie, schätze ich." Ich blickte durch die Fenster des Fahrstuhls. „Schau, man kann alle Etagen sehen, wenn man rauffährt. So etwas hab ich noch nie gesehen, außer in diesen großen Möbelhäusern."

Als der Aufzug die 11. Etage erreichte, kam er mit einem kleinen Ruck zum Stehen, wie ihn Aufzüge oft machen. Mein Herz und mein Magen fühlten sich plötzlich an, als wären sie zusammengeklebt. Das war er also – der Ort, an dem ich die Hälfte meiner Kindheit verbracht hatte?

Wir betraten den Korridor, der mit glänzenden, marmorähnlichen Fliesen ausgelegt war. Nummer 8. Nummer 9. Nummer 10. Nummer 11. Eine Holztür, die mit einem leuchtend gelben Absperrband zugeklebt war.

„Verdammt. Wie kommen wir da rein? So weit hab ich nicht gedacht." Mein Spionage-Wissen ließ doch sehr zu wünschen übrig.

„Einen Augenblick." Suresh zog ein seltsames, linealförmiges Ding aus seiner Manteltasche und fuhr damit den Türspalt entlang.

Ich war so geblendet von dem perfekten Weiß, das uns aus der Wohnung, die hinter der Tür lag, entgegenschien, dass ich gar nicht daran dachte, Fragen zu stellen. Ein schmaler Korridor führte zu einem Esszimmer mit einem bescheidenen Tisch in der Mitte.

„Heilige Scheiße! Das ist der Tisch aus meinem letzten Trip. Der mit dem Brief drauf."

Es war ein seltsames Gefühl, in einem Raum zu stehen, der bisher nur in meinem Kopf existiert hatte. Ich ging zu dem Tisch und fuhr mit der Hand über die Oberfläche.

„Die Wohnung scheint ausgeräumt worden zu sein. Es ist nichts da."

Es war alles so weiß und steril wie bei einem chinesischen Begräbnis. Eine Wand wurde von einer hochwertigen Küchenzeile eingenommen. Auf der gegenüberliegenden Seite konnte man hinter mehreren unterschiedlich großen Fenstern den Hudson River und eine Landzunge mit einigen großen Gebäuden sehen.

„Ich glaub, das ist Jersey", sagte Suresh neben mir und ahmte den Akzent des Portiers nach, was mich unwillkürlich grinsen ließ.

„Wirklich, ist es so nah? Dann frage ich mich, worüber die sich immer beschweren."

Ich sah hinunter zu den Hudson-Piers. So nah am Wasser ... Vielleicht hatte mein Vater sich vorgestellt, dass die Wolkenkratzer am anderen Ufer nicht die von Jersey waren, sondern die von Peking. Oder die von Chongqing. Plötzlich erinnerte ich mich daran, dass er mit mir viel über Wasser gesprochen hatte.

„Lai", hatte er gesagt, „wir müssen immer in der Nähe des Wassers sein. Es wird uns Glück bringen. Du bist wie ich in einem Zeichen geboren, das einen Mangel an Wasser mit sich bringt. Also müssen wir es aktiv suchen. Deshalb hat mir Suzhou Glück gebracht. Und New York wird mir auch Glück bringen. Such also in deinem zukünftigen Leben immer nach Wasser."

Suresh sah mich von der Seite her an. „Woran denkst du?"

„Ach, an nichts. Es ist nur so, dass dieser Ort einige Erinnerungen weckt."

„Natürlich." Suresh seufzte „Gute?"

„Ich bin mir noch nicht sicher." Plötzlich überkam mich eine seltsame Müdigkeit. „Schade, dass alles leer ist."

„Wir sollten uns trotzdem mal umsehen", sagte Suresh und wandte den Blick ab.

Ich drehte mich um. Die Tür hinter uns war geschlossen, genau wie damals, als mein Vater in dem Zimmer gearbeitet hatte. Auch jetzt konnte ich mich kaum überwinden, sie zu öffnen.

Im Gegensatz zu den anderen Räumen standen in seinem Arbeitszimmer viele Holzmöbel. Holz war auch etwas, das ihm in seinem Horoskop fehlte. Da er im Jahr des Metallschafs, am Tag des Feuerpferds, geboren war, hatte er viele scharfsinnige Gedanken und brennende Kraft in sich, aber nichts, was ihn erdete. Also hatte er beschlossen, sein Arbeitszimmer mit einem hölzernen Schreibtisch, hölzernen Regalen und ein paar Pflanzen auszustatten, die nun verschwunden waren. Auf einem der Regale stand noch eine kleine Jadestatue der drei daoistischen Götter – Reichtum, Ansehen und Langlebigkeit. Der erdige, hölzerne Geruch war überwältigend – als wäre dieser Raum lange Zeit verschlossen gewesen und das Holz hätte einen starken und ganz besonderen Geruch angenommen. Im Gegensatz zu den anderen Räumen hatte dieser Raum keine große Fensterwand, sondern nur ein kleines, unscheinbares Fenster.

„Das ist es also. Das hölzerne Herz der Wohnung. Riecht, als könnte hier etwas Interessantes versteckt sein." Suresh untersuchte die Regale.

„Ja, sieht so aus, als ob nichts verändert worden wäre. Seltsam." Ich öffnete eine der Schreibtischschubladen, aber sie war leer. „Oder fast." Ich öffnete ein paar andere Schubladen. Sie waren alle leer.

„Lass uns weitersuchen. Jede noch so kleine Spur könnte uns weiterhelfen."

Ich untersuchte den Schreibtisch weiter, zog alle Schubladen heraus, um zu sehen, ob etwas in dem kleinen Spalt zwischen Schublade und Schreibtisch steckte. Suresh versuchte, das große Regal von der Wand wegzuziehen.

Wir hoben Vasen an, klopften die Wände ab und untersuchten die Lampe. Nichts.

„Wer auch immer die Wohnung ausgeräumt hat, scheint sehr gründlich gewesen zu sein. Hier ist nichts." Suresh wirkte ungeduldig.

„Ich glaub, wenn mein Vater etwas versteckt hat, dann muss es hier sein. Sein Arbeitszimmer war immer sein Zufluchtsort."

Ich ging zum Fenster, öffnete es, stützte meine Arme auf der Fensterbank ab und legte mein Gesicht in die Schale, die ich mit meinen Händen formte. Von hier aus konnte man weitere Gebäudekomplexe sehen und die Sonne, die langsam hinter einem Dunstschleier unterging. Ich starrte ein paar Minuten lang auf die Sonne aus Kohlepapier, während Suresh das Regal hinter mir noch einmal untersuchte.

Stimmte es, was einige Leute behaupteten, dass das Gelb der Sonne in den letzten zwanzig oder dreißig Jahren blässer geworden war? Oder spielte ihnen nur ihr Gedächtnis einen Streich, weil sie die Sonne als Kinder immer in einem leuchtenderen Gelb gemalt hatten, als sie jemals sein konnte? So wie ich die Rauchzaubertricks meines Vaters immer in einem ganz dunklen Schwarz gemalt hatte, wodurch meine Finger immer ganz schmutzig geworden waren.

Irgendwann wurde mein linker Arm müde und ich ließ ihn einfach nach unten sinken. Ich fuhr mit der Hand über die Fensterbank und umfasste ihre scharfe Kante. Meine Finger spürten einen Widerstand. Was war das? Klebeband? Ich kratzte an der Ecke des Klebebands und zog langsam ab, was es festhielt. Ein gefaltetes Stück Papier.

„Ich hab was gefunden!" Meine Stimme war nur noch ein Keuchen.

Innerhalb einer Sekunde stand Suresh neben mir.

„Es war an der Unterseite der Fensterbank befestigt." Meine Finger begannen zu zittern.

„Wow. Da lasse ich dich mal eine Minute allein und du findest, was wir gesucht haben." Er küsste mich auf den Haaransatz.

„Ja, du hast mir wirklich die ganze Zeit nur im Weg gestanden." Ich grinste.

„Na los, falt es schon auf!"

Ich entfaltete das Papier, das ein wenig rissig und brüchig, aber insgesamt noch lesbar war. Wir sahen perfekt konzentrische Kreise, gefüllt mit den Himmelsrichtungen, den acht Trigrammen und den 24 Bergen.

Suresh beugte sich über das Papierstück. „Das sieht aus wie das Ding, das ich dir zum Geburtstag geschenkt hab."

„Es ist eine Zeichnung von einem Luopan. Aber warum sollte er das verstecken? Ich meine, das ist doch kein Geheimwissen ..." Ich betrachtete die Masse an verschiedenen Buchstaben, Symbolen und Strichen.

Suresh tippte auf die Zeichnung. „Wir sollten es mit dem vergleichen, das du zu Hause hast."

„Wir sollten sowieso von hier verschwinden. Wir sind schon eine ganze Weile hier. Der Portier könnte Verdacht schöpfen."

„Stimmt."

Bevor wir gingen, sahen wir uns im Wohnzimmer und in den Schlafzimmern um, die alle große Fenster hatten und in denen ein paar schwarzweiße Möbel standen. Die Böden sahen mit ihrem quadratischen Muster wie Schachbretter aus. Wir schoben ein paar Möbel um, aber ohne großen Erfolg. Von den Betten waren nur noch die Lattenroste übrig. Das Bettzeug war völlig verschwunden.

Als wir in die Lobby hinunterkamen, war der Portier spurlos verschwunden. Sogar seine Zeitung war weg.

„So einen Job hätte ich auch gern", sinnierte Suresh, „einfach nur in einem fremden Haus herumsitzen und nichts tun."

Nachdem wir zu Hause angekommen waren, holte ich den Luopan aus dem Regal. Er funkelte verheißungsvoll im schummrigen Licht der Deckenlampe. Ich holte das Papierstück aus meiner Tasche und wir setzten uns auf die Couch. Sureshs Finger strichen über meine, als er versuchte, mir das Papier abzunehmen.

„Warte, das möchte ich selber machen."

Ich entfaltete das Papier und breitete es auf dem Tisch aus. 20 konzentrische Kreise, genau wie auf dem echten Luopan. Ich versuchte, mich auf die kleinen Details zu konzentrieren, aber es verschwamm alles vor meinen Augen.

„Oh Mann."

„Alles in Ordnung?" Suresh sah mich an.

„Ja, geht schon. Das war alles nur ein bisschen viel heute." Ich fühlte mich plötzlich ganz schwach.

„Warte, ich bring dir ein Glas Wasser." Suresh ging in die Küche und ich hörte Plätschern.

Ich zog meine Beine auf die Couch und lehnte den Kopf zurück. Wie konnte ein Körper damit fertig werden, dass die Realität um ihn herum jeden Tag mehr zerfiel? Er verlor einige Haare, wie ein Baum im Herbst, der instinktiv wusste, dass sich etwas ändern würde. Er verlor etwas Schlaf, wie jemand, der viele Gedanken für den kalten, harten Winter einlagern musste.

Ich nahm einen Schluck von dem Wasser, das Suresh mir gebracht hatte, und lehnte mich an ihn.

„Weißt du, ich wünschte, ich könnte dir mehr helfen." Er strich mir übers Haar.

„Du hilfst mir doch! Wenn du nicht gewesen wärst, hätte ich meine alte Wohnung nie gefunden."

„Und du hättest deine Identität nicht verloren."

Ich kicherte leise. „Das stimmt, aber ich denke, man muss erst eine alte Haut abstreifen, damit eine neue wachsen kann." Die alte nützte mir nicht mehr viel, das sah ich nun ein.

„Na ja, ich hoffe, dass ich dir dabei helfen kann, diesen Prozess ein wenig angenehmer zu gestalten."

„Was meinst du?" Ich versuchte, mich zu ihm umzudrehen.

„Ich hab was in dein Wasser getan, das dir hoffentlich dabei helfen wird, dich ein bisschen zu entspannen", sagte er mit dieser bewusst ruhigen Stimme, die er immer benutzte, wenn er mich auf den Arm nahm.

„Wow, was ist es denn diesmal? Ich weiß nicht, ob ..." Ich spürte ein seltsames Kribbeln unter meiner Haut.

„Entspann dich einfach. Lass es zu. Ich bin ja da."

Ich spürte, wie sich mein Herzschlag beschleunigte. „Das nächste Mal sagst du mir das aber lieber vorher ..."

„Es ist alles okay." Suresh streichelte immer noch mein Haar. „Du hättest das alles gar nicht hören sollen."

„Was?"

„Ein Teil von mir wollte dich vorhin aus dem Fenster stoßen ... Aber ich konnte mich beherrschen. Wenn nur diese Kopfschmerzen nicht wären, könnte ich klarer denken ..."

„Was?“ Benommen drehte ich mich zu ihm um. Mein Herz fühlte sich an, als würde es langsam austrocknen. Wie konnte er zu einem so unpassenden Zeitpunkt solche Witze machen?

„Es ist wahr, meine chinesische Prinzessin. Manchmal kann ich nicht vorhersagen, was ich als nächstes tue.“ Er lachte.

Ich schaute ihn unter schweren Augenlidern an. „Was ist ... mit dir los?“

„Oder eher – was ist mit *dir* los?“ Er tippte mir auf die Nase, immer noch grinsend. „Ich meine, ich geb dir Drogen und du nimmst sie einfach?“

Ich kam mir vor wie ein Zug, den jemand auf ein falsches Gleis gestellt hatte und der nun auf ein gefährliches Ziel zuraste. „Kannst du mal aufhören, Witze zu machen? Ich fühl mich nicht so gut.“

„Natürlich, was immer die kleine Prinzessin will, das bekommt sie auch. Sie braucht jemanden, der ihr hilft, ihren Vater zu finden und natürlich bekommt sie den auch. Du bist wirklich die Tochter von Lijie. Er hat seine Frauen schon immer zu sehr verwöhnt.“

Meine Hände begannen zu zittern, während mein Herz in meiner Brust flatterte.

„Oh, tu doch nicht so, als wärst du nicht froh. Ganz ehrlich, wer sonst hätte dir geholfen? Heutzutage sind die Leute viel zu sehr mit ihrem eigenen Leben beschäftigt.“

Suresh streichelte wieder meine Haare und fuhr mit einem Finger über meine Lippen. Als ich versuchte, meinen Kopf zu drehen und ihn genauer anzusehen, explodierten helle Lichtblitze vor meinen Augen. Ich öffnete den Mund, aber es kam nichts heraus.

„Aber natürlich will ich auch was davon haben. Von Küssen und Schnitzeljagden allein kann man nicht leben.“ Das Grinsen war noch immer nicht aus seinem Gesicht verschwunden.

Ich wandte den Blick ab. Das letzte, was ich durch den schmalen Schlitz zwischen meinen Augenlidern wahrnehmen konnte, war die Nadel des Luopan. Sie flackerte und zuckte, dann verharrte sie auf der Stelle, leicht zitternd, als würde sie von einer geheimnisvollen Unterströmung gesteuert.

10

Als ich aufwachte, lag ich auf der Couch. Draußen war die Nacht hereingebrochen. Es hätte eine ganz normale, friedliche Nacht sein können, die Suresh bei mir verbrachte – nur dass mein Kopf schmerzte und meine Arme verdreht schienen. Nach ein paar Sekunden bemerkte ich, dass meine Hände hinter meinem Rücken gefesselt waren. Suresh saß in meinem Schreibtischstuhl, den Laptop vor sich aufgeklappt. Aus dem Augenwinkel sah ich, wie sich seine dunkle Silhouette zu mir umdrehte.

„Ah, du bist wach, das ist gut. Ich hab versucht, herauszufinden, was es damit auf sich hat" – er nahm das Blatt mit der Zeichnung des Luopan vom Schreibtisch – „aber dieses spirituelle Kauderwelsch aus dem Internet kapiert ja niemand. Und ich weiß einfach nicht mehr, wie dieses verdammte Ding funktioniert."

Ich schluckte den bitteren Geschmack in meinem Mund hinunter. „Was willst du?" Meine Stimme zitterte und klang bitter, wie die eines Kindes, das sich darüber ärgerte, dass Gleichaltrige es mit Schneebällen bewarfen. Ich hasste mich dafür.

Suresh schien verblüfft zu sein. „Ich verstehe nicht, warum es bei dir nicht richtig wirkt. Es hätte schon vor Wochen anschlagen müssen. Na ja, so kannst du mir wenigstens helfen."

„Wovon redest du?"

Suresh seufzte. „Verdammt, kannst du endlich mit deinen Fragen aufhören? Du solltest inzwischen wissen, dass sie dir nichts bringen. Sie machen meine Kopfschmerzen nur noch schlimmer."

Mir wurde übel. Wer war dieser Typ? Ich erkannte ihn nicht wieder.

Suresh stand auf, schaltete die Schreibtischlampe ein und kam herüber.

„Wenn du mir sagst, wie man es liest, kann ich dich losbinden." Sein halb freches, halb unschuldiges Grinsen, bei dem sich zuvor so oft ein warmes Gefühl in mir ausgebreitet hatte, jagte mir jetzt eine Heidenangst ein. Er hielt mir das Papier unter die Nase.

„Nichts? Dann musst du wohl so bleiben.“ Er legte das Papier vor mir auf den Couchtisch. „Zerbrich dir weiter deinen hübschen Kopf darüber, Prinzessin, während ich das Internet konsultiere.“

Verschiedene Erinnerungssplitter bohrten sich in mein Gehirn. Das akkurat ausgelegte Besteck im Restaurant. Suresh, wie er mir Tee einschenkte. Die Sonne, wie sie hinter dem Hügel im Highline Park unterging.

„Da du ohnehin ziemlich leichtgläubig bist, spielt es vielleicht keine Rolle, dass die Medikamente nicht richtig gewirkt haben. Jemandem blind zu glauben, wenn er behauptet, dass du tot bist...“ Er schwang sich fast gewaltsam auf dem Drehstuhl nach hinten.

Plötzlich kam mir etwas in den Sinn. „Mr. Sozio?“

Suresh drehte nicht einmal den Kopf. „Ich glaub nicht, dass da ein 'Mr. Sozio' seine Hand im Spiel hat. Das bin nur ich, Baby. Nur ich.“

Vielleicht hatte der Persönlichkeitsanteil von Mr. Sozio die Oberhand gewonnen und Suresh tat nur so, als sei er im Vollbesitz seiner geistigen Kräfte? Ich verfluchte mich selbst. Der Gedanke, dass er tatsächlich an einer psychischen Störung leiden könnte, war mit jedem Tag, den wir zusammen verbracht hatten, mehr in den Hintergrund getreten.

„Den meisten Menschen passt das ganz gut, wenn man ihnen ihr Leben vorschreibt, wenn ihnen jemand sagt, was sie zu tun haben. Hab ich in meiner Karriere schon so oft erlebt. Sei also nicht zu hart zu dir selbst, Prinzessin. Das macht dich nur *menschlich*.“ Er schnaubte.

Ich schluckte. Suresh schien eine schwere psychotische Episode zu haben und ich hatte keine Ahnung, wie ich damit umgehen sollte. Vielleicht hatte er ein paar Medikamente in der Tasche?

„Ich dachte, es würde Spaß machen, mal eine andere Art von Existenz auszuprobieren, aber da lag ich wohl falsch. Ich konnte nicht mal schlafen, seit ... Du musst daher verzeihen, wenn ich etwas ungeduldig bin.“ In seinem Blick lag etwas, das vorher nicht da gewesen war. Wenn ich ihm in die Augen sah, war da etwas wie eine undurchdringliche Wand.

Ich versuchte, meine Hände zu bewegen, aber die Fesseln waren zu eng.

„Wie auch immer, ich bin sicher, wir werden uns irgendwie einigen.“

Ich bemerkte etwas, das über Sureshs Kopf flackerte, wie ein winziger Flaum, der von der Deckenlampe beleuchtet wurde.

„Erzähl mir was über den Daoismus. Ich meine, das ist doch das Grundprinzip dieser ganzen Sache, oder?“ Er sagte es, als wäre es ein

Programmierprinzip, ein Quellcode, der alle seine Fragen sofort lösen würde. „Was ist mit diesem 11-Ding?“

„Ich sagte doch, das ist die Engelszahl“, brachte ich zwischen zusammengebissenen Zähnen hervor. „Eine Botschaft, die dir sagt, dass du dich auf dem Weg zur Erleuchtung befindest.“ Vielleicht würde er mich losbinden, wenn ich auf seine Fragen antwortete.

„Engel, Erleuchtung ... Dieses ganze spirituelle Zeug ist nichts als ein einziges Durcheinander. Ich meine, im Grunde biegt man sich die Welt doch nur so zurecht, wie man sie gerade braucht. Ich schätze, das ist eine der einzigartigen Fähigkeiten unserer Spezies. Oder sollte ich sagen, *deiner* Spezies?“

Plötzlich spürte ich ein seltsames Kribbeln in meinen Handgelenken. Wahrscheinlich waren meine Hände durch die seltsame Position eingeschlafen, also versuchte ich, mich ein wenig zur Seite zu drehen.

„Ich erinnere mich, dass der Luopan zur Bestimmung von Richtungen verwendet wird. Vielleicht markiert diese Luopan-Zeichnung also die Position von etwas ...“ Er redete im Moment hauptsächlich mit sich selbst.

Das Kribbeln an meinen Handgelenken wurde intensiver. Ich schob sie ein wenig hin und her und spürte plötzlich keine Fesseln mehr. Ich hob leicht einen Arm, um nachzusehen, und ließ ihn sofort wieder fallen. Sureshs Augen waren immer noch auf den Bildschirm fixiert.

„Dieser Luopan scheint wohl was Besonderes zu sein, er enthält das so genannte Bagua oder die Acht Trigramme.“

Neben mir auf dem Couchtisch stand die Vase, die ich mit Izzy gekauft hatte. Die Chinesen mit den Regenschirmen und den kleinen Monden schimmerten vor meinen Augen. Ich musste schnell handeln und absolut sicher sein, dass er in seine Recherche vertieft war.

„Sehr komplex. Scheinbar gibt es 64 Kombinationen ...“

Es schien endlos zu dauern, bis ich von der Couch aufgestanden war, mir die Vase geschnappt und mich hinter seinen Stuhl geschlichen hatte. Irgendwie hatte ich es geschafft. Für den Bruchteil einer Sekunde schien er zu begreifen, was geschah, bevor die Vase auf seinem Schädel zerbrach. Mir wurde schwarz vor Augen, als wäre ich diejenige, die K.O. geschlagen worden war.

Am Rande der Dunkelheit bemerkte ich, wie ein winziges Gerät zu Boden fiel, aber ich beachtete es nicht weiter. Als die Dunkelheit schwand und das nüchterne Deckenlicht wieder in mein Bewusstsein drang, schnappte ich mir hastig die Zeichnung meines Vaters und den Luopan, riss die Tür auf und rannte aus der Wohnung.

Ich lief die endlosen, schwach beleuchteten Straßen entlang. Die wenigen Menschen, die um diese Zeit noch unterwegs waren, flogen an mir vorbei. Ich hatte das Gefühl, dass die Straßen mich direkt zu Suresh zurückführen würden oder dass ich in einer Spirale lief, wie die im High Line-Park, die oben auf dem Hügel endete. Es war, als riefe jede Straßenecke meinen Namen.

Wohin sollte ich gehen? Außer Suresh hatte ich niemanden in New York. Izzy befand sich gerade im Flugzeug nach Singapur. Suresh hatte eine Lücke gefüllt, die ich vorher nicht bemerkt hatte. Jetzt war dieses Loch hungrig und begierig darauf, all meine verbleibende Energie und Hoffnung zu verschlingen.

Es war, als hätten sich alle wie Wellen von mir zurückgezogen, eine nach der anderen, um einer großen Superwelle Platz zu machen. Die große Welle von Kanagawa, deren Kamm sich in kleinen bösen Klauen verzweigte.

Ich hatte keine Ahnung, warum ich den Luopan mitgenommen hatte. Vielleicht vermittelte mir seine übersichtliche Anordnung von Zahlen und Zeichen, die den Eindruck machte, als würde sie das ganze Universum berechnen, ein Gefühl von Sicherheit.

Die Vase war mit einem heftigen Knall auf Sureshs Kopf gelandet, aber ich hatte keine Ahnung, ob er bewusstlos war und wenn ja, für wie lange. Vielleicht war er sogar tot? Immerhin hatte er eine schwere Kopfverletzung erlitten, als er jung war. Ich stellte mir vor, wie die alte Naht auf seinem Kopf aufgeplatzt war, und empfand dabei eine perverse Befriedigung.

Ohne es wirklich zu bemerken, ging ich in Richtung der Brooklyn Bridge, die sich zwischen zwei Häuserzeilen über mir auftürmte. Ich dachte an den Abend, als Suresh und ich zum Konzert gegangen waren und die Brücke wie ein riesiger Dampfer ausgesehen hatte. Wie sehr ich von Suresh fasziniert gewesen war ... von der Musik. Er hatte sich zu mir gelehnt und mir etwas ins Ohr geflüstert, das zwischen den Sitar-Riffs untergegangen war. Ich hatte ihn danach nicht einmal gefragt, was er gesagt hatte.

Der Mond hing tief zwischen der zweiten und dritten großen Strebe der Brücke, als wäre er ein uraltes Gerät zur Messung des Mondzyklus. Ich blieb vor dem Geländer stehen und blickte hinunter in den Hudson. Warum – oder ab wann – wurde er überhaupt als Fluss bezeichnet, und nicht mehr als Meeresarm? Nahm er eine andere Identität an, sobald er ins Landesinnere floss?

Es wäre so leicht gewesen, einfach hinunterzuspringen. Es gab niemanden mehr, der mich vermissen würde. Vielleicht hatte mich schon lange niemand mehr vermisst.

Ich eilte über die Holzplanken der Brücke in Richtung der großen, altertümlich anmutenden Bögen in der Mitte. Der Zugang zum Geländer war jetzt hinter einem Stahlnetz verborgen. Ich musste weiter über die Brücke gehen. Nur ein paar Autos fuhren vorbei, wie einzelne Moleküle in einer Ader auf ihrem Weg ins Herz der Stadt.

Als ich die Brücke verließ, bemerkte ich, dass ich mich an der Kreuzung der 11th Avenue befand. Meine Beine hatten mich unwillkürlich zu dem einzigen Ort geführt, an den ich vielleicht einmal gehört hatte. War die Wohnungstür noch offen? Vielleicht hatte der Portier bereits bemerkt, dass jemand eingebrochen war, und die Polizei alarmiert. Mein Herz flatterte. Hatten wir Fingerabdrücke hinterlassen?

Vielleicht war es einen Versuch wert. Falls die Wohnung noch offen war, konnte ich mich dort verstecken, wenn auch nur für die Nacht, und mir dann meine nächsten Schritte überlegen. Zur Polizei gehen? Ich hatte keine Ahnung, was ich ihnen sagen sollte. Suresh hatte mich unter Drogen gesetzt, ja, aber es war mit meinem Einverständnis geschehen. Wie sollte ich beweisen, dass er mich gefesselt und gegen meinen Willen festgehalten hatte?

Trotz allem, was ich durchgemacht hatte, fühlte ich mich erstaunlich ruhig. Das Adrenalin reinigte den Geist wie keine andere Droge. Vielleicht befand ich mich aber auch nur im Zentrum des Tsunamis und war mir dessen nicht bewusst, dass die Wasserwand mich noch einmal treffen würde. Was genau hatte Suresh mir immer ins Glas getan?

Ein großer Teil der ersten paar hundert Meter der 11th Avenue war eine Baustelle. Es gab nur eine kleine Lücke zwischen der Straße und den massiven Gebäuden. Ich fühlte mich seltsam wohl, als ich mich durch diesen engen, von Baugerüsten zugestellten Tunnel bewegte wie durch einen von Pflanzen überwucherten Waldweg. Irgendwann schimmerte etwas durch das Vordach. Als die Baustelle plötzlich aufhörte und ich ins Mondlicht trat, sah ich die Ursache für das Schimmern.

Das Gebäude Nr. 111, 11th Avenue lag nur wenige hundert Meter vor mir. Seine Fenster reflektierten das Mondlicht in allen erdenklichen Winkeln. Hinter einigen Fenstern schienen noch Lichter wie Juwelen in einem dunklen Silbercollier. Mein Vater musste den Blick von diesem Gebäude aus geliebt haben, hinaus auf den Fluss, in dem der Mond unterging.

Vorsichtig näherte ich mich dem Gebäude und spähte durch ein Fenster in die Lobby. Der Pförtner saß immer noch an seinem Platz und sah überhaupt nicht müde aus. Verdammt! Vielleicht könnte ich ihm dieselbe Lüge noch einmal auftischen und behaupten, ich sei eine Architekturstudentin, die sich einen Eindruck von dem Gebäude verschaffen wollte? Dass ich den ganzen Weg hierher gekommen wäre, um die Beleuchtung bei Nacht zu bewundern?

Als ich durch die Tür trat, blickte der Pförtner von seinem Schreibtisch auf.

„Hey, du kommst mir bekannt vor."

Ich zwang ein Lächeln auf meine Lippen. „Ja, ich war heute schon mal da. Ich wollte nur ..."

„Wo ist denn dein langbeiniger Freund hin? Habt ihr euch gestritten?" Er blinzelte.

Er hatte ja keine Ahnung, wie nah dran er war.

„Eigentlich wollte ich nur..."

„Habt ihr euer Projekt beendet?"

„Na ja, nicht ganz. Deshalb hab ich..."

Aber er sprach weiter, als ob ich nichts gesagt hätte. „Die Zeit vergeht hier auf eine seltsame Weise. Manchmal vergehen ganze Stunden, ohne dass ich es merke."

Erst jetzt fiel mir auf, dass seine Art zu sprechen etwas Unnatürliches an sich hatte.

„Kaffee ist nicht jedermanns Sache." Er hielt seine Tasse hoch und nahm einen Schluck.

Ich fühlte mich ein wenig seltsam, als würde sich der Boden unter meinen Füßen auflösen. Waren jetzt alle verrückt geworden?

„Ähm, könnte ich vielleicht nach oben gehen, um mir die Gebäudestruktur nochmal anzuschauen?"

„Wenn oben wie unten ist, dann wirst du hier das Gleiche finden."

„Was?“ Das waren fast genau dieselben Worte, die mein Vater immer gesagt hatte. *Wenn Oben wie Unten ist, dann liegt die Antwort direkt vor deiner Nase.*

„Sieh dir die Karten an, die dir zugespielt wurden.“

Was meinte er damit? Er klang wie ein Magier oder Schamane. *Die Karten, die mir zugespielt wurden.* Wollte er sich über mich lustig machen? Ich hatte die schlechtesten Karten von allen. Den Magier, der mich im Stich gelassen hatte und mir nur einen Haufen halbgare spirituelle Aphorismen hinterlassen hatte. Den Teufel, der sein Gesicht erst zeigte, als es schon fast zu spät war. Den Narr, ich selbst.

„Sieh dir die Karte in deiner Hand an.“

Zuerst kapierte ich nicht, was er meinte. Dann krampfte sich meine Hand um das Stück Papier in meiner Jacke, die Zeichnung des Luopan. Woher konnte er das wissen? Plötzlich bemerkte ich, dass es in der Lobby totenstill war. Nicht die Art von normaler Stille, die von leisen, summenden Hintergrundgeräuschen begleitet wird, sondern eine erstickte Stille.

Ich nahm den Zettel aus der Tasche und betrachtete die konzentrischen Kreise, die sich vor meinen Augen gegeneinander zu drehen schienen.

Ich blickte zu dem Portier auf, der die Arme vor der Brust verschränkt hatte.

„Folge einfach den Anweisungen auf deiner Karte.“

Was meinte er mit „Folge den Anweisungen“? Wer war dieser Typ?

Ich holte den Luopan, den Suresh mir gegeben hatte, aus meiner Tasche und hielt ihn neben das Papier. Plötzlich, ganz unmerklich, schienen einige Zeichen auf dem Luopan aufzuleuchten, beginnend mit dem inneren Kreis und langsam nach außen wandernd: erst eine Himmelsrichtung in der Mitte, dann ein Trigramm, dann einer der himmlischen Stämme.

„Du hast alle Werkzeuge, die du brauchst.“

Ich ging ein paar Schritte auf seinen Tresen zu und sah ihm in die blassblauen Augen. „Was meinen Sie? Wer sind Sie?“

Eine seltsame Mischung aus Angst und Wut stieg in mir auf. Ein Teil von mir wollte einfach nur hoch in die Wohnung gehen und sie nie wieder verlassen. Mich ins Bett verkriechen, das noch da war, und mich vor dieser befremdlichen Welt verstecken, die mich wie einen Fremdkörper abzustoßen schien.

Der Portier streckte eine Hand aus und berührte den Luopan mit seinem Finger. Dann zog er ihn weg und hielt ihn hoch. Auf seiner Fingerspitze leuchtete ein Zeichen, als wäre es in seine Haut eingebrannt worden. Ich wollte zurückweichen, konnte aber meinen Blick nicht abwenden.

„Aber wie...?“

Er stand auf, ging zur Wand hinter ihm, berührte sie mit der Fingerspitze und zog die Hand zurück. Das Zeichen erschien an der Wand und leuchtete eindringlich.

„Zeichen verbinden uns mit der Vergangenheit und führen uns in die Zukunft.“

Er kehrte zum Tresen zurück, berührte den Luopan erneut und ging dann zurück zur Wand. Ein weiteres Zeichen erschien. Nachdem er das zum dritten Mal gemacht hatte, hörte ich ein Plätschern und sah, wie sich ein rundes schwarzes Loch in der Wand öffnete. Ich kniff die Augen zusammen. Vielleicht spielte mir mein Verstand einen Streich. Schließlich hatte ich einen langen Tag hinter mir und stand immer noch unter Drogen ... Aber das Loch wurde immer größer, bis es fast so groß war wie ich. Dahinter konnte ich eine wellige, wässrige Oberfläche sehen.

„Tritt hindurch und du wirst nicht nur deiner Vergangenheit entkommen, sondern auch deine Zukunft erschaffen“, sagte der Portier.

Ich wusste, dass es sinnlos war, ihn noch einmal zu fragen, wer er war – er würde es mir sowieso nicht verraten. Woher wusste er von dem Luopan? Kannte er meinen Vater? Als ich mich umdrehte und ihn ansah, bemerkte ich etwas Seltsames. Der Scheitel seines Kopfes brannte wie der Docht einer Kerze.

Ich spähte erneut durch das Loch. Meiner Vergangenheit entfliehen? Das war alles, was ich im Moment wollte. Wo auch immer ich landen würde, es konnte nicht schlimmer sein als hier. Ich wandte mich ein letztes Mal an den Portier.

„Werde ich meinen Vater wiedersehen?“

Er sagte nichts. Sein halber Kopf hatte sich bereits in eine Flamme verwandelt.

Ich holte tief Luft und steckte einen Arm durch das Loch. Die Luft dahinter fühlte sich feucht und schwer an. Vorsichtig, Zentimeter für Zentimeter, bewegte ich mich darauf zu. Als ich schließlich einen Fuß hineinsetzte, spürte ich, wie etwas Warmes und Feuchtes um ihn herumschwappte, und war kurz davor, zurückzuweichen. Dann dachte ich an diese riesige, kalte Stadt mit ihren leeren Wohnungen und an Suresh, der wahrscheinlich wieder zu sich gekommen war und hinter mir her war ... und ich zog den anderen Fuß in das Loch nach.

Um mich herum war es immer noch völlig still. Nicht einmal das Wasser machte ein Geräusch. In meinem gegenwärtigen Zustand war es mir seltsam gleichgültig, was als Nächstes mit mir geschehen würde. War das der Tod? Oder zumindest die daoistische Version davon? War ich dabei, zurück in die Ursuppe zu tauchen?

Ich schritt vorwärts durch das warme Wasser. Bald stand es mir bis zum Bauchnabel. Ich schaute hinter mich, aber da war nur Dunkelheit. Zögernd machte ich einen Schritt vorwärts und dann noch einen, und sank dabei immer tiefer. Plötzlich bemerkte ich, dass mir die Tränen über das Gesicht liefen. Das Wasser war so still und warm und beruhigend ... es umarmte und tröstete mich. Ich ging weiter, bis mir das Wasser bis zum Hals reichte. Dann holte ich tief Luft, tauchte den Kopf unter und spürte plötzlich kein Wasser mehr, keine Nässe, nur eine enorme Kraft, die mich herumwirbelte.

TEIL 2 BEIJING

11

Leichte Vibrationen weckten mich. Als ich meine Augen öffnete, hatte ich das Gefühl zu schweben. Mein Magen brauchte einige Zeit, um sich daran zu gewöhnen, bis ich merkte, dass ich auf einem Glasboden lag. Unter mir konnte ich durch das türkisfarbene Glas bunkerartige Betonwände sehen. Mein Magen übertrug seine Nervosität auf mein Herz, das in trockenen, abgehackten Schlägen zu pochen begann. Hastig setzte ich mich auf und starrte auf das Glas. Es sah aus wie ein kleines Schwimmbad, das zugefroren war. Ich griff nach dem Luopan, der auf der Glasfläche rechts neben mir lag.

Obwohl ich gerade eben noch von Wasser umgeben gewesen war, spürte ich keinen einzigen Tropfen Feuchtigkeit auf meinem Körper. Das mich umgebende Gebäude hatte große Ähnlichkeit mit demjenigen, in dem ich zuvor gewesen war, aber die Atmosphäre fühlte sich ganz anders an. Es gab keine schimmernde Leichtigkeit, keinen luftigen Raum, nur bedrückende Funktionalität. Wie zuvor waren keine Geräusche zu hören, als ob alles Leben aus dem Gebäude gesaugt worden wäre.

Das Portal. Es musste noch irgendwo hier sein. Aber als ich mich umdrehte, war nirgends ein klaffendes Loch in der Wand zu sehen. Was war mit dem Portier geschehen? War er verbrannt?

Und Suresh ... war er inzwischen aufgewacht? Warum war er plötzlich so durchgedreht? Hatte er es wirklich ernst gemeint? Ich weigerte mich immer noch, das zu glauben.

Ich durchquerte den Raum und spähte aus einem der schmalen Fenster, die mit einer hellblauen Scheibe verglast waren. Das Haus – oder was auch immer es war, in dem ich stand – befand sich auf einer leeren Rasenfläche, die in einigen hundert Metern Entfernung von größeren Gebäuden umgeben war, wie ein Zellkern. Außer ein paar Stühlen und einem Tisch im industriellen Design schien es hier nichts zu geben. Als ich durch das türkisfarbene Glas spähte, brach ein Lachen aus mir heraus, das durch meinen ganzen Körper drang. In dem Raum unter mir stand nichts als eine Toilette, deren Deckel hochgeklappt und die mit türkis verfärbtem Wasser gefüllt war.

Anstatt nach weiteren Hinweisen zu suchen, was es mit diesem seltsamen Haus auf sich hatte, beschloss ich, mich nach draußen zu begeben. Ich hatte noch etwas Adrenalin in mir, das mich dazu drängte, weiterzugehen, bis ich mir einen Reim darauf machen konnte, was mit mir geschehen war und wohin mich das Portal gebracht hatte. Es schien, als ob nach und nach die Angst wie in Schichten von mir abfiel. Ich war meilenweit von der Person entfernt, die ich am Morgen gewesen war.

Draußen war es genauso still wie in der Lobby. Es waren absolut keine Menschen auf der Straße. Ich ging langsam über die Wiese, auf der das Haus stand, bis ich zu einer großen Straße kam. Es gab keinen Verkehr. Der leise Wind wehte einige Zeitungsseiten über die Straße. Bevor sie an mir vorbeiflattern konnten, trat ich darauf. Ich stand mitten auf einer chinesischen Schlagzeile. Mein Herz schlug wieder schneller.

Wo hatte mich das Portal nur hingebracht? Chongqing? Suzhou? Die hohen Gebäude, die hinter einer Mauer auf der anderen Straßenseite in die Höhe ragten, sahen aus wie riesige Fingerknochen. Davor schlängelte sich etwas, das wie das Skelett eines Dinosauriers aussah. Als ich näherkam, sah ich, dass es das Gerüst einer Achterbahn war.

Ich ging weiter zur nächsten Straßenecke. Beim Anblick dieser menschenleeren Stadtlandschaft fühlte ich mich innerlich vollkommen ausgehöhlt. Anscheinend hatte ich mich immer noch nicht ganz erholt von dem, was Suresh mir ins Glas getan hatte. Ich schaute ängstlich über die Schulter, als ob er jeden Moment hinter mir auftauchen könnte.

Ich hatte Suresh so sehr vertraut. Ich weigerte mich zu glauben, dass er das die ganze Zeit geplant hatte. Es musste Mr. Sozio gewesen sein, dieser Teil von ihm, über den er anfangs Witze gemacht hatte. Ich hatte gedacht, er wolle sich mit dieser anderen Persönlichkeit nur interessanter machen. Irgendwann war es dann zu unserem „Spiel" geworden. Wir waren ein so gutes Team gewesen, und jetzt war ich wieder allein auf mich gestellt.

Ich schleppte mich die Straße entlang. Mein Herz pochte gegen meine Brust. Was sollte ich hier? Die verlassene Stadt machte einen seltsam bedrohlichen Eindruck, so als könnten plötzlich alle umliegenden Wolkenkratzer zusammenrücken und mich umzingeln. War ich einer Gefahr entkommen, nur, um gleich wieder einer neuen ausgesetzt zu sein? Ich hatte nicht einmal chinesisches Geld bei mir, nur ein paar Dollar. Wo sollte ich etwas zu essen bekommen, wo sollte ich übernachten?

Nicht, dass ich hungrig gewesen wäre. Mein Körper war immer noch vollgepumpt mit Adrenalin. Mein Herz pochte noch lange, nachdem mir die Augen zugefallen und meine Beine unter mir weggesackt waren.

Vor mir öffnete sich ein Korridor. Ich folgte ihm und bog um eine Ecke nach der anderen, aber er schien nicht zu enden. Hier und dort hingen Karten an der Wand, die exotische Ziele wie Mikronesien zeigten. Ich blieb kurz stehen, um sie zu bewundern. Auf ihnen leuchteten kleine Lichter, die besondere Orte anzuzeigen schienen. Schließlich gelangte ich in einen Raum, in dem ein Mann in einer dunklen Kutte auf dem Boden hockte. Um ihn herum ertönte dumpfes Gelächter, als wäre er in einer Fernsehsendung. Als sich unsere Blicke trafen, sprang ich ihm auf den Rücken und wir rasten aus dem Raum und weiter durch die Gänge. Das Lachen schien uns zu verfolgen, als käme es aus Lautsprechern. Der Rücken des Mannes fühlte sich seltsam beruhigend an. Als wir einen anderen Raum betraten, drehte er langsam den Kopf um fast 180 Grad. Ich zuckte zusammen. Anstelle seines Gesicht war da nur ein blaues Loch. Ich sprang von seinem Rücken und versuchte, aus dem Raum zu fliehen, aber nun saß er auf meinem Rücken und hatte mich zu Boden gestoßen. Und dann drehte sich alles wieder …

Das Geräusch von kochendem Wasser irgendwo hinter mir weckte mich. Nach all der Stille, in die ich gehüllt gewesen war, erschreckte es mich. Zuerst dachte ich, ich sei in meiner Wohnung in New York. Dann wachte auch mein Körper auf und erinnerte sich an das, was er durchgemacht hatte. Ich fühlte mich wie in Watte gepackt und war nicht in der Lage, mich zu bewegen.

Als ich eine sanfte Stimme hörte, versteifte ich mich.

„Oh gut, du bist schon wach. Es wäre besser gewesen, wenn du im Haus geblieben wärst, ich hätte dich dort abgeholt. Aber das konntest du ja nicht wissen …“

Wieder lag ich auf einer Couch und wieder sagte mir jemand, was ich tun sollte. Sofort krallte ich meine Fingernägel in den Stoff der Couch und versuchte, all meine Kraft zusammenzunehmen, um aufzustehen. Vielleicht war das alles nur ein böser Traum, der mir immer wieder dieselben düsteren Szenen vorspielte.

„Lai Fang, hab keine Angst – ich bin's!“

Ich drehte den Kopf und sah eine verschwommene Gestalt vor mir, die ihr lockiges braunes Haar zu einer klassischen Vintage-Frisur aufgetürmt hatte.

„Izzy?“, krächzte ich.

„Tut mir leid, dass du in einem so dystopischen Haus aufwachen musstest, aber ich fürchte, es ist das einzige, das wir in Peking bisher für horizontale Reisen haben.“

Izzy setzte sich auf das Sofa neben meine Füße und begann, sie zu streicheln. Ich zuckte zusammen und versuchte, meine Beine hochzuziehen. Ich war also in Peking gelandet. Aber warum? Und was hatte sie hier überhaupt zu suchen? Hätte sie nicht in Singapur sein sollen? Ich schwankte zwischen Dankbarkeit, ein vertrautes Gesicht zu sehen, und tiefem Misstrauen.

Izzy schien meine Hemmungen zu bemerken. „Ich weiß, dass du eine Menge durchgemacht hast und dass das alles sehr verwirrend für dich ist. Ich sollte es dir erklären.“

Der Wasserkocher hatte aufgehört zu vibrieren und wurde langsam leiser. Allmählich wurden die Umrisse des Raumes klarer und deutlicher. Ich bemerkte einen einfachen weißen Schrank im Hintergrund und eine dreieckige Milchglaslampe an der Decke. Offenbar war in dieser Stadt alles minimalistisch. Es war wie in einem Zeichentrickfilm, den die Macher vergessen hatten, mit Farbe und Leben zu füllen. War dies überhaupt eine echte Stadt? War das die Realität?

„Hmm, wo soll ich anfangen ... erinnerst du dich an die Vase, die wir zusammen gekauft haben? Ich hab darin eine Wanze platziert, damit ich dich – naja, überwachen konnte.“

Ich erinnerte mich plötzlich an das kleine schwarze Ding, das auf den Boden gefallen war, nachdem ich die Vase auf Sureshs Kopf zerschlagen hatte.

„Ich weiß, dass sich das falsch anhört, aber mir ging es wirklich nur um deine Sicherheit.“

Ihre Stimme war immer noch das einzig Greifbare an ihrer Person für mich, alles andere war verschwommen. Ich fühlte mich, als wäre ich von einem Albtraum direkt in den nächsten, ebenso verwirrenden Albtraum gerutscht. Wer war dieses Mädchen, mit dem ich seit Ewigkeiten befreundet war, seit sie der Mnemotherapiegruppe beigetreten war? Es schien, als ob alle um mich herum plötzlich verrückt geworden wären.

„Als ich mitbekommen habe, dass er dich bedroht, hab ich eine Drohne geschickt und sie in der Nähe deiner Wohnung platziert. Schon erstaunlich, wie klein diese Dinger geworden sind.“ Izzy lachte. „Sie können durch den kleinsten Spalt eines Fensters eindringen. Natürlich ist es nicht einfach, die zu steuern.“

Das Kitzeln an meinen Handgelenken, kurz bevor ich meine Hände befreit hatte. In meinem Kopf tummelten sich unglaublich viele Fragen, aber keine wollte sich in Worte fassen lassen.

Izzy sah mich an und lächelte. „Glaub mir, ich weiß auch nicht, wo ich anfangen soll. Man hat mir nur gesagt, ich solle ein Auge auf dich haben.“ Sie hielt inne. „Ich weiß auch nicht, für wen er arbeitet.“

Einen kleinen Moment lang wusste ich nicht, von wem sie sprach.

„Ich weiß nur, dass er von dir Informationen über deinen Vater haben wollte. Er hat früher für uns gearbeitet.“

Für *uns* ... eine weitere unbekannte Variable in einer Gleichung, die immer komplexer zu werden schien und am Ende zu nichts führte.

„Am Anfang war ich froh, dass du jemanden gefunden hast, der sich um dich kümmert. Du schienst so glücklich zu sein. Dann kamst du zu den Therapiesitzungen und sahst müde und kaputt aus und ich wusste, dass ich was tun musste.“ Sie fuhr mir mit der Hand durch die Haare. „Vielleicht sollte ich dir erst mal einen Tee holen.“

Während sie zur Küchentheke hinüberging, überlegte ich, ob es nicht besser wäre, zu verschwinden. Wenn ich Suresh nicht trauen konnte, warum dann Izzy, die offensichtlich auch eine eigene geheime Vergangenheit hatte, von der sie mir nie etwas erzählt hatte?

Andererseits, wohin sollte ich gehen? Außer ihr kannte ich keinen einzigen Menschen in dieser farblosen, skelettartigen Stadt. Wenn es hier überhaupt Menschen gab ... Vielleicht war ich in eine andere, unbewohnte Dimension gerutscht.

Mein Wille verließ meine Glieder, die Couch schien mich zu verschlingen. Ich konnte immer noch fliehen, wenn Izzy sich als eine weitere Verrückte entpuppte ... Mir fehlte der Antrieb, irgendetwas anderes zu tun. Alles, was ich wollte, war, mich bei jemandem auszuheulen und mich unter Kissen zu verkriechen. Es gab keinen Platz für mich in dieser Welt, nicht in diesem Leben.

Noch bevor Izzy mir den Tee bringen konnte, fiel ich wieder ins Delirium.

12

Izzy und ich hatten fast die ganze Nacht geredet, nachdem ich aufgewacht war. Ich brauchte viele Tassen Tee und ihre stundenlangen Erklärungen und Bestätigungen, bis ich ihr endlich zu vertrauen begann.

Sie hatte die beste Tarnung für ihren geheimen Job: Offiziell arbeitete sie als Flugbegleiterin, und gleichzeitig diente sie ihrer mysteriösen Organisation als Botin zwischen den USA und China. Manchmal reiste sie per Flugzeug, andere Male, wenn es schnell gehen musste, benutzte sie die Portale.

„Aber man verliert dabei jedes Mal einen winzigen Teil seiner Erinnerung – sei es eine gute oder eine schlechte –, deshalb wird uns dringend geraten, die Portale so wenig wie möglich zu benutzen. Du weißt ja sicher selber, dass man kein funktionierendes Leben führen und keine Beziehungen aufrechterhalten kann, wenn man ständig Erinnerungsfetzen verliert."

Wer auch immer „wir" waren – sie hatte es mir bisher nicht verraten –, zumindest schien es ihnen erlaubt zu sein, ihr eigenes Privatleben zu führen und ihre Würde zu behalten. Das schloss Drogenkartelle und Menschenhandel schon mal aus.

Izzy und ich traten durch die Eingangstür des Hauses und hinaus in den morgendlichen Trubel. Sie hatte darauf bestanden, mir etwas zu zeigen, also musste ich mich in diese fremde Stadt hinauswagen. Die Stimmen der Standverkäufer und das Hupen der Autos, die sich aneinanderreihten, brandeten mir entgegen.

„Diese Straße war gestern völlig menschenleer! Wie ist das möglich?"

Izzy lächelte. „Hab Geduld. Wenn wir erst mal da sind, erzähl ich dir alles." Sie trug heute einen blauen Blazer und eine schwarze Seidenhose und Schuhe mit Absätzen, was sie sehr professionell aussehen ließ. Da meine Kleidung völlig durchgeschwitzt war, hatte sie mir ein ähnliches, aber etwas bequemeres Outfit gegeben, bestehend aus einer blauen Bluse, einer Hose und flachen Schuhen. Ich kam mir vor wie ihre kleine Schwester, für die sie bei ihrem Arbeitgeber ein gutes Wort einlegen wollte.

Ich zerbrach mir weiter den Kopf darüber, während ich neben ihr die Straße entlangging. Was war das für eine Organisation? Noch immer schwirrte mir der Kopf vor lauter Fragen, die sich alle gegenseitig behinderten. Trotz unserer langen Gespräche gestern war letztendlich ich es gewesen, die am meisten geredet hatte, als ich ihr von Suresh und dem schlimmen Ende unserer Beziehung erzählt hatte.

„Ich glaube, es war einer von Sureshs verborgenen Persönlichkeitsanteilen, der die Kontrolle übernommen hat“, spekulierte ich, während wir nebeneinander hergingen.

„Könnte ein komplexer Introjektionsprozess sein. Ich meine, du hast gesagt, dass er Probleme mit seinem Vater hatte, die durch ein Trauma ausgelöst wurden, richtig? Solche Erlebnisse führen oft dazu, dass das Kind das Verhalten der Eltern verinnerlicht.“

Ich starrte sie ungläubig an.

Izzy gluckste. „Psychologische Forensik war Teil meiner Ausbildung. Ich musste eine Menge Fallstudien bearbeiten.“

Dieses Mädchen steckte voller Überraschungen.

„Und ich glaube, ich weiß, was er mit dir gemacht hat. Dir diese geheimnisvolle Substanz zu geben und dir diese Sitarmusik vorzuspielen – das klingt für mich sehr nach Gedankenkontrolle.“ Sie wich ein paar Essensresten auf dem Bürgersteig aus.

Die Luft war erfüllt von Abgasen und dem Geruch ranzigen Öls von den Essensständen. Sie war so kalt wie die Luft in New York, aber dichter. Ich erinnerte mich daran, dass Peking von Hügeln umgeben war, die alle Abgase und Gerüche wie in einem riesigen, kochenden Kessel in der Mitte sammelten.

„Ich frage mich, ob er inzwischen aufgewacht ist.“ Sie warf einen kurzen Blick in das Schaufenster eines Ladens, der Zongzi verkaufte, kleine dreieckige Reisquadrate, die mit Bambus umwickelt waren. Wahrscheinlich war heute ein Feiertag. „Auf jeden Fall bist du in Sicherheit. Ich glaube nicht, dass er dir hierher folgen kann.“

Es war unmöglich, dass Suresh für immer ohnmächtig bleiben würde. Soweit ich in der Eile hatte sehen können, hatte er nicht einmal eine große Platzwunde gehabt. Aber dass er hinter mir her war, stand nicht im Vordergrund meiner Überlegungen. Sureshs Verrat wurde weitgehend von dem verdrängt, was ich danach in dem gläsernen Haus erlebt hatte. Die LSD-Erfahrung war eine Sache, aber physisch an einen anderen Ort versetzt zu werden – das war eine ganz andere Geschichte. Ich konnte die Dinge, die ich gesehen hatte, nicht ungeschehen machen. Ich befand mich auf einer anderen Ebene der Realität und es schien, als wären die Türen hinter mir für immer verschlossen. Dass dort niemand stand, der gegen sie schlug und mich anflehte, zurückzukommen, machte die Sache einfacher.

Wir kamen vor einem hohen Gebäude mit großen Fenstern zum Stehen, das sich unauffällig in die Häuserfront einreihte. „Willkommen im Ministerium der Gesellschaft der Träumer."

Izzy wartete einen Moment, dann öffnete sich die Glasschiebetür vor ihr. Schon wieder Glas ...

Sie hatte meine Gedanken gelesen. „Du fragst dich wahrscheinlich, warum all diese Gebäude aus Glas sind. Das Glas ist wie ein Spiegel. Wenn die Leute vorbeigehen, sehen sie kein verdächtiges Gebäude, sondern sie sehen sich selbst oder die Außenwelt, die sich in den Glasscheiben spiegelt. Niemand ahnt, was sich dahinter verbirgt. Genauso sollte der Geist unserer Mitglieder einem Spiegel ähneln. *Sie weisen weder ab, noch laden sie ein; sie reagieren, aber halten nicht fest.* Das ist ein Zitat aus dem Zhuangzi."

Auf Izzy traf das definitiv zu. Wer hätte gedacht, dass sie nicht nur wusste, wie man Drohnen steuerte, sondern auch aus chinesischen Klassikern zitieren konnte? Die ganze Zeit hatte ich gedacht, sie sei nur eine etwas einfältig gestrickte Flugbegleiterin mit einer Retro-Obsession.

Sie fuhr fort. „Es dient noch einem weiteren Zweck. Du hast wahrscheinlich schon vom Yangsui gehört – einem daoistischen Spiegel, der zusammen mit dem Mond Wasser aus dem Meer ziehen kann."

Ich hatte die 111th 11th Avenue vor Augen, in deren Scheiben sich das Mondlicht spiegelte und wie kleine Juwelen schimmerte. Das Wasserportal, durch das ich getreten war ...

„So hat das also funktioniert! Das mit dem Portal, meine ich..."

Izzy lächelte. „Ganz genau. Ich hatte Glück, dass du zufällig während der Flut da warst. Sonst hätte es nicht geklappt, aber ich wusste, dass du es irgendwann herausfinden würdest."

Deshalb hatte mein Vater ausgerechnet in diesem Haus gewohnt. Vielleicht hatte er das Portal mehrmals für kurze Aufenthalte in Peking benutzt, ohne dass ich es bemerkt hatte? Plötzlich erinnerte ich mich auch an den Bahnhof Grand Central mit seinen hohen Fenstern. Ich hatte mir immer vorgestellt, dort hinaufgebeamt zu werden...

„Warum hast du mir nie von den Portalen erzählt?" Und warum hatte sie verschwiegen, dass sie eine Spionin war?

„Es liegt in der Natur der Portale, dass sie sich nur dann öffnen, wenn man sie braucht. Sie folgen dem daoistischen Prinzip des *Wu wei*. Man kann sie nicht mit Gewalt öffnen. Es hätte nichts genutzt, wenn ich es dir gesagt hätte. Du hättest mir wahrscheinlich eh nicht geglaubt. Ich hatte es selbst nicht für möglich gehalten, bis ich angefangen hab, überall diese 11er zu sehen."

Es schien, als läge unter der geschäftigen, lauten Welt, die ich kannte, noch eine ganze andere, die von diesen verborgenen Prinzipien geleitet wurde. „Wie viele dieser Portale gibt es?"

„Wir sind dabei, in jeder größeren, am Wasser gelegenen Stadt sowie an einigen abgelegenen Orten, wie zum Beispiel Inseln, welche zu errichten."

„Landet man immer in Peking, wenn man sie benutzt?"

„Sagen wir mal so", sie legte den Kopf schief und ihre Locken wackelten, „man landet dort, wo man hinmuss." Sie ging ein paar Schritte voraus. „Wow, hier sieht es aber heute toll aus. Da hat wohl jemand einen 30er Jahre-Fetisch. Das kann ich nachempfinden."

Auf dem Marmorboden standen große Vasen mit Straußenfedern. Ein paar Paravents standen an den Wänden. Ab und zu kamen elegant und dezent gekleidete Menschen aus den Türen, die unten in die Wände eingelassen waren. Sie schenkten uns keine Beachtung.

Izzy nickte einem Mann zu, der an uns vorbeiging.

„Die Einrichtung ändert sich je nach den Träumen der Angestellten. Ganz nach dem Motto: 'Träume ich oder werde ich geträumt?'"

Sie ging zu einer Aufzugtür und drückte den dunkelblau schimmernden Knopf daneben. Die Tür öffnete sich zu einer kleinen Kabine, die mit Tiermotiven bemalt war, ähnlich wie ein Kinderzimmer.

„Oh nein, nicht schon wieder! Da ist diese eine Mitarbeiterin, die immer von Fahrgeschäften träumt. Halt dich an den Stangen fest, das könnte etwas wacklig werden."

„Sollten wir nicht die Treppe nehmen?"

„Nur, wenn du das Risiko eingehen willst, dass wir nie oben ankommen ... ist mir schon ein paar Mal passiert."

Zögernd stieg ich mit ihr in den Aufzug ein. Die Türen schlossen sich und der Aufzug setzte sich in Bewegung, nicht nach oben, sondern seitwärts, wie eine Achterbahn. Ich klammerte mich ängstlich an die Haltestange.

Izzy schien daran gewöhnt zu sein und redete weiter. „Also, unsere ganze Gesellschaft basiert auf den daoistischen Lehren. Den Prinzipien von Yin und Yang. Feng Shui und so weiter."

Ich wurde fast gegen die Wand gedrückt, als der Aufzug plötzlich die Richtung änderte.

„Und mein Vater war Mitglied dieser ... Gesellschaft der Träumer oder wie sie heißt?"

„Ja. Er war ein hochrangiger Agent."

„Warum hast du mir nicht früher gesagt, dass du ihn kanntest?"

„Na ja, ich kenne ihn natürlich nicht persönlich."

„Aber zu wissen, dass du ihn kennst, dass du über meine Situation Bescheid weißt ... das hätte mir sehr geholfen."

„Das konnte ich nicht riskieren ... Dein Mr. Suresh hätte davon Wind bekommen können." Izzy tippte ungeduldig auf einen Knopf an der Fahrstuhlwand.

„Du hast mich also einen Nerd genannt, obwohl du die ganze Zeit ein noch größerer Nerd warst?" Ich kicherte, was sich anfühlte, als würde ein Stromstoß durch meinen angespannten, müden Körper gehen.

„Oh, versteh mich nicht falsch, du bist immer noch der größere Nerd." Sie lachte und lehnte sich lässig gegen die Wand des Aufzugs, als dieser plötzlich nach oben schoss. „Das Zeug, das du über Außerirdische und UFOs weißt? Nicht einmal unsere Spezialisten für Außerirdische wissen so viel."

„Hmm." Ich lockerte meinen Griff um die Stange. „Aber was weißt du sonst noch über meinen Vater? Weißt du, wo er sein könnte?"

„Ich weiß nicht mehr über als du. Wie gesagt, er war – ist – ein geschätztes Mitglied dieser Organisation. Hat in der Zweigstelle in Suzhou angefangen, bevor er nach Peking gekommen ist. Er war ein Spezialist für Remote Viewing. Keiner war besser im Viewing auf lange Distanzen als er. Einige spekulierten, dass er auch Langzeit-Viewing gemacht hat, also Viewing in die Vergangenheit oder Zukunft, und dass er dadurch ein wenig seltsam im Kopf geworden ist. Kein Wunder, das menschliche Gehirn ist nicht dafür gemacht, so lange Zeiträume zu überblicken. Ich habe gehört, dass man das

Gefühl bekommt, als schrumpfe das eigene Leben auf fast nichts zusammen, bis zu dem Punkt, an dem man jegliches Gefühl für sich selbst verliert."

Mir wurde flau im Magen, als die Wände des Aufzugs plötzlich durchsichtig wurden und ich sehen konnte, wie die Kabine die Etagen hinaufschoss.

„Das kann ich nachempfinden. Mir ging es nach ein paar LSD-Trips genauso."

„Ja ... wobei ich vermute, dass das, was Suresh dir gegeben hat, wahrscheinlich kein LSD war." Izzy stützte sich mit einer Hand an der Fahrstuhlwand ab.

„Was war es dann?"

„Ich weiß es nicht. Noch nicht."

Der Aufzug kam ruckartig zum Stehen und die Türen öffneten sich zu einem runden Raum mit hohen, griechisch anmutenden Säulen in den Ecken. Alles war in gedeckten Farben gehalten, beige und blau-grau.

„Oh, wow."

In der Mitte stand ein runder Tisch mit einem Modell von China darauf.

„Hier planen wir unsere Utopie, oder zumindest ihre groben Umrisse." Izzy ging auf den Tisch zu und stützte ihre Hände darauf ab.

„Das sind alles Regionen in China, in denen wir sogenannte Himmelsstädte errichtet haben. Vor ein paar Jahren hat es ein Foto einer Himmelsstadt über Foshan in die Nachrichten geschafft und sich wie ein Lauffeuer in den Medien verbreitet. Leider konnten wir nicht verhindern, dass es an die Öffentlichkeit gelangte. Natürlich haben die meisten Leute es für eine Fata Morgana gehalten."

„Himmelsstädte?" Ich hatte eigentlich gedacht, dass mich nichts mehr schockieren könnte, aber das war einfach unglaublich.

„Ja. Zurzeit leben dort etwa eine halbe Million Chinesen. Wir befinden uns noch in der Experimentierphase, aber bisher haben wir gute Fortschritte gemacht."

Sie sprach darüber, als wäre es eine ganz alltägliche Sache.

„China hat in den letzten Jahren nach der Pandemie eine Bevölkerungsexplosion erlebt. Selbst während der Ein-Kind-Politik war das Bevölkerungswachstum beträchtlich, vor allem unter der Landbevölkerung. Das musste China vor dem Rest der Welt verbergen. Die Proteste und die Angst wären enorm gewesen. Ganz zu schweigen davon, dass die Chinesen selbst unter der hohen Bevölkerungsdichte in den Städten zu leiden begannen. Also fing man an, die Menschen überall unterzubringen: in Kellern, in Zelten ... aber es waren einfach zu viele. Auch die Raumfahrtprogramme brachten nicht den gewünschten Erfolg." Sie strich über den Tisch.

„Also begann die Gesellschaft der Träumer, nach anderen Möglichkeiten zu suchen. Sie trommelte ein Team von Leuten aus allen Disziplinen zusammen – Geologen, Biologen, Remote Viewer –, um eine Zukunft für die chinesische Bevölkerung zu entwerfen. Was sie herausfanden, war viel, viel interessanter, als man für möglich gehalten hätte."

Izzy holte tief Luft und drückte einen Knopf neben dem China-Modell. Mit einem surrenden Geräusch öffnete sich die Mitte des Modells und eine Glassäule fuhr heraus. Gleichzeitig ertönte ein zischendes Geräusch, als sich die Säule mit Rauch füllte. Ich konnte meine Augen nicht davon abwenden. Langsam, ganz langsam, begannen sich im Rauch schemenhafte Umrisse zu bilden. Sie sahen seltsam fest aus. Der Rauch verdichtete sich zu Wänden und Dächern und gipfelte in Türmen ...

„Was zum...?"

„Das ist Jindan, die Substanz, mit deren Hilfe die Himmelsstädte erschaffen werden. Es ist eine Art Energie, die sich zu etwas Festem verdichten kann. Ursprünglich wurde sie nur zur Manipulation des Wetters verwendet, wie zum Beispiel bei den Olympischen Spielen. Dann fanden wir heraus, wie mächtig sie wirklich ist. Wenn man einen enormen Grad an Verdichtung erreicht, kann man tatsächlich feste Körper schaffen. Man sagt, dass sie von den Techniken früher Daoisten inspiriert wurde, die innere Alchemie praktiziert haben."

Der Rauch in der Glassäule formte und verdichtete sich immer weiter. Inzwischen konnte ich auch kleine Straßen erkennen. Langsam ging ich um die Säule herum, aus vorsichtiger Distanz, und entdeckte mehr und mehr Details.

„Wie ist es möglich, dass ganze Städte in Lebensgröße daraus entstehen können?" Für ein kleines Projekt im Chemieunterricht schien die Substanz geeignet zu sein, aber wie konnte man damit etwas so Lebensechtes erschaffen?

Izzy umkreiste das Modell und betrachtete ebenfalls die Säule. „Rate mal, warum wir die Gesellschaft der Träumer genannt werden?"

„Träumer?"

„Es stellte sich heraus, dass die Jindan-Substanz sehr gut mit Traumenergie interagiert. Davor experimentierte die Gesellschaft mit allen möglichen Dingen – Wasserstoff, Kohlenstoff und so weiter. Dann hatte jemand das, was man einen 'glücklichen Zufall' nennt. Er schlief im Labor ein und als er am nächsten Morgen aufwachte, hing sein Traum an der Decke. In 3D und zum Anfassen. Das war der Anfang von dem Ganzen. Was du in der Säule siehst, ist eigentlich eine Himmelsstadt in ihrer reinsten Form, ohne Traumenergie.“

Ich musterte Izzys Gesicht, konnte aber keine Spur davon entdecken, dass sie mich veralbern wollte. Ich war nicht sicher, wie viel Absurdität ich noch ertragen würde. Ich wusste nur, dass die Himmelsstadt in dem Gefäß das Schönste war, was ich je gesehen hatte: ein luftiges, flauschiges, leicht glitzerndes Etwas, das wie Zuckerwatte aussah und sich ständig neu zusammenzusetzen schien.

13

„Du hast erzählt, dass jeder eine Erinnerung zurücklässt, wenn er durch diese Portale reist."

Izzy und ich saßen an einem Tisch mitten auf einem Markt und aßen Fleisch- und Obstspieße und eine Art farblosen Pudding. Einer der Verkäufer hatte ungläubig eine Augenbraue gehoben, als Izzy ihre Spieße in einwandfreiem Mandarin bestellt hatte, während ich nur herumstotterte.

„Ja. Meistens sind es kleinere Erinnerungen, wie der Name eines Haustiers oder so, aber manchmal vergisst man auch wichtigere Dinge. Deshalb gehe ich zur Mnemotherapiegruppe. Das hat mir in der Vergangenheit wirklich geholfen."

Unglücklicherweise hatte ich Suresh nicht vergessen, als ich durch das Portal gegangen war. Meine Gedanken kreisten immer noch um ihn.

Izzy knabberte an einem Stück Kiwi. „Weißt du, wir benutzen den Luopan auch, um in die Himmelsstädte zu gelangen. Man muss nur ein anderes Symbol antippen."

Das letzte Sonnenlicht des Tages malte breite Striche auf den Tisch und erhellte Izzys Gesicht. Wir hätten auch zwei Freundinnen auf einer Rucksacktour durch China sein können.

„Bist du oft dort oben?"

„Nicht wirklich. Für die Instandhaltung ist eine andere Abteilung zuständig. Speziell ausgebildete Wissenschaftler, die alles überprüfen, zum Beispiel die Wolkendichte und so." Izzy formte mit ihren Fingerspitzen ein Dreieck.

„Vermissen die Leute da oben nicht das echte Leben? Dinge anzufassen und zu schmecken? Oder können sie das dort auch? Dinge anfassen und schmecken?" Ich schaute sie zweifelnd an.

„Sie können es, wenn sie ihr Gedächtnis benutzen. Das Leben dort oben hat eine Menge Vorteile. Es funktioniert nach anderen Regeln. Man muss nicht arbeiten und sich nicht darum kümmern, woher man etwas zu essen bekommt. Bislang gibt es nur eine begrenzte Anzahl von Menschen dort oben. Aber vielleicht werden wir in Zukunft Austauschprogramme einführen."

„Wie ist das Leben dort?" Jetzt war ich neugierig.

„Ich habe gehört, dass man einen schwierigen Prozess durchlaufen muss, um dort leben zu können. Man muss nicht bloß vorübergehend, sondern dauerhaft entmaterialisiert werden. Es fühlt sich an wie ein Horrortrip, als würde einem die Seele aus dem Körper gesaugt werden, aber danach fühlt man sich himmlisch."

„Oh Mann, von Trips hab ich echt die Nase voll." Während der Nacht hatte ich einen Mini-Detox inklusive Begleiterscheinungen – schwitzende Handflächen, unruhige Beine und Miniblitze im Gehirn – durchgemacht, wie eine flackernde Glühbirne, die nicht ausgehen wollte. Ich war immer noch nicht ganz präsent, als ob die Realität mich erst wieder einholen müsste. Was auch immer diese neue Realität war.

Ich nahm einen Schluck von meinem Kokosnusswasser. „Also, was ist deine Position in der Gesellschaft der Träumer? Was genau machst du?"

„Ich bin so etwas wie eine Junior-Mitarbeiterin. Ich kümmere mich sozusagen um die Post und die Adressen, aber ich bekomme nicht zu lesen, was drinsteht. Ich bin die offizielle Korrespondentin für New York. Ich versuche, Regierungsbeamte zu kontaktieren, die sich für das interessieren, was wir hier tun, und die bereit sind, es in ihrem eigenen Bereich einzusetzen. Man könnte sagen, dass China tatsächlich versucht, die Welt zu erobern, nur auf eine sehr subtile Art und Weise, die letztlich allen Nationen zugutekommt." Sie nippte an ihrem Tee. „Wir können einfach nicht mehr so weiterleben wie bisher. Wenn wir das tun, wird es eine massive Überbevölkerung und Kriege um Nahrungsmittel geben, ganz zu schweigen von den Auswirkungen auf die Umwelt. Natürlich ist das Konzept in den westlichen Ländern schwieriger zu vermitteln. Hier gibt es keine Diktaturen und die Menschen sind nicht so loyal gegenüber der Regierung wie in China. Wir konnten einige religiöse Gruppen wie die Mormonen dafür interessieren, indem wir ihnen die Himmelsstädte als Vorstufe zum Himmel verkauften, aber wir suchen immer noch nach einem Weg, es den Materialisten schmackhaft zu machen".

Ich richtete meinen Blick auf das andere Ende der Straße und dachte über ihre Worte nach. Plötzlich sah ich eine Gestalt, groß, hager und mit einem schwarzen Haarschopf. Ich zuckte zusammen. Die Gestalt trat aus dem Schatten hervor, ein chinesischer Mann mit einem Kind auf den Schultern, das ihn an den Haaren packte.

„Alles okay?" Izzy sah mich besorgt an.

„Ja, ich bin nur erschlagen von den ganzen Infos. Das muss ich erstmal verdauen." Die Spieße lagen fast unangetastet auf dem Teller vor mir. Ich wusste nicht, wie viele Angriffe auf meine innere Weltordnung ich noch ertragen würde. Es war, als hätte mich jemand plötzlich in ein Spinnennetz geworfen, in dem es all diese neuen Koordinaten gab, die ich ordnen musste, um zu entkommen oder mich zu verstecken vor ... wem? Einer tödlichen Spinne?

Ich beschloss, zunächst einmal nicht die dringendsten Fragen zu stellen, sondern diejenigen, deren Antworten weniger folgenreich sein würden.

„Wie bist du überhaupt Mitglied dieser Gesellschaft geworden?"

„Ursprünglich habe ich als Übersetzerin für den US-Geheimdienst gearbeitet. Hab mir Audiomaterial, Telefongespräche und so weiter angehört und das transskribiert. Eines Tages haben sie mich mit einem großen Projekt beauftragt, das mit dem Pekinger Büro für Wetterbeeinflussung zu tun hatte, das Raketen in den Himmel schießt, um Regen auszulösen. Sie wollten herausfinden, ob die Chinesen irgendwelche illegalen Methoden oder Substanzen verwenden. So bin ich auf das Jindan gestoßen." Izzy holte tief Luft. „Es gibt dieses chinesische Sprichwort, *kong zhong lou ge*, Pavillons im Himmel. Zuerst dachte ich, es sei eine Metapher für irgendwas. Hat sich aber rausgestellt, dass es sehr real ist."

„Und dann wurdest du von der chinesischen Regierung rekrutiert?"

„Sozusagen, ja, aber das im Detail zu erklären, würde jetzt zu weit führen. Du bist sicher müde."

Ich hatte das Gefühl, nichts Neues mehr aufnehmen zu können, aber ich musste noch eine Frage stellen, die mir auf der Seele brannte.

„Glaubst du, ich hab eine reelle Chance, meinen Vater zu finden?" In den letzten Wochen schien es, als wäre ich ihm zumindest ein bisschen nähergekommen, aber jetzt, ohne meine Trips, wusste ich nicht, wie es weitergehen sollte. Sollte ich überhaupt weitersuchen?

„Da bist du hier genau richtig. Hier – und natürlich in Suzhou – hat die Geschichte deines Vaters mit der Gesellschaft der Träumer begonnen. Ich wette, im Archiv des Ministeriums gibt es Akten über ihn."

„Hast du Zugang zu den Akten?"

„Sicher. Wir können morgen einen Blick drauf werfen." Izzy lächelte.

„Die Gesellschaft weiß also auch von meiner Existenz?"

„Natürlich. Eine meiner Aufgaben in New York war es, ein Auge auf dich zu haben. Aber viel mehr hat man mir nicht gesagt. Eigentlich sollte ich dich gar nicht kontaktieren." Sie senkte ihre Stimme. „Aber dann warst du plötzlich auch in dieser Mnemotherapiegruppe und so kam eins zum anderen."

„Du hast mir also die ganze Zeit nachspioniert?"

„Nennen wir es *überwacht*." Izzy grinste.

Vor ein paar Wochen hätte mich das noch in eine psychotische Abwärtsspirale gestürzt; jetzt musste ich mich damit abfinden, dass der Weg zurück zu einem halbwegs normalen Leben für immer versperrt war. Genau wie mein Weg zurück nach New York. Ich konnte nicht riskieren, noch mehr Erinnerungen zu verlieren und Suresh wiederzubegegnen. Kein Chinesischunterricht mehr, keine Mnemotherapiegruppe ... Es war nicht so, dass ich das alles wahnsinnig vermissen würde, aber es hatte mir gehört, es war mein Leben gewesen.

„Was ist mit meiner Wohnung in New York?"

„Mach dir keine Sorgen. Die Gesellschaft wird deine Miete weiterbezahlen. Fürs Erste kannst du bei mir wohnen. Wir müssen uns nur unauffällig verhalten."

„Was ist mit Geld? Ich habe nicht mal was zum Anziehen."

„Für solche Notfälle habe ich Zugang zu bestimmten Mitteln."

„Oh, wow." Wenigstens musste ich mir in nächster Zeit keine Sorgen um die materiellen Dinge des Lebens machen.

In den nächsten Tagen erzählte mir Izzy mehr über die Gesellschaft der Träumer und die Himmelsstädte. Langsam wurde mir klar, dass die Städte tatsächlich aus den Träumen der Menschen bestanden. Es war, als ob die Stadt unten die Stadt oben erträumte und, auf einer metaphorischen Ebene, auch umgekehrt, da die Bewohner der Himmelsstädte dazu neigten, das Leben auf der Erde nach einer Weile zu vergessen und sich stattdessen Geschichten darüber auszudenken. In gewisser Weise träumten sich die beiden Städte gegenseitig. In mehreren Städten des Landes wurden Himmelsstädte gebaut, unter anderem in Shanghai und in der Geburtsstadt meines Vaters, Chongqing, dem am dichtesten besiedelten Ort Chinas.

Offenbar konnten die Menschen aus den Himmelsstädten wieder hinunter auf die Erde kommen, aber nur, wenn sie sich einer komplizierten Prozedur unterzogen. Deshalb beschlossen die meisten von ihnen, oben zu bleiben. Bei all den Träumen war dort oben ohnehin jeden Tag etwas anderes los, so dass sie die alltägliche Welt „unten" kaum vermissten.

Bislang wusste nur ein sehr kleiner Teil der Bevölkerung von den Himmelsstädten. Die Gesellschaft versuchte, die Bevölkerung langsam mit dem Konzept vertraut zu machen. Natürlich wurde die Sache vor anderen Ländern meist streng geheim gehalten, aber es konnte immer etwas durchsickern. Dafür waren die Agenten da – um herauszufinden, ob und wie Informationen durchgesickert waren, und um das Leck zu stopfen. Izzy hielt es für plausibel, dass mein Vater aufgrund eines solchen Lecks entführt worden sein könnte. Der amerikanischen Regierung könne man nicht trauen, sagte sie.

14

Als Izzy und ich am nächsten Morgen wieder ins Ministerium gingen, leuchtete die ganze Eingangshalle hellblau. Die Wände waren mit Algen überzogen. Wasser schwappte um unsere Füße.

„Oh, da hat wohl jemand von der Unterwasserwelt geträumt. Das kommt oft vor, Wasser ist ein starkes Traumsymbol." Izzy berührte eine Seerose an der Wand.

Ich versuchte, auf Zehenspitzen um die kleinen Pfützen herumzugehen. „Was sehen denn, ähm, normale Leute, wenn sie auf dieses Gebäude oder die Portale stoßen?"

„Du kennst doch diese neuen Werbetafeln, die mit Gesichtserkennung arbeiten und nur reagieren, wenn sie zum Beispiel eine Frau erkennen? Bei den Portalen und Gebäuden funktioniert das ähnlich. Wenn sie dein Gesicht erkennen, verwandeln sie sich in etwas, das man betreten kann. China ist ziemlich groß in Sachen Gesichtserkennung."

Dann wäre Suresh wahrscheinlich gar nicht in der Lage, die Portale zu benutzen. Eine Sache weniger, um die ich mir Gedanken machen musste.

„Glaubst du, dass die Gesellschaft mehr darüber weiß, was mit mir passiert ist, über meinen Unfall?"

„Das weiß ich nicht. Vielleicht finden wir heute irgendwas raus."

Wir blieben vor einem länglichen Schreibtisch stehen, der mit Muscheln übersät war. Dahinter saß eine Frau mit glattem, schwarzem Haar. Als ich über den Tresen blickte, sah ich, dass ihr Unterleib in einem Fischschwanz endete.

„Hallo, können Sie uns Zugang zu einem der Computer geben?", fragte Izzy.

Als die Frau ihren Mund öffnete, kam nur ein Blubbern heraus, aber sie reichte Izzy eine kleine Karte.

„Die Computer funktionieren jedes Mal anders. Man weiß nie, was einen hier erwartet. Beim letzten Mal gab es nicht einmal Schalter in dieser Halle, weswegen man alles abtasten musste. Das schult das kreative Denken."

Die Aufzüge funktionierten heute normal, obwohl sie mit Wasser überflutet waren. Sie erinnerten mich an das Portal, in das ich in New York getreten war, an die Wärme des Wassers und die absolute Dunkelheit, die mich umhüllt hatte ...

„Warum musst du überhaupt durch diese Portale gehen? Ich meine, du könntest doch genauso gut den Zug nehmen oder fliegen, oder?", überlegte ich laut.

„Befehl von ganz oben. Wir dürfen keine Spuren hinterlassen. Deshalb haben sie diese Art von, ähm, alternativer Infrastruktur eingerichtet. Es könnte Leute geben, die sich für unsere Technologien interessieren, oder Aktivisten, die wissen wollen, was hier in Bezug auf die Menschenrechte vor sich geht. Aus diesem Grund hat sich China in den letzten Jahren immer mehr von der Welt abgeschottet. Die Pandemie, die wir vor ein paar Jahren hatten, war ein guter Vorwand, um alle Ausländer nach Hause zu schicken und ihnen die Einreise dauerhaft zu verwehren. Außer Angestellten wie mir natürlich."

Ich hatte über diese Pandemie gelesen, konnte mich aber nicht mehr daran erinnern. Sie musste etwa zu der Zeit stattgefunden haben, als ich noch im Krankenhaus gelegen hatte und bewusstlos gewesen war. Sie hatte Hunderttausende von Menschen auf der ganzen Welt getötet, aber als ich aufgewacht war, war nur der dumpfe Nachhall von Quarantänemüdigkeit und zerstörten Existenzen in der Luft gelegen. Erst allmählich hatte ich begriffen, dass das New York, in dem ich mich bewegte – mit den Obdachlosen, die die Straßen säumten, und den öffentlichen Verkehrsmitteln, die selbst zur Hauptverkehrszeit halb leer waren – nicht mehr das New York von vor ein paar Jahren war.

Izzy fuhr fort. „Der Flugverkehr zwischen China und anderen Ländern ist immer noch stark eingeschränkt. Selbst wenn ich also mit dem Flugzeug reisen wollte, bräuchte ich eine Sondergenehmigung. Außerdem ist das Reisen durch die Portale schneller."

„Hast du keine Angst, einen wesentlichen Teil deines Gedächtnisses zu verlieren?" Ich versuchte immer noch herauszufinden, welche Erinnerung ich zurückgelassen hatte, als ich durch das Portal geschritten war, das mich nach Peking gebracht hatte. Vielleicht war es die Erinnerung an ein bestimmtes Gefühl, an ein kleines Stück Schmerz, denn mittlerweile wurde mir beim Gedanken an Suresh nicht mehr so flau im Magen wie noch vor ein paar Tagen.

„Unsere Forschungs- und Entwicklungsabteilung versucht, dieses Problem zu lösen. Bis dahin muss ich mit dem Risiko leben, denke ich. Je mehr man seine Gedanken vor der Reise sammelt, desto weniger geht verloren. Meistens sind es sowieso nur unwichtige Erinnerungen. Es kann auch Spaß machen. Einmal hatte ich die letzte Staffel von *Orange Is the New Black* vergessen. Dann konnte ich sie nochmal anschauen." Sie grinste.

Die Aufzugstür öffnete sich zu einem Raum mit kleinen Kabinen und altmodischen Computern. Wir setzten uns an einen der Computer, und ich bemerkte, dass das, was Izzy in der Hand hielt, eigentlich eine Diskette war. Auch die kannte ich nur aus dem Internet.

„Okay, ich denke, dass ich das hier reinschieben muss." Sie schob die Diskette in einen schmalen Schlitz ganz unten im Computer. Sekunden später erschien ein Anzeigefenster auf dem Bildschirm. *Gesellschaft der Träumer.* Darüber waren ein paar spiralförmige Wolkenformationen zu sehen. Izzy ging, ohne zu blinzeln, näher an den Bildschirm heran. Auf ihrer Netzhaut blitzte etwas auf.

„Iris-Scan", kommentierte sie kurz.

Ein Suchfenster öffnete sich.

„Also, hier sind alle Daten unserer Mitglieder gespeichert. Persönliche Daten, Ausbildung, Fachgebiet ..."

Sie tippte den Namen meines Vaters ein.

„Außerdem wird aufgelistet, welche Art von Träumen sie haben. Oh, ich hab vergessen, zu erwähnen, dass alle Mitglieder im luziden Träumen ausgebildet sind, weil ihre Träume das Grundgerüst der Himmelsstädte bilden. Sonst würde dort oben das totale Chaos herrschen."

„Wow." Izzys Job schien hart zu sein. Nicht nur, dass sie einen anstrengenden Tagesjob hatte, sogar ihre Traumzeit wurde von der Gesellschaft in Anspruch genommen.

Auf dem Bildschirm erschien das Bild eines gutaussehenden Mannes. Es war mein Vater, offenbar in seinen Dreißigern. Sein Anblick traf mich wie ein Schlag ins Gesicht. Ich hatte fast vergessen, wie er aussah.

Izzy scrollte durch den Eintrag.

„Hier steht, dass er für die Gesellschaft ausgewählt wurde, weil er alle Anzeichen eines Indigo-Kindes aufwies."

„Indigo-Kind? Was ist das?“

Izzy dachte kurz nach. „So nennt man Kinder mit übernatürlichen Fähigkeiten. In China war das eine große Sache, in den … ähm … Mitte der achtziger bis neunziger Jahre.“ Sie warf wieder einen Blick auf den Bildschirm. „Sie haben ihm Remote Viewing beigebracht und … etwas, das sich Remote Controlling nennt. Oh, ich erinnere mich, es gab mal einen Hype um Kinder, die in der Lage waren, Blumen in Vasen zu platzieren, ohne sie zu berühren. Danach hat er ein paar Jahre für die Gesellschaft in Peking gearbeitet, bevor er als eine Art Auslandskorrespondent nach New York geschickt wurde. So ähnlich wie ich“, fügte Izzy nachdenklich hinzu.

„Das weiß ich alles schon. Ich möchte wissen, ob er wirklich als Doppelagent für die amerikanische Regierung gearbeitet hat. Aber darüber werden wir hier wohl keine Infos finden.“

Izzy scrollte etwas weiter. „Hier steht, dass er an mehreren Projekten gearbeitet hat, die sich mit Beweisen für außerirdisches Leben beschäftigen, unter anderem in Los Alamos.“

Los Alamos. Der seltsame, bunte Plan, den ich als Kind herumliegen hatte sehen.

„Mir war gar nicht bewusst, dass die Gesellschaft an UFO- und Alien-Projekten beteiligt war. Das ist auch für mich völlig neu.“ Nachdenklich zwirbelte sie eine Haarsträhne um ihren Finger.

Plötzlich begann der Bildschirm zu blinken, kurz darauf ertönte irgendwo ein Alarm. Izzy und ich zuckten zusammen.

„Verdammt, irgendwas stimmt nicht. Wir müssen den Computer ausschalten.“

„Ich hätte nicht gedacht, dass es bei all der fortschrittlichen Technologie Probleme geben würde.“ Ich musste fast schreien, damit Izzy mich über den Lärm hinweg verstand.

„Ehrlich gesagt, ich auch nicht. Vielleicht ist es ein Scherz aus dem Traum von jemand anderem.“ Izzy zog hastig die Diskette heraus. „Ich bin mir nicht sicher, was los ist, ich weiß nur, dass wir uns abmelden müssen.“

Wir trabten zum Aufzug und fuhren wieder nach unten. Die Meerjungfrauen in der Eingangshalle stießen seltsame, fast musikalische Schreie aus, begleitet von Blasen, die aus ihren Kehlen drangen.

Die Türen zu anderen Räumen öffneten sich, und die Leute steckten ihre Köpfe heraus oder kamen überrascht aus den Zimmern gelaufen.

„Kein Grund zur Aufregung, Leute." Izzy versuchte, die Schreie der Meerjungfrauen zu übertönen. „Es scheint ein kleines Problem mit unserem Computer gegeben zu haben, aber wir haben ihn schon ausgeschaltet und werden uns sofort bei der IT-Abteilung melden." Sie gab die Diskette einer der Meerjungfrauen, die diese entgegennahm, dabei aber nicht aufhörte, zu schreien. Ein paar der im Saal versammelten Leute hielten sich die Ohren zu.

Izzy sah langsam besorgt aus. „Okay, lass uns gehen." Sie ging in Richtung Tür und zog mich hinter sich her.

„Ich werd es gleich melden!", rief sie in Richtung der kleinen Menschenmenge, bevor sie sich durch die Tür drängte.

15

Nachdem Izzy bei der IT-Abteilung angerufen hatte, setzten wir uns auf ihre Couch und versuchten, uns bei einer Tasse Tee zu entspannen. Zwischen Izzys Augenbrauen zeichnete sich eine Sorgenfalte ab.

„Was war denn da los?", fragte ich versuchsweise, obwohl ich spürte, dass sie die Antwort nicht kannte.

„Das ist bisher nur einmal passiert. Damals haben russische Hacker versucht, sich Zugang zu unserem System zu verschaffen. Diese Gruppe ist die beste der Welt, die versuchen mit allen Mitteln, den USA oder China zu schaden. Ich schätze, es macht sie verrückt, dass sie nicht wissen, was hier in China gerade vor sich geht."

„Das war ein Hackerangriff? Ist deine Abteilung nicht gut geschützt gegen Hacker?" Ich nahm an, dass die Gesellschaft über eine erstklassige Cybersicherheit verfügen musste.

„Normalerweise schon. Wer auch immer dahintersteckt, scheint von unserer Existenz zu wissen. Irgendwie müssen Infos nach draußen gedrungen sein. Das kann trotz unseres Schweigegelübdes schonmal passieren. Normalerweise kann der Schuldige aber schnell ausfindig gemacht werden, da er sich durch seine eigenen Träume verrät." Izzy seufzte. „Zum Glück ist der Eindringling nicht weit gekommen."

„Verflucht." Ein kalter Schauer überkam mich.

Izzy sah mich an. „Was ist los?"

„Mir ist grade eingefallen, dass Suresh ein sehr guter Hacker ist."

In den letzten Tagen hatte er sich von der verlorenen Liebe zuerst zum Mistkerl und dann zum Feind entwickelt. Am Ende hatte ich ihn auf ein paar wenige Grundeigenschaften reduziert. Er schwebte nicht mehr über mir wie ein Sternenhimmel, der mich auf Schritt und Tritt begleitete. Dennoch tat es immer noch weh, wenn ich an unsere gemeinsamen Abende zurückdachte, an denen er meinen Tripsitter gespielt hatte und mir Informationen für seine unbekannten Auftraggeber entlockt hatte.

„Das ist unmöglich. Er weiß nicht mal, wohin du geflohen bist, geschweige denn, dass du in Verbindung zur Gesellschaft stehst. Er bräuchte einen Luopan, um die Portale zu benutzen. Und vergiss nicht, dass er sie nicht einmal sehen kann, wenn er nicht ein Mitglied der Gesellschaft ist."

Der Luopan. Ich hatte die kleine runde Scheibe fast vergessen. Er lag nun wieder in einem Regal – diesmal bei Izzy – und reflektierte das Licht der Deckenlampe.

„Weißt du, ich … ich sehe ihn immer noch überall. Zum Beispiel, als wir auf diesem Markt waren und die Spieße gegessen haben." Zugegeben, am Ende war es ein harmloser Chinese gewesen.

„Du musst bedenken, dass erst fünf Tage vergangen sind, seitdem du hier angekommen bist. Heutzutage ist es unmöglich, in dieser kurzen Zeit einen Flug von New York nach Peking zu bekommen. Und die Stadt ist riesig. Er müsste dich erst mal finden." Sie seufzte. „Er ist auch nur ein Mensch. Er kann sich nicht einfach nach Peking beamen oder so. Wir sollten uns wirklich darauf konzentrieren, deinen Vater zu finden. Deshalb bist du doch hier."

Ich war mir nicht ganz sicher, wozu Suresh fähig war, aber ich beschloss, Izzy zu vertrauen. Ihr zu vertrauen fühlte sich ganz natürlich an, wie der erste Schluck Kaffee am Morgen, der einem durch die Kehle rann und die Lebensgeister weckte.

„Weißt du was?" Izzys Augen leuchteten auf. „Das Wichtigste hab ich dir noch gar nicht gezeigt – die Himmelsstadt. Willst du mitkommen? Du solltest wissen, womit wir es hier zu tun haben. Woran dein Vater mitgearbeitet hat."

„Moment, aber … müssen wir uns nicht inter-, entmati-" Ich brachte das Wort nicht heraus.

„Entmaterialisieren? Nur kurz. Genauso wie du, als du durch das Portal nach Peking gekommen bist."

Ich hatte kaum etwas gespürt, so schnell war es vorbei gewesen.

Izzy ging zu einem Schrank, öffnete eine Tür und holte eine runde Scheibe heraus – ihren Luopan. Er war schwarz und golden und erinnerte mich an den Körper einer Biene, der in dunkles Holz eingebettet war. Sie legte ihn in ein Regal.

„Komm näher."

Zögernd machte ich ein paar Schritte nach vorne. Der Luopan leuchtete bereits. Ich erinnerte mich daran, wie ich meinen das letzte Mal benutzt hatte, verzweifelt, und ohne zu wissen, was ich da tat.

„Hey!"

Ich zuckte zusammen. Der Portier stand vor uns, völlig unversehrt, als wäre er nicht vor mehreren Tagen wie eine Kerze verbrannt.

„Wir wollen also einen Ausflug nach oben machen, ja?", sagte er.

Izzy drehte sich zu mir um. „Ich nehme an, du bist ihm schon begegnet. Jeeves ist unser Reisebegleiter."

„Aber ich dachte, er wäre..." Mir fiel kein gutes Adjektiv ein, um zu beschreiben, dass er vor meinen Augen wie eine Kerze geschmolzen war.

„Na ja, anfangs war er ein Tulpa, ein Wesen, das durch mentale Kräfte erschaffen wird. Dann haben wir ihn so liebgewonnen, dass wir ihm erlaubt haben, sich als fast normaler Mensch zu manifestieren. Er hilft uns bei unseren Portalreisen, führt neue Mitarbeiter in das Konzept ein, sorgt dafür, dass auf den Reisen alles reibungslos abläuft ..."

„Richtig, Ma'am, ich stehe Ihnen zur Verfügung. Bevorzugen Sie Standard- oder Expressreisen?", sagte Jeeves.

„Was ist eine Expressreise?" Ich sah Izzy an.

„Wenn du genau weißt, wo du landen willst. Andernfalls betrittst du einen Portalraum, ähnlich wie der, in dem du gelandet bist, als du nach Peking gereist bist. Wir werden die Standardreise benutzen, da wir nicht genau wissen, was uns dort oben erwartet. Nur absolute Profis sollten Expressreisen benutzen, wie die Jungs aus der Verwaltung, die Träume aufräumen."

„Verstanden, Ma'am." Der Portier ging zur Wand und malte ein paar Zeichen darauf, genau wie beim letzten Mal. Dann kam er zurück und berührte den Luopan. Nachdem er ein paar Mal hin und her gegangen war, ertönte ein Heulen und ein Loch öffnete sich in der Wand.

„Bitte sehr, gute Reise." Jeeves lächelte, kleine Fältchen bildeten sich um seine Augen.

„Danke, Jeeves. Man sieht sich."

Izzy ging auf das Loch zu und zog mich an der Hand hinter sich her. Hinter der Öffnung in der Wand konnte ich den blauen, wolkengesprenkelten Himmel sehen.

„Warte mal."

Ich blickte zu dem Portier hinter mir, dessen Kopf bereits zu brennen begann.

„Vertrau mir, es ist genau wie beim letzten Mal, nur, dass wir dieses Mal auf Wolken gehen. Es ist ein einzigartiges Erlebnis, es wird dir gefallen.

Es wird übrigens höchstwahrscheinlich dein Traum sein, den wir betreten werden."

Noch bevor ich eine weitere Frage stellen konnte, traten wir durch das Loch. Das Gefühl unter meinen Füßen war anders als alles, was ich je erlebt hatte – zugig und ein wenig feucht. Dann verloren wir den Boden unter den Füßen und wurden hin und her geschleudert.

Als ich wieder zu mir kam, lag ich auf einem weichen, flauschigen Teppich. Als ich mich traute, die Augen zu öffnen, stellte ich fest, dass der Boden, auf dem ich lag, eine Art Strand war, der mit etwas bedeckt war, das wie Baumwolle aussah. Izzy lag neben mir.

„Was zum –?" Ich setzte mich auf und sah mich um. Um uns herum war eine riesige Fläche aus weißen Wolken, die wie geschlagenes Eiweiß aussahen, so fest, dass man darauf gehen konnte.

Izzy setzte sich ebenfalls auf und richtete ihre Haare. „Willkommen in den Himmelsstädten."

Mein Körper war leicht, als hätte er jegliche Körpermasse verloren. Als ich ihn berührte, fühlte er sich jedoch völlig normal an.

Izzy hatte mein Erstaunen bemerkt. „Auf dem Weg nach oben wurden unsere physischen Informationen in etwas gespeichert, das man als 'Cloud' bezeichnen könnte, wie in der Informatik. Wir sind jetzt feinstofflich, wenn auch nur vorübergehend. Dasselbe passiert übrigens auch bei der horizontalen Reise durch die Wasserportale. Nur muss bei der Ankunft die physische Information so schnell wieder mit dem ätherischen Körper zusammengeführt werden, dass leicht etwas verloren geht. Daher auch der mögliche Gedächtnisverlust."

Ich sah nach unten, aber die Wolkendecke war undurchdringlich. Dort unten, irgendwo zwischen dem Dach von Izzys Wohnblock und der Himmelsstadt, wurden unsere Informationen gespeichert? Körpergewicht, Maße, Blutwerte?

„Mach dir keine Sorgen. Wir werden wieder zusammengesetzt, sobald wir auf die Erde zurückkehren." Izzy grinste. Offenbar amüsierte sie sich über mein verwundertes Gesicht.

„Aber wo ist die Stadt?" Ich kniff die Augen zusammen.

„Geduld. Wir befinden uns immer noch im Eingangsraum des Portals."

Ich sah mich um, konnte aber keine Wände, Fenster oder Türen sehen, wie in dem letzten Portalraum, in dem ich aufgewacht war.

„Die Wände der Eingangsräume hier oben sind unsichtbar."

„Wie kommen wir hier raus?"

„Wir müssen zuerst nachsehen, wie es draußen aussieht. Es ist dein Traum, es könnte uns alles Mögliche erwarten. Deshalb ist es keine gute Idee, per Express zu reisen, wenn man sich in den Himmel begibt. Du könntest mitten in einem bösen Traum landen, im Krieg, bei Monstern, was auch immer du dir vorstellen kannst…"

Für mich waren immer noch zu viele Variablen unbekannt. „Wie kommen die Menschen hier oben mit diesen Träumen zurecht? Ich meine, werden sie nicht von ihnen beeinflusst?"

„Natürlich werden sie das. Die Bewohner werden ein Teil der jeweiligen Traumwelt des Träumers. Manchmal verwandeln sie sich sogar in andere Menschen, andere Wesen … Und wie ich schon sagte, schulen wir unsere Mitarbeiter im luziden Träumen. Sie können also genau kontrollieren, was in diesen Träumen passiert, und sogar schlechte Situationen auflösen."

„Wow."

Izzy setzte sich auf und zupfte an ihrem Haarband. „Aber dein Traum war nicht luzide, weshalb wir zuerst prüfen müssen, was uns draußen erwartet."

Sie stand auf und ging langsam umher, wobei sie mit den Händen die Luft berührte. Dann stand sie plötzlich still und bewegte ihre Hände auf und ab. „Da haben wir ihn." Sie kniete sich hin, hob den Luopan vom flauschigen Boden auf, fummelte daran herum und hielt ihn gegen die unsichtbare Wand. Ich beobachtete, wie sich in der Mitte der Scheibe ein Loch auftat. Sie spähte hindurch und winkte mich heran.

„In solchen Fällen ist der Luopan auch sehr nützlich." Sie spähte weiter durch das Loch.

„Hab ich dir schon erzählt, dass Suresh mir den Luopan geschenkt hat? Ich frage mich, warum … Ich meine, er muss doch irgendetwas über diese ganze Sache gewusst haben, die Gesellschaft und all das …"

„Vielleicht finden wir das bald heraus." Izzy drängte mich, durch das Loch zu schauen.

Jenseits des Lochs entfaltete sich meine Traumlandschaft wie ein Diorama, eine riesige Szenerie, die dennoch seltsam vertraut wirkte. Da standen seltsame, kartonförmige Häuser, die übereinandergestapelt und durch Leitern miteinander verbunden waren.

Ich wusste sofort, was ich da sah. „Pueblo-Häuser. Ich weiß, warum ich von ihnen geträumt habe, ich hab neulich einen Artikel über die Vorfahren der Pueblo gelesen, die Anasazi. Sie sollen eine hybride Alien-Rasse sein."

Ich konnte mich nicht wirklich daran erinnern, dass ich in der Nacht zuvor von ihnen geträumt hatte, aber ich war ja auch noch eine Anfängerin, was das luzide Träumen anging.

Undeutlich konnte ich eine Gestalt ausmachen, die die Leiter eines Hausdachs herunterkletterte. Plötzlich tauchte eine andere, größere Gestalt hinter einer der Häuserecken auf. Ich erkannte ihren zielstrebigen Gang, den leicht gesenkten Kopf. Suresh.

„Ich glaube, das sind ich und Suresh da drüben!" Es war, als würde ich einen Film ansehen.

„Dann lass uns reingehen und sehen, was ihr zwei da macht." Izzy scheuchte mich von dem Luopan weg und steckte ihn in ihre Tasche.

„Warte! Was, wenn sie uns sehen? Werden wir dann nicht ihren Traum verändern? Ich meine ... meinen Traum?" In meinem Gehirn bildete sich ein Knoten.

„Nein. Sie können uns nicht sehen. Sie befinden sich auf einer anderen Existenzebene. Aber die Strukturen, die du in deinem Traum erschaffen hast, sind real. Wäre das der Traum eines unserer Mitarbeiter, würden echte Bewohner der Himmelsstadt in diesen Häusern leben."

Neben uns erschien eine kleine, durchsichtige Tür, die nur durch ihren dezenten schwarzen Rahmen sichtbar war. Izzy stieß sie auf und wir gingen hindurch. Instinktiv hielt ich den Atem an und machte mich auf das gefasst, was kommen würde.

Obwohl die Sonne von einem wolkenlosen Himmel herabschien, war es nicht im Entferntesten heiß. Der Boden unter unseren Füßen hatte sich in eine riesige Fläche aus Sand und Kies verwandelt. Im hintersten Winkel meines Geistes begann ich mich an meinen Traum zu erinnern. Es fühlte sich an wie eine ferne Erinnerung an mein früheres Ich, wie ein seltsames, verdrehtes Déjà-vu.

Wir begannen, eine der Leitern hinaufzusteigen, die auf die Dächer der Häuser führten. Die Gebäude wirkten primitiv, wie etwas, das ein Zehnjähriger aus Lehm formen würde. Sie hatten winzige Fenster- und Türöffnungen.

Wir stiegen noch ein paar Leitern hinauf, bevor wir vor meinem Traum-Ich und Suresh standen.

Mein Herz flatterte. Mein Traum-Ich war nur ein paar Meter von mir entfernt. Seine Haut leuchtete so weiß und lebendig in der Nachmittagssonne, dass ich glaubte, sie tatsächlich berühren zu können. Suresh stand meinem Traum-Ich gegenüber. Keiner der beiden sprach ein Wort.

Suresh streckte die Hand aus und mein Traum-Ich nahm sie, ohne mit der Wimper zu zucken. Gemeinsam gingen sie um die Ecke des Hauses. Ich schreckte zurück. Warum lief mein Traum-Ich nicht instinktiv vor Suresh weg und versuchte, ihm so schnell wie möglich zu entkommen?

Izzy beugte sich grinsend zu mir herüber. „Haben du und Suresh immer so wenig miteinander geredet?"

Izzy und ich folgten ihnen auf leisen Sohlen, obwohl das gar nicht nötig gewesen wäre. Plötzlich tauchte vor uns ein rundes, kolossales Gebäude mit kleinen Fensterlaibungen auf.

„Eine Kiva. Die alten Sonnen- und Mondpriester der Anasazi nutzten sie, um Rituale durchzuführen und die richtigen Zeiten für Aussaat und Ernte zu bestimmen. Sie soll auch benutzt worden sein, um Wolken aufzulösen."

Izzy sah mich mit hochgezogenen Augenbrauen an. Ich musste kichern.

Mein Traum-Ich und Suresh gingen in die Kiva, und wir folgten ihnen. Sobald wir eintraten, versank die Sonne über dem Horizont. Ihre Strahlen wurden durch eine der Fensterlaibungen gebündelt, so dass ein goldener Lichtstrahl auf uns alle fiel. Mein Traum-Ich beugte sich zu Suresh hinüber und flüsterte ihm etwas ins Ohr.

Izzy und ich sahen uns an und traten näher heran, bis wir so nah waren, dass ich jeden einzelnen Makel im Gesicht meines Traum-Ichs sehen konnte. Mein Traum-Ich sprach jetzt lauter.

„... ich kann dir nicht sagen, wo du einen Luopan finden kannst. Den, den ich habe, ist der einzige, den ich kenne!"

„Du bist genau wie dein Vater. Du zeigst großes Potential, aber letztendlich bist du auch nur eine Verräterin", blaffte Suresh mich an.

Mein Traum-Ich wich vor ihm zurück. Hinter uns hörte ich ein Rumpeln. Ich drehte mich um und sah, dass sich der Eingang zur Kiva geschlossen hatte. Mein Traum-Ich hatte es ebenfalls bemerkt. Panisch sah es sich um und rannte schließlich zu einer Leiter, die an der Wand lehnte. Ich konnte nur starr dastehen und alles beobachten.

„Hier geblieben!“ Suresh rannte ebenfalls zur Leiter. Inzwischen rumpelte die ganze Kiva.

Mein Traum-Ich war schon fast oben, aber es hatte keine Chance. Suresh packte die Leiter und zog daran, bis sie nach hinten kippte. Einen Moment lang schwebte die Leiter mit meinem Traum-Ich senkrecht in der Luft. Dann kippte sie um. Ich konnte nicht hinsehen, wollte das Geräusch des Aufpralls nicht hören. Ich schloss meine Augen und begann am ganzen Körper zu zittern. Die gleißende Sonne löschte alle meine Gedanken aus.

„Lai?“

Durch meine Augenlider hindurch spürte ich, dass das Licht weicher geworden war. Das Rumpeln hatte aufgehört. Ganz langsam öffnete ich die Augen. Von dem Traum war nichts mehr übrig. Wir standen wieder auf der leeren, flauschigen Wolkendecke.

„Dein Traum hat sich aufgelöst, aber wir sollten so schnell wie möglich wieder nach unten gehen.“

Mein Herz vibrierte durch meinen ganzen Körper, als wir über die Wolkendecke gingen. Irgendwie schafften wir es, bis zu dem unsichtbaren Portal zu gelangen.

Izzy stieß die Tür auf, zog mich hinter sich her und bediente mit zitternden Händen den Luopan. Zeichen und Symbole leuchteten wild auf und schon befanden wir uns auf dem Rückweg.

16

In den nächsten Tagen versuchte Izzy, mich in Sachen luzides Träumen fit zu machen. Morgens und abends übten wir Meditieren. Sie verabreichte mir hohe Dosen Magnesium und weckte mich mitten in der Nacht auf, um sich über meinen Traumzustand zu erkundigen. Nachdem sich die einzelnen Schlafschichten von mir gelöst hatten, musste ich meist zähneknirschend zugeben, dass ich dem Traum wieder unfreiwillig „verfallen" war, dass ich mich von seinem weichen, angenehmen Kokon hatte einspinnen lassen.

Es war ein Wettlauf gegen die Zeit. Je länger ich in meinen Träumen unbewusst war, desto mehr Zeit gab ich Suresh, in sie einzudringen und zu versuchen, mehr Informationen über meinen Vater, den Luopan und seinen Zweck zu sammeln. Und um mich zu töten, wenn er nicht bekam, was er wollte. Ich wachte fast jede Nacht schweißgebadet auf.

Offenbar war Suresh von Anfang an darauf aus gewesen, meinen Vater aufzuspüren. Izzy und ich verbrachten Stunden mit Spekulationen. War er in den Los Alamos-Fall verwickelt? Woher kannte er meinen Vater überhaupt? Es hatte sich so angehört, als wären sie Kollegen gewesen. Kaum zu glauben, wenn man bedachte, dass Suresh viel jünger als mein Vater war. Inwiefern hatte mein Vater ihn verraten?

Plötzlich erinnerte ich mich daran, wie Suresh während unserer Schneewanderung eins meiner Haare in seine Tasche gesteckt hatte. Damals hielt ich das für eine skurrile romantische Geste. Ich war so naiv gewesen. Wahrscheinlich hatte er damit einen DNA-Test gemacht.

„Da ist noch eine andere Sache, die ich nicht verstehe", sagte ich zu Izzy, als wir am Küchentisch saßen und Tee tranken. „Wie schafft es Suresh überhaupt, in meine Träume zu gelangen?"

„Das ist auf jeden Fall etwas, das ihn in die Nähe der Gesellschaft rückt", überlegte Izzy. „In der Vergangenheit, noch bevor die Himmelsstädte überhaupt gegründet worden waren, wurde an der Akademie in Suzhou sowas wie 'Traumspionage' gelehrt. Ich kann mich gerade nicht an den Namen erinnern, aber es ist im Grunde eine Art Remote Viewing, nur während man schläft. Der Viewer sieht das Zielobjekt – in dem Fall dich – und dringt in deinen Traum ein."

Izzy nahm einen Schluck von ihrem Tee.

„Einzelne Gedanken können übrigens nicht ausspioniert werden, falls du das jetzt denkst. Ich glaube, das liegt daran, dass sie so flüchtig sind. Im Traum baut man dagegen ganze Szenen, Geschichten, Landschaften ..." Sie blickte nachdenklich zum Fenster hinüber, an dem ein paar Regentropfen herunterperlten.

„Jedenfalls hat man irgendwann aufgehört, zu lehren, wie man Träume ausspioniert, weil es einfach zu schwierig ist. Erstens muss man ein hervorragender Remote Viewer sein und zweitens muss man es tun, während man luzide ist. Ich glaube nicht, dass es noch viele gibt, die das können."

„Wie sollte Suresh das dann gelernt haben? Er wirkt nicht wie ... ein Veteran der Gesellschaft oder so. Wie kann er sowas wissen, wenn er nicht mal weiß, was der Luopan ist und wie man ihn benutzt?"

Izzy zuckte hilflos mit den Schultern. „Das kann ich dir auch nicht sagen. Wir wissen nur, dass Suresh noch viel gefährlicher ist, als wir dachten."

Nachmittags schlenderte ich durch Peking und beobachtete die Menschen, die nicht die geringste Ahnung davon hatten, was am Himmel über ihnen vor sich ging, und die emsig ihrer Arbeit nachgingen, die sich, wie ich hörte, durchaus bis tief in den Abend hinein ziehen konnte. Dennoch wirkten sie nicht so gestresst wie in New York. Sie schienen ihre langen Arbeitstage als eine Art Schicksal zu akzeptieren, als eine Art von Schuld, die sie gegenüber der Gesellschaft hatten. Während ich an all diesen Menschen vorbeiging, die mir so ähnlich sahen, deren Kultur aber so weit von der meinen entfernt war, fühlte ich mich noch fremder.

Ich machte Spaziergänge durch den Yuanmingyuan, verlor mich in der üppigen Flora und starrte auf die großen Lotusfelder, die die Teiche bedeckten. Mein anderer Zufluchtsort war die Ausstellung „Altes China" im Nationalmuseum, die voller Artefakte aus den Gräbern der alten Chinesen war. Am besten gefielen mir die Seelengläser: Gefäße, die den Toten in die Gräber gestellt wurden, in der Hoffnung, dass ihre Seelen hineinschlüpfen und Ruhe finden konnten. An beiden Orten war ich ziemlich für mich, im Gegensatz zu den riesigen Straßen, wo die Menschen auf Plastikstühlen vor den Restaurants saßen oder in der Schlange warteten, um bei einer köstlichen Peking-Ente etwas Ruhe zu finden.

Ein Teil von mir rechnete immer noch damit, Suresh an der nächsten Straßenecke zu begegnen, obwohl ich nun wusste, dass er mich nur in meinen Träumen verfolgen konnte. Ich hatte Angst, nachts einzuschlafen, immer in der Sorge, nicht genug trainiert zu haben und wichtige Informationen an Suresh zu verraten. Izzy und ich waren inzwischen fast sicher, dass er in das Computersystem der Gesellschaft eingedrungen war, vielleicht mit Hilfe von Informationen, die er mir im Traum entlockt hatte.

In der Zwischenzeit versuchte Izzy, mehr über meinen Vater herauszufinden. Sie verbrachte Stunden in den Archiven und suchte nach möglichen Verbindungen zwischen ihm und anderen Mitgliedern der Gesellschaft. Es schien, als hätte seit geraumer Zeit niemand mehr Kontakt zu ihm gehabt, obwohl er so etwas wie eine Legende in der Gesellschaft war. Izzy zeigte mir auch einige Fotos von Funktionären, um zu sehen, ob der Mann, der in meinen LSD-Visionen vorgekommen war, unter ihnen war.

Eines Nachmittags wurden wir fündig.

„Du bist also der Überzeugung, dass das der Typ ist, der versucht hat, deinen Vater dazu zu bringen, für die US-Regierung zu arbeiten?“ Wir saßen wieder vor einem Computer im Ministerium. Seit die IT-Abteilung das Sicherheitsproblem behoben hatte, hatte es keine weiteren Störungen mehr gegeben. Ich war immer noch überrascht, dass die Gesellschaft, die sich in so vielen Bereichen über die Naturgesetze hinwegzusetzen vermochte, überhaupt eine IT-Abteilung brauchte. Andererseits schien die IT hier auch nicht wirklich nach gewöhnlichen Gesetzen zu funktionieren.

„Ja, das ist er!“ Ich hätte das glatte Haar und die zusammengekniffenen Augen überall wiedererkannt.

„Liu Wei. Noch nie von ihm gehört.“ Sie scrollte auf der Seite nach unten.

Ich war überrascht, dass seine Adresse überhaupt im System stand. Soweit ich wusste, war er ja ein Doppelagent, und Doppelagenten hatten selten einen festen Wohnsitz.

„Hier steht, dass er sich aus der Gesellschaft zurückgezogen hat. Wir sollten ihm einen Besuch abstatten“, sagte Izzy.

Innerhalb von fünf Minuten standen wir auf der Straße und Izzy winkte nach einem Taxi.

„Ich würde hier nicht selbst fahren wollen. Ist schlimmer als in New York. Es gibt überhaupt keine Regeln."

Eines der klassischen Taxis mit dem markanten gelben Streifen in der Mitte fuhr uns weg von den großen Gebäuden, vorbei an einigen Seen und mitten hinein in ein Labyrinth aus kleinen, quadratischen Häusern.

Das Taxi hielt vor einem reich verzierten Tor. Ein alter Hutong in Peking. Von hier aus konnte man nur noch zu Fuß weitergehen.

Wir gingen an ein paar roten Türen, großen, gesund aussehenden Bäumen und einer enormen Reihe an Fahrrädern vorbei. Es sah so aus, als hätten die Pekinger bei all dem Autoverkehr das Radfahren endgültig aufgegeben. Hier, zwischen den Hutongs war das Leben viel intimer als in den Vierteln mit den großen Wolkenkratzern.

Izzy und ich übersahen fast die schmucklose braune Tür, zu der ein paar Steinstufen hinaufführten.

„Jingyang Hutong 7. Hier ist es." Izzy ging die Treppe hinauf. Es gab keine Türklingel, nur eine Schnur.

„Okay, wie mach ich das am Dümmsten ..." Sie lachte nervös, sah sich um und zog vorsichtig an der Schnur neben der Tür. Nicht das geringste Geräusch war zu vernehmen.

Wenige Augenblicke später hörten wir, wie sich ein Schlüssel im Schloss drehte, und die Tür öffnete sich. Der Kopf eines Mannes erschien, eine ergraute Version desjenigen, den ich in meiner Vision gesehen hatte. Der Rest des Körpers blieb in der Dunkelheit des Flurs. Der Mann mit dem leicht zerzausten Haar schaute erst Izzy an, dann schielte er zu mir.

„Shenme?"

„Guten Tag, Sir. Ich bin Isabel vom Ministerium der Gesellschaft der Träumer." Sie zeigte ihm ihren Ausweis. „Sie waren Teil dieser Institution, richtig? Wir würden Ihnen gerne ein paar Fragen stellen."

Liu Wei schien bei der Erwähnung der Gesellschaft leicht verblüfft zu sein. Er umklammerte die Klinke der Tür fest, schien dann aber zu entscheiden, dass Leugnen nichts nützte, und senkte den Kopf.

„Kommen Sie herein."

Izzy nickte mir zu und ich trat vor ihr durch die Tür. Durch einen Vorraum gelangten wir in einen kleinen Innenhof, in dessen Mitte eine Reihe von Bänken stand.

„Seien Sie bitte leise, meine Mutter hält gerade ihren Mittagsschlaf."

Er führte uns an ein paar knorrigen Gingkos vorbei zu einem kleinen Seiteneingang. Der Raum dahinter war eine beruhigende, reduzierte Mischung aus Traditionellem und Modernem. Liu Wei wies uns an, auf zwei Holzstühlen Platz zu nehmen, zwischen denen ein Beistelltisch stand. „Also, was wollen Sie wissen?" Er setzte sich nicht, sondern schlenderte durch den Raum.

„Sie haben mit Lijie Fang zusammengearbeitet, richtig? Sie haben sicher gehört, dass er seit einigen Jahren vermisst wird."

„Ich habe von seinem Verschwinden gehört. Aber das geschah nach meiner Zeit in der Gesellschaft." Er ging zu einem Fenster und schaute hinaus. „Ein guter Agent. Unerschütterlich und diskret."

„Erinnern Sie sich an das letzte Mal, als Sie ihn gesehen oder gesprochen haben?"

Liu Wei überlegte. „Das muss so um 2018 herum gewesen sein. Damals arbeiteten wir am Fall Los Alamos in den USA. Das ist der Ort, an dem die US-Regierung angeblich diese Alien-Raumschiffe fand, die sie versucht hat, nachzubauen."

„Was genau war Ihre Mission? In der Datenbank steht nichts darüber." Izzy hatte die Beine gekreuzt.

„Es gab Gerüchte, dass sie auch außerirdische Wesen gefangen hatten, die sie für Tests und mögliche Kreuzungen nutzen wollten. Wir wollten alles darüber herausfinden. Natürlich erfolglos. Los Alamos ist eine der am strengsten bewachten Einrichtungen in den USA."

„Welche Rolle spielte Lijie Fang bei dieser Untersuchung?"

„Er war hauptsächlich für das Remote Viewing von Los Alamos verantwortlich. Seine RV-Techniken waren legendär." Liu Wei entfernte sich vom Fenster. „Aber eines Tages ist er einfach verschwunden. Wir dachten, er sei untergetaucht, weil der Fall und der ganze Druck zu viel für ihn waren. Wirklich ein großer Verlust für die Gesellschaft. Wie auch immer ... Und wer ist das? Eine neue Mitarbeiterin?" Er zeigte auf mich.

„Das ist Lai Fang, eine Freundin."

„Fang?"

„Sie ist die Tochter von Lijie Fang."

Liu Wei kam auf uns zu und sah mich ungläubig an.

„Ich kann es nicht glauben. Du ... Verzeihung, ich ... dein Vater hat immer von dir gesprochen. Alles, was er getan hat, hat er für dich getan."

Ein Kloß begann sich in meinem Hals zu bilden. Irgendwie schaffte ich es, zu sprechen.

„Können Sie sich zufällig an den letzten Tag erinnern, an dem Sie meinen Vater gesehen haben? Es wäre sehr wichtig für mich ... für uns, das zu wissen."

Ich sah Izzy an. *Wir befürchten, dass ihm etwas Schreckliches zugestoßen sein könnte*, dachte ich mir, ohne es auszusprechen. Ich beäugte Liu Wei. Wäre er zu solch einem Verbrechen fähig? Wie viel wusste er?

„Ja, ich erinnere mich. Er hatte gerade eine seiner RV-Sitzungen über Los Alamos beendet. Er meinte, er habe etwas entdeckt, worüber wir reden müssten. Wir waren für den nächsten Tag zum Mittagessen verabredet, aber er ist nicht aufgetaucht. Zu dem Zeitpunkt hatten die USA bereits aufgehört, mit China zu kooperieren. Aus diesem Grund benötigten wir Agenten vor Ort. Nach dem Kalten Krieg haben sich die beiden Staaten weitgehend akzeptiert, oder, sagen wir, toleriert. Sobald die neuen Technologien aufkamen – KI und so weiter –, ging der Wettlauf wieder los. Die Pandemie war auch nicht gerade hilfreich. Die USA haben China vorgeworfen, heimlich zu versuchen, ihr Land über Apps zu infiltrieren. China hat die USA beschuldigt, nicht ihr gesamtes Wissen über Außerirdische preiszugeben. Die USA haben sich bedeckt gehalten, aber andererseits haben wir ihnen auch nichts über unsere Traumtechniken und unsere Himmelsstädte erzählt." Er warf mir einen Blick zu. „Ich nehme an, sie weiß darüber Bescheid?"

„Ja, ich war bereits oben mit ihr", sagte Izzy.

„Es ist schon lange her, dass ich an einem dieser Orte war. Im Moment muss ich mich um meine Mutter kümmern ..."

Plötzlich fiel mir etwas ein. „Kennen Sie zufällig jemanden namens Suresh? Ein Kollege meines Vaters?"

Der pensionierte Agent runzelte die Stirn. „Suresh? Ist das ein indischer Name? Nein, ich glaube nicht, dass ich diesen Namen jemals gehört habe."

Ich wollte weiter nachforschen, aber Izzy trat mir gegen das Schienbein und warf mir einen durchdringenden Blick zu. Ups, stimmte ja – wir wussten nichts über Liu Wei und es konnte sein, dass er irgendwie mit Suresh unter einer Decke steckte. Wir wussten nicht, inwieweit wir ihm vertrauen konnten.

Liu Wei erzählte noch ein bisschen mehr über die Arbeit mit meinem Vater und streute ein paar Anekdoten ein. Wann immer er versuchte, das Gespräch auf mich zu lenken, blockte ich höflich ab. Nach etwa einer halben Stunde verabschiedeten wir uns schnell, unter dem Vorwand, dass wir im Ministerium noch etwas erledigen mussten.

„Das war ja nicht gerade hilfreich."

Izzy und ich saßen in ihrem Wohnzimmer, den Luopan vor uns auf dem Couchtisch. Ich fuhr mit den Fingern über die erhabenen Schriftzeichen.

„Wir wussten bereits, dass mein Vater RV-Sitzungen für Los Alamos durchgeführt hat."

„Na ja, offensichtlich hat uns dieser Liu nicht alles erzählt. Ist dir aufgefallen, dass er ständig den Blick abwandte und wie ein gefangenes Tier im Raum hin- und herging? Aus deinen Visionen wissen wir, dass er ein Doppelagent war. Ich wette, er weiß mehr über deinen Vater, als er zugibt." Izzy holte tief Luft. „Ich schlage vor, wir gehen nachts nochmal dorthin und durchsuchen seine Wohnung."

Noch ein Einbruch? Es schien, als würde das ein fester Bestandteil meines Lebens werden, eine lustige Aktivität mit Freunden, wie so vieles andere, was ich mir noch vor ein paar Monaten niemals hätte vorstellen können.

„Heute ist der perfekte Tag, glaub mir. Ich hab in seinem Flur einen Zettel gesehen, dass er heute Abend auf einem Konzert ist", sagte Izzy.

„Was würde passieren, wenn die Gesellschaft davon erfahren würde?", fragte ich.

„Ganz einfach." Sie grinste. „Ich würde es einfach dir in die Schuhe schieben."

Ich machte große Augen. „Was?"

„Nein, nein, keine Sorge. Wenn wir erwischt werden, drohen wir ihm einfach damit, dass wir der Gesellschaft von seiner Arbeit für die US-Regierung erzählen." Izzy lehnte sich zu mir herüber, ihre Stimme war nur noch ein Flüstern. Dann erschien ein breites Lächeln auf ihrem Gesicht und sie begann zu lachen.

„Was?!" Ich schaute sie verwirrt an.

„Du hast doch nicht wirklich geglaubt, dass wir dort einbrechen würden, oder?“ Izzy grinste immer noch.

„Ähm …“

„Komm schon, diese Methode ist doch total antiquiert. Weißt du nicht mehr, wie ich dir mit Suresh geholfen hab? Ich habe bei Liu Wei eine Mini-Drohne hinterlassen. Wenn das zu nichts führt, kann ich immer noch in seine Träume eindringen, indem ich eine Phiole mit Jindan in der Nähe seines Hauses platziere. Sofern er das luzide Träumen aufgegeben hat.“ Die letzten Worte murmelte sie vor sich hin.

Es stellte sich heraus, dass Izzys Mikrodrohnen nicht nur über hochmoderne Videokameras verfügten, sondern dass sie so etwas wie Schweizer Taschenmesser waren, die unter anderem mit einem USB-Stick ausgestattet waren, mit dem man Computer ausspionieren konnte.

Ich seufzte vor Erleichterung. In Gedanken hatte ich mich schon die Hofmauer hinunterfallen sehen. Trotz des vielen Herumrennens in den letzten Tagen war ich immer noch alles andere als sportlich.

17

Izzy und ich verbrachten mehrere Stunden vor dem Laptop, um damit die Mikrodrohnen zu steuern, die Izzy in Liu Weis Haus platziert hatte. Sie hatte auch eine Minikamera am Eingang positioniert, damit wir wussten, wann Liu Wei das Haus verließ. Nur so konnten wir sicher sein, nicht entdeckt zu werden. Selbst wenn er keinen Verdacht schöpfte, könnte Liu Wei die Drohne immer noch für ein Insekt halten und sie zerquetschen. Immerhin sah sie aus wie eine Fliege, wenn auch eine stahlfarbene.

Izzy hatte die Drohne inzwischen zu einer großen Kredenz gelenkt, die an der Wand hinter den Stühlen stand, auf denen wir bei unserem Besuch bei dem pensionierten Agenten gesessen hatten, aber es waren nur ein paar Vasen und anderer Nippes zu sehen. Danach bogen wir nach rechts ab und flogen in ein riesiges Schlafzimmer mit einem traditionellen Kang-Himmelbett. Erschreckenderweise zeigte uns die Kamera gleich danach eine alte, halbnackte Frau, offenbar Liu Weis Mutter, die sich vor dem Spiegel umzog. Wir drehten uns schnell um und flogen direkt zurück ins große Wohnzimmer.

„Was machen wir, wenn wir den Verdacht haben, dass etwas Wichtiges in einem Schrank oder so versteckt ist? Mit der Drohne kommen wir da nicht rein, oder?“ Ich starrte auf den Bildschirm.

„Dann müssen wir eben doch selbst einbrechen. Das könnte bedeuten, dass wir über die Hofmauer klettern müssen, also wär’s vielleicht besser, wenn du dich eine Weile mit dem chinesischen Essen zurückhältst. Aber“, fuhr Izzy fort und ignorierte meinen vorgetäuschten Protest, „ich habe das Gefühl, dass wir mit der Drohne etwas finden werden.“

Izzy lenkte die Drohne in einen sehr hellen Raum. Das Licht fiel durch ein großes Fenster auf der linken Seite auf einen dunklen Schreibtisch mit einer weinroten Schreibunterlage. Als Izzy die Drohne näher heransteuerte, erkannten wir, dass es sich nicht um eine Unterlage, sondern um einen Laptop handelte.

„Okay, dann wollen wir mal.“

Izzy betätigte mit der Drohne eine Taste auf der Tastatur und vor der Kamera der Mikrodrohne begann etwas zu flimmern. „Der Laptop muss nicht mal eingeschaltet sein, damit der USB-Stick funktioniert."

Izzy drückte eine weitere Taste und die Drohne fuhr ihre Beinchen aus und landete auf dem Schreibtisch. Sie zog die Flügel ein und Izzy ließ sie zu dem Laptop hinüberspazieren. Die Drohne ähnelte jetzt mehr einer Heuschrecke als einer Fliege. Izzy drehte und wendete sie, bis ihr USB-Stick genau in Richtung der USB-Buchse des Laptops ausgerichtet war. Dann ließ sie die Heuschrecke nach links wandern.

„Wir haben eine Verbindung."

Izzys Laptop-Bildschirm wurde kurz schwarz, dann erschien ein anderer Desktop-Hintergrund: Wüstendünen und mehrere Ordnersymbole.

„Perfekt. Jetzt kopieren wir einfach das, was da drauf ist, auf meinen Laptop, und dann haben wir's."

Als Izzy fertig war, ließ sie die Drohne den USB-Stick einziehen und lenkte sie hinter eine Pflanze auf dem Schrank neben dem Schreibtisch, bereit, jederzeit wieder benutzt zu werden.

Izzy und ich beschlossen, die Nacht durchzumachen. Wir hatten eine Sammlung interessanter Dokumente vor uns liegen: interne Dokumente der Gesellschaft der Träumer, Remote-Viewing-Berichte, Kopien von Webseiten über paranormale Vorfälle, einige davon recht aktuell.

„Wie es scheint, sind seine Tage als Agent noch nicht gänzlich gezählt", bemerkte Izzy.

All diese Dokumente konnten möglicherweise für uns von Interesse sein. Wir nahmen uns vor, sie am nächsten Tag noch einmal genauer durchzusehen.

„Was ist das?" Am Ende der Liste war ein Ordner mit der Aufschrift 'US'. Izzy klickte ihn an. Darin befand sich nur ein einziges Dokument. Es war eine Sammlung von kleinen Absätzen, die mit Datumsangaben überschrieben waren. Ein Tagebuch.

„Darf ich?" Ich übernahm die Kontrolle über die Maus und scrollte durch die Seiten. Immer wieder blieb ich an einigen Satzfragmenten und Wörtern hängen.

Ich werde mit ihr durch die Portale reisen, damit sie das alles vergisst. Die Gesellschaft wird für sie sorgen, wenn ich mich jetzt zurückziehe. Ich stecke zu tief drin. Es ist sowohl gut als auch schlecht, dass ich nie etwas vergessen kann, egal, wie oft ich durch die Portale gehe. Ich werde mich immer an meinen Auftrag erinnern, aber ich werde auch nie vergessen, dass ich meine Tochter verloren habe.

Ich legte meine geballten Hände auf mein Gesicht und drückte sie auf meine Augen. Da waren sie. Die Antworten, nach denen ich so lange gesucht hatte. Mein Vater hatte mich nicht vergessen, er *konnte* mich gar nicht vergessen. Aber er hatte versucht, dafür zu sorgen, dass ich ihn vergaß.

Izzy schaute mich besorgt an. „Wow, ich hätte nie gedacht, dass jemand die Portale für so etwas benutzen würde." Sie strich mir über die Schulter, aber ich bemerkte es kaum. Durch wie viele Portale hatte er mich schon geschleppt? Ich hätte noch so viel mehr vergessen können, meine Kindheit, meinen eigenen Namen ... Hatte es keine bessere Möglichkeit gegeben, mich zu schützen?

Ich ging zum Fenster und betrachtete den Mond.

„Weißt du, als ich noch klein war, hab ich immer gedacht, dass die Mondmeere echte Meere sind. Dann fand ich heraus, dass sie nur riesige Staubwüsten sind. Danach wollte ich nicht mehr zum Mond reisen. Das ist im Grunde das alte Weihnachtsmann-Trauma." Ich wusste nicht, woher das jetzt gekommen war. Vielleicht wollte ich mir nur beweisen, dass ich nicht alle meine Erinnerungen verloren hatte. Ich ließ Izzy im Zimmer zurück, schlüpfte ins Bett und verkroch mich unter der Bettdecke.

In den nächsten Tagen durchforsteten wir das Tagebuch von vorne bis hinten. Das meiste war auf Englisch geschrieben. Es war recht überschaubar, der Stil prägnant und kurz. Es schien, als hätte der Autor immer nur abends Zeit für ein paar Zeilen gefunden.

Offenbar hatte mein Vater das Tagebuch begonnen, als er nach New York gekommen war. Es gab Einträge über praktische Überlegungen, seltener über die Gefühle, die die Stadt in ihm auslöste. Anfangs hatte er sie als nicht sehr einladend empfunden. Ihm hatten die Straßenstände und vertrauten Gerüche gefehlt, die so viele chinesische Städte trotz ihrer Größe weniger einschüchternd machten. In einigen wenigen Einträgen wurde ich erwähnt – mein erster Tag mit meiner Hauslehrerin, einige Ausflüge, die wir zusammen unternommen hatten.

Und dann kam plötzlich ein ganzer Abschnitt, der nur mir, seiner Tochter, gewidmet war. Er erzählte, wie er dazu gekommen war, für die Gesellschaft zu arbeiten, und wie er dort meine Mutter kennengelernt hatte. Ich bat Izzy, mich diese Abschnitte allein lesen zu lassen. Immer wieder musste ich mit den Tränen kämpfen. Irgendwann brach das Tagebuch plötzlich ab. Ich hatte das vage Gefühl, dass er noch mehr hatte schreiben wollen.

Über seine Mission in den USA äußerte er sich nur sehr vage. Es gab nur einen Eintrag, der unsere Aufmerksamkeit erregte:

Gestern haben wir etwas gesehen, das unsere jüngsten Verdächtigungen bestätigt hat. In dem Laboratorium von Los Alamos wird etwas verwahrt, das die Zukunft der gesamten Menschheit verändern wird. Wir haben schon immer vermutet, dass sie dort außerirdische Wesen gefangenhalten.

Izzy und ich saßen vor dem Laptop und versuchten zu verarbeiten, was wir gerade gelesen hatten.

„Die US-Regierung wäre nicht gerade begeistert, wenn jemand davon erfährt. Ich würde sagen, sie hatten ein schlagkräftiges Motiv, deinen Vater zum Schweigen zu bringen." Izzy scrollte nach unten.

„Ja, aber wie hätten sie etwas über seine Arbeit in Erfahrung bringen sollen? Ich meine, Remote Viewing ist doch ein völlig abgeschirmter Prozess, von dem normalerweise nichts nach außen dringt, oder?" Ich sah sie an.

„Ich weiß es nicht. Natürlich wollen sie nicht, dass irgendwas davon an die Öffentlichkeit dringt. Es könnte eine Massenpanik auslösen."

„Ich kann mir vorstellen, dass seine Entdeckung für die Gesellschaft von großem Interesse gewesen wäre. Warum hat mein Vater sie – dich – nie darüber informiert?"

„Ich schätze, ihm ist etwas zugestoßen, bevor er es tun konnte. Sieh mal, das ist einer der letzten Einträge."

Izzy hatte Recht. Danach gab es nur noch zwei Einträge über allgemeine Dinge und dann den über seinen Plan, mich durch die Portale zu schleppen.

„Meinst du, dass die US-Regierung ihn entführt haben könnte?"

„Das ist gut möglich", überlegte Izzy. „Andererseits, wenn er als Doppelagent gearbeitet hat ..."

„Vielleicht war das zu diesem Zeitpunkt irrelevant. Er hat etwas gesehen, was er nicht hätte sehen sollen und sie mussten verhindern, dass er damit an die Öffentlichkeit geht.“ Es dauerte einen Moment, bis mir klar wurde, wie sich das anhörte. Ich spürte eine Eiseskälte in mir aufsteigen.

Izzy drehte sich zu mir um. „Oh nein, Lai, das ist überhaupt nicht gesagt.“

„Warum nicht? Woher willst du das wissen?“ Tränen stiegen mir in die Augen.

Izzy sah mich besorgt an. „Ich sag dir was. Wir werden unsere eigene Remote-Viewing-Sitzung durchführen. Natürlich ohne LSD, oder was auch immer er dir gegeben hat.“

„Was sollen wir denn als Ziel nehmen, wenn wir weder Ort noch Zeit haben? Meinen Vater? Ist es möglich, Menschen per Remote Viewing zu finden?“

„Soweit ich gehört habe, ist es möglich, wenn man nur ein Objekt hat. Vielleicht ist es bei einer Person ähnlich. Natürlich bekommt man nur einen vagen Eindruck von der Umgebung, aber es könnte reichen, um uns einen Hinweis zu geben.“

Vielleicht hatte sie recht, es war einen Versuch wert. Wenigstens würde sie mich nicht wie Suresh mit Drogen vollpumpen oder manipulieren.

„Bist du bereit?“ Izzy saß neben mir und hatte ein paar Zettel vor sich liegen. Sie sollte der 'Monitor' sein und aufschreiben, was ich sah.

„Wichtig ist, dass du dich dabei nicht selber zensierst. Beschreib einfach, was du siehst. Es ist wie beim Malen. Male, was du siehst, nicht was du weißt.“

„Du bist aber für das Bild verantwortlich“, sagte ich. Ich schloss meine Augen und begann mich zu konzentrieren. Ich hatte den Eindruck, Teil eines wissenschaftlichen Projekts zu sein, mit ungewissem Ausgang.

„Also, wir beginnen mit einem Ideogramm.“ Izzy zeichnete locker ein kleines Symbol aus ihrem Handgelenk. „Bitte schau es dir an und beschreibe es.“

Sie erklärte, dass man damit den Geist darauf ausrichte, die Grenzen der Logik zu durchbrechen und stattdessen in Bildern zu denken. Das war also das Vorgehen bei einer richtigen Remote-Viewing-Sitzung, im Gegensatz zu den vorgetäuschten, die Suresh mit mir abgezogen hatte.

Als Nächstes schob Izzy mir ein Stück Papier mit einer Zahlenfolge zu, die sie mit einem Zufallsgenerator erzeugt hatte. Auch diese Zahlen sollten mich auf das Ziel einstimmen, obwohl sie nichts mit Koordinaten zu tun hatten. Die Zahlen verschwammen vor meinen Augen, bis sich die Einsen zu Elfern zusammenfügten ... Langsam sank ich in Trance. Vor meinem geistigen Auge tauchten abstrakte Formen auf.

„Ich sehe etwas, das wie ein Berg aussieht ... oder zwei Berge mit einem Tal dazwischen."

Mein Bauchgefühl sagte mir, dass an diesem Bild etwas nicht stimmte.

„Es könnten Wellen sein ... eine Wasseroberfläche ..." Ich schloss die Augen. „Es sind kleine Wellen ... wie Spiralen ..." Ich hörte Izzy neben mir aufs Papier kritzeln.

„Und da sind diese Schatten zwischen den Spiralen ..." Die Schatten schienen sich leicht zu bewegen. Ich versuchte, aus der Szene herauszuzoomen. Ich nahm eine quadratische Form wahr und daneben noch andere, kleinere, als ich weiter herauszoomte.

„Kannst du dich auf eine dieser quadratischen Formen konzentrieren? Ist da etwas drin?"

Ich konzentrierte mich auf die größte von ihnen. Einige sackartige Formen erschienen darin. Ich versuchte, tiefer zu gehen, aber Remote Viewing im nüchternen Zustand hatte seine Grenzen. Meine Trance wurde immer oberflächlicher. Am Ende musste ich kapitulieren.

Izzy beugte sich über ihr Blatt Papier. „Also, ich fasse zusammen. Eine wässrige Oberfläche mit Spiralen. Könnte ein Ozean sein, ein Schwimmbad ... Vielleicht befindet es sich in einer Anlage, einem Reaktor mit Kühlwasser oder so. Es bewegen sich Formen darin, also muss etwas im Wasser sein. Dann haben wir diese quadratischen Formen ... Gebäude vielleicht, mit diesen sackartigen Objekten darin. Vielleicht wird in ihnen etwas gelagert?"

Ich war skeptisch gegenüber dieser ganzen Prozedur. Ich spürte kein Kribbeln wie bei dem 'unechten' Remote Viewing mit Suresh. Keine klaren Bilder, nur Formen, die in meinem Kopf herumtanzten.

„Das könnte überall sein ... Eine Einrichtung am Meer?" Izzy war immer noch über das Blatt gebeugt.

Ich dachte nach. „Los Alamos könnte Kühltürme haben, oder?"

„Ja, könnte sein." Izzy tippte etwas in die Suchmaschine ein. „Es gibt dort tatsächlich Kühltürme."

Mein Herz schlug wieder schneller. „Das würde doch einen Sinn ergeben, oder? Sie haben ihn gefangengenommen, nachdem sie herausgefunden haben, dass er sie ausspioniert hat?"

„Sicher, aber wir dürfen keine voreiligen Schlüsse ziehen. Unsere Spuren sind ziemlich vage.“ Izzy runzelte die Stirn.

„Ja, du hast recht“, gab ich zu.

Izzy legte den Stift weg. „Lass uns für heute Schluss machen. Remote Viewing ist ziemlich anstrengend. Keine Ahnung, wie dein Vater all diese Sitzungen ausgehalten hat.“

„Okay.“

Den restlichen Tag begab ich mich auf eine ausführliche Recherche im Internet.

18

Ich erwachte aus einem tiefen und schweren Schlummer. Es dauerte ein paar Augenblicke, bis ich merkte, dass mein Traum nicht luzid gewesen war.

„Mist!"

Ich schnellte in eine aufrechte Position. Seit ich angefangen hatte, luzides Träumen zu praktizieren, waren meine Träume berechenbarer geworden. Dieser war es nicht gewesen. Die Bilder stammten nicht aus meinem mentalen Depot, sondern schienen mir eingeflößt worden zu sein. Da war eine große Halle gewesen, in der Menschen saßen, die wie Mönche aussahen. Gleich daneben hatte sich ein kleiner Teich mit Koi-Karpfen befunden, die im Zickzack schwammen, und Lotosblättern mit verschlungenen Mustern. Die Schatten der Fische hatten sich hin und her bewegt …

Ich sprang mit einem Satz aus dem Bett und dachte nicht einmal daran, meine Pantoffeln anzuziehen. Die Tür zu Izzys Zimmer stand einen Spalt weit offen. Izzy schnarchte friedlich. Ich setzte mich an den Rand ihres Bettes und wartete darauf, dass sie meine Anwesenheit bemerkte. Als sie das nicht tat, rüttelte ich sie kräftig an der Schulter.

„Was zum …?" Izzy drehte den Kopf auf dem Kissen hin und her, ihre Locken waren ganz zerzaust. Für einen kurzen Moment fragte ich mich, wie schnell sie kampfbereit wäre, wenn jemand im Schlaf einen Anschlag auf sie verüben würde.

„Izzy, wach auf. Ich muss dir was sagen."

„Was?" Plötzlich schien sie hellwach zu sein. „Was ist passiert? Lai!"

„Beruhige dich, es ist nichts passiert. Ich hab nur herausgefunden, was ich bei unserer Remote Viewing-Sitzung gesehen hab."

Izzy drehte sich um und schaute auf ihren kleinen Wecker in Form einer Katze. „Gott, es ist schon fast acht. Die Sitzung gestern muss mich ganz schön erschöpft haben."

Sie fuhr sich mit der Hand durch die Haare und setzte sich auf. „Also, erzähl mir, was du herausgefunden hast, Sherlock."

„Es war in meinem Traum. Alle Formen, die ich gesehen hab, sind lebendig geworden. Es war ein Teich, Izzy! Ein Teich in der Akademie in Suzhou, in der mein Vater seine Ausbildung absolviert hat." Mein Vater hatte darüber in seinem Tagebuch geschrieben, über die Fische und die Halle, in der er meine Mutter zum ersten Mal gesehen hatte.

„Aber ... ich weiß nicht." Sie kratzte sich am Kopf. „Da deine Träume jetzt luzide sind, hast du diese Bilder vermutlich bewusst erschaffen, oder?"

Ich senkte den Blick. „Genau das ist der Punkt ... es war kein luzider Traum."

„Was!?"

„Ich weiß, es tut mir leid. Es ist schwer. Manchmal sind die Barrieren in meinem Kopf nicht stark genug ..." Ich starrte auf den Parkettboden.

„Lai! Du bringst sowohl dich als auch die Gesellschaft in Gefahr! Suresh kann jederzeit in deine Träume eindringen! Im Grunde kann das jeder."

„Das stimmt, aber – ich glaube, ich weiß jetzt, wo mein Vater sein könnte."

„Dein Vater ist nicht alles, was zählt, Lai. Vermutlich steht hier noch weitaus mehr auf dem Spiel – das Leben einer ganzen Bevölkerung, sowohl über als auch unter den Wolken. Wenn jemand ..."

Sie stand auf und ging wütend in die Küche. Ich folgte ihr zögernd.

„Hör dir doch wenigstens an, was ich herausgefunden habe."

Izzy drehte sich zu mir um. „Lai, um ehrlich zu sein, glaube ich nicht, dass das, was du gesehen hast, irgendwas bedeutet. Das war die erste richtige Sitzung, die du je gemacht hast. Du bist immer noch eine Amateurin. Ich hab die Sitzung mit dir nur gemacht, weil ich ... dir ein wenig Hoffnung machen wollte."

„Aber ..."

„Ich glaube, ich muss heute eine Pause einlegen. Ich muss auch was Wichtiges für die Gesellschaft erledigen." Sie fuhr sich erschöpft mit der Hand durch die Haare.

„Aber wir sind so nah dran, ihn zu finden! Wir müssen nur nach Suzhou fahren!" Ich wollte sie schütteln.

„Deine Vision wird uns nicht davonlaufen. Wie ich schon sagte, ich habe heute zu tun." Izzy schien völlig verändert. „Am besten, du arbeitest heute an deinem luziden Träumen. Mach ein paar Übungen."

In wenigen Minuten hatte sich Izzy angezogen und ihre Tasche gepackt. Sie nahm eine Scheibe Brot zwischen die Finger und ging zur Tür.

„Wir sehen uns dann am Abend."

Ich blieb in der Mitte des Raumes stehen und war sprachlos. Was war nur in sie gefahren? Warum musste sie jetzt auf einmal arbeiten? Wer weiß, vielleicht würde sie mir sogar noch das Schlafen verbieten, wenn ich nicht ständig luzide träumen konnte. Und eine *Amateurin*? Sie klang ja wie mein Vater, der nie wirklich an meine übersinnlichen Fähigkeiten geglaubt hatte.

Ich stützte mich auf der Kante des Küchentisches ab. Plötzlich fühlte ich mich so allein wie noch nie zuvor. Nach Suresh ließ mich jetzt also auch Izzy im Stich. Es schien, dass man sich auf niemanden verlassen konnte, wenn man keine Familie hatte. Romantische Partner, Freunde, sie alle halfen einem nur, solange sie auch etwas davon hatten. Warum hatte ich so lange gebraucht, um das zu erkennen?

Ich musste so schnell wie möglich wieder Kontakt zum Rest der Familie aufnehmen, der mir noch geblieben war. Ich konnte keinen weiteren Tag verlieren.

Ich nahm den Luopan aus dem Regal und betrachtete die Lichtreflexe auf seiner Oberfläche. Könnte ich mit seiner Hilfe nach Suzhou reisen? Es gab natürlich auch die Möglichkeit, den Zug zu nehmen ... Chinesische Züge waren für ihre Schnelligkeit bekannt. Und so lief ich nicht Gefahr, Erinnerungen zu verlieren ... Schließlich entschied ich mich, den Zug zu nehmen, packte den Luopan aber sicherheitshalber ein.

Draußen machte die Stadt ein Geräusch wie die Lüftung eines Computers. Massen von Menschen waren auf dem Weg zur Arbeit, genau wie Izzy. In der Ferne brach die Sonne durch den Smog wie die Strahlen eines UFOs. Ich fragte mich, ob die Menschen in den Himmelsstädten Sonne und Wetter genauso erlebten wie wir hier unten. Oder konnte sich das Wetter je nach Traum minütlich ändern?

Ich schaute auf mein Handy. Seit ich in Peking angekommen war, hatte ich es kaum benutzt. Izzy war immer in der Nähe gewesen. Ich hatte immer noch Sureshs Nachrichten gespeichert. In einem Anfall von Wut verschob ich den ganzen Chat in den Papierkorb. Es war an der Zeit, meine Vergangenheit in New York hinter mir zu lassen.

Ich war völlig unvorbereitet darauf, wie groß chinesische Bahnhöfe waren. Nachdem ich die Fahrkarte gekauft hatte, betrat ich eine riesige Halle, die eher an einen Flughafen als an einen Bahnhof erinnerte. Ich musste hinter einer Schranke warten, bis ein Bahnmitarbeiter uns wie Vieh durch ein Gatter auf den Bahnsteig ließ.

Zum Glück hatte ich zwei Plätze für mich. Mir gegenüber saß eine große Familie, die ihre gesamten Essensvorräte vor sich ausbreitete. Sie gingen hin und her, ihr Ziel war immer wieder der Heißwasserboiler im Bereich zwischen den Waggons, wo sie ihre Becher mit Instant-Nudeln auffüllten. Ein dickes Mädchen knabberte an einem Würstchen, was mich daran erinnerte, dass ich nicht gefrühstückt hatte.

In gewisser Weise waren mir die einheimischen Chinesen immer noch fremd, obwohl ich mich äußerlich nicht von ihnen unterschied. Die Tatsache, dass ich über die Gesellschaft der Träumer und das, was über ihren Köpfen vor sich ging, Bescheid wusste, schuf noch eine größere Distanz. Selbst wenn ich mich mit ihnen auf Chinesisch unterhielte, würden sie mich wahrscheinlich nicht ganz verstehen. Ich hatte erwartet, dass meine Einsamkeit ein Ende haben würde, wenn ich Chinesisch lernte und zu meinen Landsleuten zurückkehrte. Doch es verstärkte eher meine innere Einsamkeit, denn mein äußeres Erscheinungsbild zwang mich praktisch dazu, nicht aus der Reihe zu tanzen und mich in diese Gesellschaft zu integrieren.

Ich blickte aus dem Fenster. Mein Blick folgte den Stromleitungen, den kleinen Kugeln, die ab und zu wie große Regentropfen an ihnen hingen. Der Himmel über Peking war wieder blau-grau, der Smog verwischte die Konturen der hohen Gebäude jenseits der Gleise. An einem Tag wie diesem würde man die Himmelsstadt definitiv nicht sehen können. Als der Zug an Fahrt aufnahm, rückten die hohen Gebäude in größere Entfernung und wurden schemenhafter.

Im Halbschlaf spürte ich plötzlich, wie sich jemand neben mich setzte. Izzy? Hatte sie ihr Verhalten von heute Morgen bereut und war mir heimlich gefolgt? Ich öffnete meine Augen einen winzigen Spalt. Die Person war ziemlich groß. Aus den Augenwinkeln sah ich nur den Ansatz ihres Kinns. Dunkle Haut und die Konturen eines Ziegenbarts. Ich schluckte schwer und umklammerte meine Tasche. Mein Magen stürzte in einen tiefen Brunnen. Es dauerte eine Ewigkeit, bis er den Grund erreichte.

„Ziemlich praktisch, diese chinesischen Züge, oder? Damit sind wir in kürzester Zeit in Suzhou."

Suresh streckte sich, was mich fast an die Decke springen ließ.

„Kein Grund zur Panik. Du hast bis jetzt alles richtig gemacht. Wer hätte das gedacht? Ich musste gar nichts tun, außer zu warten, bis du für mich alles rausgefunden hast."

Ich wollte um Hilfe schreien, doch mein Mund war völlig ausgetrocknet. Außerdem, wer würde mich schon verstehen? Suresh sah aus wie ein ganz normaler Tourist, und er wurde mir gegenüber nicht handgreiflich.

„Vielleicht bist du doch nicht so dumm, wie ich dachte. Aber du hattest ja auch Hilfe von deiner Freundin. Vielleicht hat sie den Großteil des Denkens übernommen." Suresh gluckste.

Ich hatte das Gefühl, nicht mehr atmen zu können. Es schien, als ob der Zug auf direktem Weg Richtung Hölle unterwegs war.

„Kannst du dich an unsere erste gemeinsame Zugfahrt erinnern? War das nicht eine schöne Reise? Mit Händchenhalten und so?" Er legte seine Hand auf meine und hielt sie fest, so dass ich sie ihm nicht entziehen konnte. Meine Haut brannte an der Stelle, an der er mich berührte. Mir wurde übel.

„Erinnerungen an unschuldigere Zeiten. Jetzt sind wir nicht mehr so unschuldig, aber wir können immer noch Spaß zusammen haben, oder nicht? Ich meine, wir haben praktisch unser fünfmonatiges Jubiläum. Da ist es doch an der Zeit, dass wir eine kleine Reise ins Ausland machen." Er starrte geradeaus, aber ich konnte dennoch das freche Glitzern in seinen Augen sehen, was der Grund dafür gewesen war, dass ich ihn für einen unschuldigen, witzigen Typen gehalten hatte. Unwillkürlich glitt mein Blick zu der Stelle, an der ich ihn mit der Vase getroffen hatte.

„Das hat mir einige Kopfschmerzen bereitet, das kann ich dir sagen", fuhr er fort, als ob er meine Gedanken gelesen hätte. „Zusätzlich zu denen, die ich eh schon hatte. War nicht gerade angenehm."

Die Morgensonne brach durch das gegenüberliegende Fenster und spiegelte sich in Sureshs Brille. Er hatte wieder seinen Mantel an und schien sich seit dem letzten Mal, als ich ihn gesehen hatte, kaum verändert zu haben. Die Fahrgäste um uns herum waren ruhig geworden und ließen sich vom sanften Dahingleiten des Zuges einlullen.

„Ich muss sagen, dass du in deinen Träumen kooperativer bist."

Ich erstarrte. Plötzlich erinnerte ich mich daran, was ich heute Nacht geträumt hatte. Suresh und ich waren erneut in der Kiva gewesen, neben den Pueblo-Häusern. Er hatte wie der Dämon ausgesehen, der die Anasazi in den alten Mythen heimsuchte. *Der Jongleur*. Ich hatte mit ihm gewettet. Und alles verloren. Was hatte ich ihm im Traum verraten?

„Was willst du?", flüsterte ich.

Suresh grinste. „Das wirst du noch früh genug herausfinden. Und denk nicht mal dran, zu fliehen, es sei denn, du willst die gesamte Gesellschaft in Gefahr bringen."

Izzy. Ging es ihr gut?

„Wie hast du mich gefunden?"

Suresh tat so, als würde er nachdenken. „Hmm, wo soll ich anfangen? Mit der Tatsache, dass das IT-System der Gesellschaft nicht gerade schwer zu knacken ist? Dass dein Traum-Ich sehr großzügig mit Informationen ist? Dass sich dein Handy mithilfe der SIM-Karte leicht aufspüren lässt? Such's dir aus. Viele Wege führen nach Rom. Oder nach Peking."

Mein Handy. Wie hatten wir das nur übersehen können?

„Was du mir damals gegeben hast, war kein LSD, oder?" Jetzt stellte ich also Fragen über die Vergangenheit und klang dabei so bitter wie eine sitzengelassene, misstrauische Ex.

„Komm schon, lass die Vergangenheit ruhen. Das Einzige, was zählt, ist die Gegenwart. Wir machen unsere erste gemeinsame Reise und erkunden dein Heimatland. Ist das nicht aufregend?" Suresh grinste.

Ein Mann neben uns erhob sich von seinem Sitz. Wenn ich schnell war und es schaffte, mein rudimentäres Chinesisch zusammenzukratzen …

Suresh holte sein riesiges Handy aus der Tasche und schaltete das Display ein. Eine dicke Fliege nahm den größten Teil des Bildschirms ein. Izzys Drohne?

„Du kannst dir gar nicht vorstellen, was eine Drohne dieser Größe alles kann. Ich hab rausgefunden, dass sie winzige Mikrolaser an der Vorderseite hat. Gleichzeitig ist sie klein genug, um in ein Ohr zu kriechen. Deine Freundin hat echt tolle Gadgets … Izzy heißt sie, oder? Was für ein süßer Name!"

Vor Angst wurde mein Kiefer ganz taub. Das konnte doch nicht wahr sein. All die Zeit hatte die Gesellschaft erfolgreich operiert – und dann kam ich und brachte sie zum ersten Mal in ernsthafte Gefahr. Izzy hatte sich geirrt. Es drehte sich wirklich alles um mich und meinen Vater.

Der Bahnhof von Suzhou war so groß wie eine Konzerthalle, mit einer Art Holzverkleidung an den Decken und Wänden. Suresh war dicht neben mir und führte mich zielstrebig zum Ausgang, wobei er eine Hand um meine Schultern legte wie ein besorgter Liebhaber. In mir stieg Übelkeit auf, gemischt mit Wut. Meine Beine fühlten sich zittrig an, seit dem Vortag hatte ich nichts mehr gegessen. Wenn ich das hier lebend überstand, schwor ich mir, würde ich Beziehungen völlig entsagen. Diese hier verfolgte mich in meinen Träumen und um die ganze Welt.

Ich vergrub meine Hand in meiner Tasche. Vielleicht gab es eine Möglichkeit, Izzy auf meinem Handy eine Nachricht zu schicken, ohne Sureshs Verdacht zu erregen.

„Oh, was haben wir denn da?" Suresh hatte die Bewegungen meiner Hand verfolgt. Er zog sie aus der Tasche und mit ihr das Handy.

„Wir wollen uns doch nicht von Social Media ablenken lassen. Dieser Tag soll allein uns gehören." Er scrollte durch meine Nachrichten. „Oh, hier ist Izzy, deine liebe Freundin. Lass uns ihr eine Nachricht schicken." Er begann zu tippen und sprach dabei laut mit.

Liebe Izzy, ich bin gerade unterwegs zur Großen Mauer. Vielleicht bleibe ich ein paar Tage im Norden, um den Kopf frei zu bekommen.

„Es geht doch nichts über eine kleine spirituelle Auszeit, oder?" Und er steckte das Handy in die Innentasche seines Mantels.

Ich betete, dass er nicht herausfand, dass ich den Luopan bei mir hatte. Zu dumm, dass ich nicht wusste, wo das nächste Portal war ... vielleicht könnte ich ihm auf diesem Weg entkommen, wenn ich nur schnell genug wäre ... und Izzy und die Gesellschaft warnen, bevor er seine Drohung wahr machen konnte.

„Lass uns ein Taxi nehmen, ja?" Er nahm meine Hand und ich ließ mich von ihm über die Promenade vor dem Bahnhof ziehen, obwohl sich alles in mir dagegen sträubte.

Konnte ich dem Taxifahrer vielleicht eine andere Adresse geben? Wie viel wusste Suresh über meinen Plan? Doch kaum saßen wir im Fahrzeug, ergriff Suresh das Wort.

„Zur Suzhou-Akademie, bitte."

„Ah? Zai nali?" Der Fahrer tippte auf seinem Navi herum. Es dämmerte mir, dass ich nicht einmal wusste, wo sich die Akademie befand. Ich war mir auch nicht sicher, ob Besucher erlaubt waren. So weit hatte ich nicht vorausgedacht. Vielleicht hatte Suresh die ganze Zeit recht gehabt, und ich war wirklich keine große Leuchte.

„Suzhou ist der Himmel auf Erden. So sagt man doch, oder?“ Suresh drückte meine Hand. „Wie romantisch.“

Ich war angewidert von seinen falschen Annäherungsversuchen. Ich wollte es einfach hinter mich bringen, was auch immer er von mir wollte.

Ich umklammerte meine Tasche und dachte an meinen Luopan. Selbst wenn ich kein Portal finden würde, könnte ich ihn benutzen, um nach oben zu reisen, in die Himmelsstadt. Wenn ich nur einen Weg finden könnte, Suresh für eine Weile zu entkommen …

Nach einigen Fahrminuten tauchte vor uns ein seltsames, unregelmäßig geformtes Gebäude inmitten der üppigen Umgebung auf. Es sah aus wie der Bauklotz eines Riesen.

„Dao le.“ Der Fahrer parkte vor einem Tor. Suresh bezahlte und wir stiegen aus dem Auto und gingen zu der kleinen Hütte neben dem Tor.

Die ganze Sache fühlte sich sehr surreal an. Wollte er den ganzen Tag über weiterhin vorgeben, dass wir ein Paar waren? Nun hoffte ich wirklich, dass Izzy Recht hatte, dass die Informationen, die ich in der Remote-Viewing-Sitzung erhalten hatte, falsch waren, dass mein Vater nicht dort drin war. Ich würde Sureshs Scharade mitspielen müssen, bis sich eine Gelegenheit ergab, den Luopan zu benutzen.

„Dürfen wir durch?“, fragte ich den Mann in der Kabine auf Chinesisch. Er antwortete nicht, sondern starrte nur vor sich hin. Ein paar andere Leute passierten das Tor.

„Verzeihung, dürfen wir durch?“ Der Pförtner reagierte immer noch nicht. Entschlossen ging ich einfach durch das Tor. Mittlerweile war mir alles egal. Suresh holte mich nach ein paar Schritten ein. Er hatte ein breites Grinsen im Gesicht, das ich ihm am liebsten weggewischt hätte.

„Da hast du so lange Chinesisch gelernt und kannst dich immer noch nicht mit deinen eigenen Landsleuten verständigen?“

Ich antwortete nicht, sondern dachte daran, wie er mich immer ein wenig abwertend behandelt hatte, wenn wir zusammen gewesen waren. *Dummerchen*. Damals hatte ich es für ein Zeichen der Zuneigung gehalten.

Das Gebiet um den Bauklotz des Riesen herum war überraschend grün. Ein paar hundert Meter vor uns tauchten ein paar Hallen auf. Ich schluckte und dachte an das Tagebuch meines Vaters. Dort musste die Halle sein, in der mein Vater meine Mutter zum ersten Mal gesehen hatte. Wie sie mit diesen alterslosen, weisen Augen, in die sich mein Vater verliebt hatte, Oleanderblüten in die Gefäße hinein und wieder herausgezaubert hatte. Nicht weit entfernt musste der Teich sein, an dem sie sich immer getroffen hatten.

Ich sehnte mich so sehr danach, allein zu sein, mich meinen Eltern näher zu fühlen. Stattdessen spielten die Leute weiter mit mir und warfen mich dann weg wie eine ungeliebte Puppe. Unglaubliche Wut sammelte sich in meinem Magen und mischte sich mit der Angst, die immer noch da war. Ich musste mich zusammenreißen, um Suresh keine runterzuhauen.

Schweigend gingen wir weiter. Ich fragte mich, ob Suresh überhaupt wusste, wohin er ging. Das dreieckige Gebäude ragte vor uns auf wie eine halbe Pyramide. Alles hier war geometrisch und aus Beton, abgesehen von den Bäumen und Sträuchern, die gelegentlich die Straße säumten. Dann tauchte vor uns ein Toilettenhäuschen auf. Eine *Toilette*? Ich blieb auf der Stelle stehen.

„Ich muss mal."

„Was?" Suresh sah mich misstrauisch an.

„Ich muss auf die Toilette." Ich versuchte, meine Stimme ruhig zu halten.

„Ernsthaft?"

„Ja." Ich verzog das Gesicht. „Wenn ich mir hier mitten auf dem Gelände in die Hose mache, könnte das eine Menge Aufmerksamkeit auf uns lenken."

Suresh sah mich angewidert an. „Okay, dann geh."

Ich bog nach rechts zur Toilette ab, Suresh folgte mir bis zu den eisernen Stufen. Er war mir immer noch auf den Fersen, als ich die Tür zur Damentoilette öffnete. Ich drehte mich um und versuchte, entrüstet auszusehen. „Ist das dein Ernst?"

Einen Moment lang starrten wir uns an. Der Blick aus seinen dunklen Augen durchdrang mich. Ich konnte sehen, wie es in ihm arbeitete. Dann drehte er sich um und klammerte sich frustriert an das Geländer der Eisentreppe.

„Ich hab dein Handy, also kannst du nichts machen, und es gibt keine Fenster da drin. Und du weißt, was passiert, wenn du irgendwas versuchst."

Ich schloss die Tür hinter mir und lehnte mich dagegen. Erst jetzt merkte ich, wie schnell mein Herz klopfte. Immer noch war mir ein wenig übel.

Schnell schlüpfte ich in eine der Kabinen und schloss die Tür hinter mir. Dann holte ich mit zitternden Händen den Luopan aus meiner Tasche. Im schummrigen Licht der Toilette sah er aus wie ein gewöhnlicher Gegenstand, der keinerlei magische Kräfte besaß. Hatte Izzy nicht gesagt, dass die Zeit dort oben anders verlief? Ich konnte Suresh nicht allzu lange hinhalten.

Ich wusste nicht mal, welche Symbole Izzy berührt hatte, um das Portal zur Himmelsstadt zu öffnen. Ich musste schnell sein, sonst würde Suresh Verdacht schöpfen und doch noch reinkommen. Ich sah mir den Luopan genau an. Die Nadel in der Mitte zitterte. Sie befand sich in einem Feld, das „Himmelsbecken" genannt wurde, wie Izzy mir erzählt hatte. Das *Himmelsbecken* ... Aus einem Impuls heraus berührte ich es.

Von einem Moment auf den anderen wurde die schummrige Toilette von einem warmen Licht erhellt. Ich hörte eine Stimme hinter mir.

19

„Wen haben wir denn da?“ Der Portier erschien hinter mir. Er sah sich um.

„Tut mir leid, aber ich brauche dringend deine Hilfe.“

Er musterte mich. „Du siehst tatsächlich ziemlich blass aus.“ Am liebsten hätte ich ihn umarmt, mich an ihn geklammert, auch wenn ich wusste, dass er nur eine Tulpa und kein echter Mensch war und wahrscheinlich gleich wieder zu brennen anfangen würde. Doch in diesem Moment hatte ich das Gefühl, dass er das einzig Beständige in meinem Leben war.

„Ich muss hinauf in die Himmelsstadt, schnell!“ Ich schaute zur Tür und betete, dass niemand hereinkam, und dass Suresh den Portier nicht hören konnte.

„Ich dachte mir schon, dass es dringend ist ... wenn du mir den Scherz erlaubst“, sagte er, sah zur Toilette hinüber und rümpfte die Nase. „Na gut, dann mach dich auf einen schnellen Aufstieg gefasst.“

Alles fing wieder an, sich zu drehen, und da ich keine Zeit mehr hatte, meine Augen zu schließen, sah ich zum ersten Mal, woraus der Wirbel bestand. Es waren kleine spiralförmige Fraktale, unzählige kleine Wiederholungen des Wirbels selbst. War das irgendwie mit einer DNA verwandt? Das hätte Sinn ergeben, wenn man bedachte, dass in dem Raum zwischen Erde und Himmelsstadt physikalische Informationen gespeichert wurden.

Dann, ganz plötzlich, lag ich wieder auf dem weichen, flauschigen Boden. Es hatte geklappt. Vorsichtig richtete ich mich auf und machte ein paar unsichere Schritte. Mit jedem Schritt wurde ich ein bisschen ruhiger. Ich war Suresh wieder einen Riesenschritt voraus, diesmal einen horizontalen. Es hatte etwas Tröstliches, auf den Wolken zu gehen. Hierher konnte er mir nicht folgen.

Ich tastete nach der Wand des Portalraums, drückte meinen Luopan dagegen und schaute durch das Loch in der Mitte. Izzy hatte gesagt, man wisse nie, was einen dort draußen erwartete. Ich ließ mich auf den Boden sinken und strich über die Zeichen auf meinem Kompass. Auf jeden Fall musste ich mich in dem Traum eines Angestellten der Akademie befinden.

Vielleicht konnte ich den Träumer irgendwie über meine Situation informieren, solange ich mich in seinem Traum aufhielt?

Ich schaute mich um. Der Portier war nirgends mehr zu sehen. Ich hätte mich ohrfeigen können. Warum hatte ich ihn nicht gefragt, ob er Izzy oder die Gesellschaft für mich kontaktieren könnte? Wahrscheinlich war er wieder verbrannt, wie beim ersten Mal.

Plötzlich fühlte ich mich furchtbar allein. Es war ein wahnwitziger Plan gewesen, nach Suzhou zu kommen. Woher sollte ich wissen, ob sie meinen Vater hier festhielten? Ich hatte nur ein paar seltsame Zeichen vor meinem geistigen Auge gesehen.

Ich spähte noch einmal durch den Luopan. Würde es sich lohnen, in den Traum hinauszutreten? War es sicher? Ich blinzelte, konnte aber nichts Bestimmtes ausmachen. Izzy hatte mir nicht gesagt, was man tun sollte, wenn man nichts sehen konnte. Aber sie hatte mir sowieso nicht wirklich geholfen. Sie hatte mir immer nur gezeigt, wozu sie, die Star-Agentin, und ihre tolle Gesellschaft fähig waren.

Fast trotzig öffnete ich die Glastür und trat in die Traumwelt ein. Das erste, was ich hörte, war ein leises Klatschen und Murmeln. Nach ein paar Metern verwandelte sich die Wolkendecke in einen schwarzen Raum, wie das Weltall, nur ohne Sterne. Ich vermied es, nach unten zu sehen. Das mussten die Ränder des Traums sein, der Raum, der von keinem Bewusstsein erhellt wurde. Allmählich bildete sich ein fester Untergrund, wurde zu festem Boden und reflektierte das Licht von etwas, das sich einige hundert Meter vor mir befand.

Wieder hörte ich dieses Klatschen. Als ich auf das Geräusch zuging, konnte ich die Rückseiten von Sitzen ausmachen, die durch einen Gang getrennt waren. Weit vor ihnen schien eine Art Bühne zu sein. Intuitiv blickte ich nach oben. Mir wurde dabei fast übel, als ich mich in meiner Vorstellung plötzlich in einer anderen Position wiederfand, weit über den Köpfen der sitzenden Zuschauer. Das war eine der LSD-Visionen, die ich gehabt hatte! Und das bedeutete, dass die Person auf der Bühne ...

Ich schritt den Gang entlang. Die Leute auf den Sitzen rechts und links starrten geradeaus und nahmen keine Notiz von mir. Ich schaute auf die Bühne, wo mein Vater Feuer durch die Luft wirbeln ließ. So nah war ich ihm bisher noch nie gekommen, und doch war er ein Phantom, das Produkt reiner Fantasie. *Wessen Fantasie*? Es war ganz unmöglich, dass jemand außer mir dieselbe Erinnerung haben konnte. Oder etwa doch?

Ich drehte mich zu den Zuschauern um. In den ersten Reihen saßen hauptsächlich Kinder. Dahinter ragten ein paar erwachsene Köpfe hervor. Waren das alles Bewohner der Himmelsstadt? Verbrachten sie auf diese Weise ihre Freizeit? Falls es hier oben überhaupt so etwas wie Arbeit oder Freizeit gab. Ich wusste immer noch nicht viel über die Himmelsstädte.

Links, in der ersten Reihe, entdeckte ich mein jüngeres Ich, das aufgeregt mit seinen Zöpfen spielte, genau wie in meiner Vision. Was würde mit dem Mädchen – mit mir – geschehen, wenn die Veranstaltung vorbei war und die anderen nach Hause gingen? Würde es sich einfach in Luft auflösen wie eine leere Hülle? Verglühen wie der Portier? Schließlich war es nur noch eine vage Erinnerung, die an den Rändern verblasste, so instabil wie ein radioaktives Element.

Mein Blick glitt nachdenklich über das Publikum und blieb an einer Person haften, die weiter hinten saß. Er war natürlich auch da, der Kollege meines Vaters, Liu Wei, genau wie in meiner Vision. Er stand auf, knöpfte seine Jacke zu und verließ seinen Sitzplatz. Doch anstatt zur Hintertür zu gehen, wie in meiner Vision, kam er nach vorne und bewegte sich auf mich und die Bühne zu. Sein Anzug reflektierte das Feuer.

Irgendetwas stimmte nicht, ich konnte es spüren. Ich versuchte, mich zu bewegen, aber ich war vollkommen erstarrt.

„Bleib ganz ruhig." Liu Wei kam näher, bis er fast vor mir stand. Offenbar konnten die Zuschauer auch ihn nicht sehen, denn keiner drehte sich nach ihm um. War ich denn hier die Einzige, die keine Ahnung hatte, was in dieser geheimnisvollen Zaubershow hoch über den Wolken vor sich ging?

„Wie können Sie …?" Verblüfft starrte ich in sein unbewegtes, stoisches Gesicht.

„Hab keine Angst. Genau wie dein Vater bin auch ich an dieser Akademie ausgebildet worden. Ich komme immer noch gelegentlich hierher. Nachdem ich von deiner Absicht erfuhr, ebenfalls unserer alten Ausbildungsstätte einen Besuch abzustatten, schien mir das eine günstige Gelegenheit zu sein."

Er sprach seltsam förmlich und ruhig, während ich innerlich zu zittern begann. Wie viele Leute waren mir eigentlich noch gefolgt? Konnten sie mich nicht einmal in Ruhe lassen?

Ich brachte kein Wort heraus, während Liu unbeirrt fortfuhr. „Du bist gekommen, um deinen Vater zu finden, richtig? Ich hätte wissen müssen, dass sie ihn hier festhalten würden, am Ursprungsort seiner Karriere." Er strich sich eine Strähne aus dem müden Gesicht.

„Was wollen Sie…? – Moment, das ist *sein* Traum? Wir befinden uns in *seinem* Traum?" Plötzlich machte es bei mir Klick.

„Ja. Ich bin kurz vor dir angekommen."

Mein Vater war also wirklich hier vor Ort, irgendwo in der Akademie. Aber woher wusste Liu Wei davon?

„Was machen Sie eigentlich hier oben?" Nervös schaute ich mich um. Welche Fluchtmöglichkeiten gab es hier oben?

Liu Wei ignorierte meine Frage. „Du solltest wissen, dass das, was die Gesellschaft hier macht, nicht in Ordnung ist. Die Himmelsstädte, meine ich. Wenn sie dich einmal hierhergebracht haben, kannst du nie wieder zurück."

Der laute Beifall des Publikums ließ mich zusammenzucken.

„Wie meinen Sie das? Mir wurde gesagt, dass man immer zurückgehen kann, wenn man will."

„Das heißt es, ja. Aber Lijie und ich haben immer für die Wahrheit gekämpft. Ich weiß nicht genau, was ihr bis jetzt herausgefunden habt. Du weißt wahrscheinlich bereits, dass wir für die amerikanische Regierung gearbeitet haben, aber das ist noch nicht alles. Die US-Regierung gab uns die notwendigen Mittel, um die traurige Wahrheit über diese Himmelsstädte publik zu machen." Sein Blick trübte sich.

Ich starrte ihn an. Wusste er, dass Izzy und ich sein Haus durchsucht hatten? Wie konnte ich ihm vertrauen? Das war alles zu viel.

„Die Himmelsstädte sind mir egal. Ich will nur meinen Vater finden", antwortete ich ein wenig trotzig.

„Dann verfolgen wir ja dasselbe Ziel." Er zog mich zur Seite, weg von der Bühne. Ich wich zurück, als er mich berührte. „Ich bin ebenfalls gekommen, um nach ihm zu suchen. Ich hab immer vermutet, dass die Gesellschaft ihn entführt haben könnte."

„Warum haben Sie mir das nicht gleich gesagt? Als wir Sie besucht haben?"

„Ich konnte das doch schlecht vor deiner Freundin sagen, oder? Immerhin ist sie eine wichtige Agentin der Gesellschaft."

Izzy. Hatte sie die ganze Zeit gewusst, dass es aus den Himmelsstädten kein Zurück mehr gab? Ich schaute mich um. All diese Menschen ... wussten sie, dass sie hier gefangen waren? Hatten einige von ihnen Familie oder Freunde 'da unten'?

Ich wandte mich wieder an Liu Wei. „Wie kann ich sicher sein, dass Sie die Wahrheit sagen?"

„Warum hätte ich sonst das Risiko eingehen und hierherkommen sollen? Ich stehe auch unter dem Verdacht der Gesellschaft." Er zog mich näher an sich heran, in den Schatten. „Hör zu, ich kenne einen Weg, wie wir mit deinem Vater direkten Kontakt aufnehmen können, mit seinem Traum-Ich. So könnten wir herausfinden, wo sie ihn in der Akademie verstecken." Er warf einen nervösen Blick in Richtung der Zuschauer. „Du musst dafür mit deinem eigenen Traum-Ich verschmelzen. Mit dem Mädchen, das du einmal warst. Dann wirst du auf der gleichen Ebene sein wie er."

Ich betrachtete mein früheres Ich, das aufgeregt die Beine baumeln ließ.

„Wirklich? Das ist möglich?"

„Ja. Du musst nur zu dem Mädchen hinübergehen und es berühren. Ich bin vorhin schon mit meinem Traum-Ich verschmolzen ... aber ich habe noch nicht den Mut aufgebracht, mit Lijie zu sprechen." Die letzten Worte sagte er mehr zu sich selbst.

Ich blickte zu meinem Vater auf, der immer noch auf der Bühne stand. Allein würde ich ihn unten in der Akademie wohl nie finden.

„In Ordnung. Bleiben Sie dann auch hier?" Ich sah Liu Wei an. War das Schweiß, der sich auf seiner Stirn gebildet hatte?

„Natürlich. Beeil dich, wir wissen nicht, wie viel Zeit wir noch haben."

Ich ging zu meinem kleinen Ich und ließ Liu Wei nicht aus den Augen. Mein Traum-Ich starrte direkt durch mich hindurch. Ich konnte mich überhaupt nicht mehr daran erinnern, dass ich einmal so ausgesehen hatte. Es war, als stünde eine fremde Person vor mir, die nichts mit mir zu tun hatte. Aber was konnte schon Schlimmes passieren? Dort unten wartete nur Suresh auf mich ...

Zögernd berührte ich den Arm meines Traum-Ichs. Nichts geschah. Vielleicht hatte er mich nur getäuscht oder es war ein böser Trick? Ich versuchte, über meine Schulter zu Liu Wei hinüberzuschauen, als mich plötzlich ein Schwindelgefühl erfasste und ich umkippte ...

Nachdem der Schwindel nachgelassen hatte, sank ich auf einen leeren Stuhl inmitten der Leute, die noch immer gebannt das Geschehen auf der Bühne verfolgten. Ich blickte an mir herunter und stellte fest, dass ich das Kleid meines jüngeren Ichs trug und lange Zöpfe hatte, die mir fast bis zu den Hüften reichten.

Links und rechts von mir klatschten die Zuschauer Beifall. War ich jetzt eine von ihnen? Konnten sie mich sehen? Was würde passieren, wenn die Show vorbei war? Würde sich der Traum auflösen und ich mich mit ihm? Ich musste so schnell wie möglich mit meinem Vater sprechen.

Liu Wei war nirgends zu sehen. Ich stand auf und ging auf den Bühnenvorhang zu. Es musste eine Hintertreppe oder so etwas geben, die zur Bühne hinaufführte. Von hier unten würde er mich nicht hören.

Als ich in den Bühnenraum trat, sah ich, dass Liu Wei bereits da stand.

„Dein Vater kommt gleich raus. Wenn er kommt, solltest du sofort mit ihm reden, sonst ist der Traum vielleicht vorbei und löst sich auf."

„Kann ich nicht einfach zu ihm auf die Bühne gehen?" Ungeduldig blickte ich auf einen zweiten Vorhang, der die Bühne verdeckte.

„Nein, das würde das Publikum misstrauisch machen. Sie müssen der Gesellschaft Bericht erstatten, wenn in der Himmelsstadt etwas Ungewöhnliches passiert. Zumindest, so lange sie sich daran erinnern können …"

Es war seltsam, auf die Größe eines Kindes reduziert zu sein. Ich musste aufschauen, um in Liu Weis Gesicht blicken zu können. Mein Vater würde nicht einmal sehen können, wie sehr ich gewachsen war. Aber vielleicht würde er in meinen Augen erkennen, wie viel ich wusste und was ich in den letzten Monaten durchlebt hatte.

„Warum werden die Menschen hier oben in der Himmelsstadt gegen ihren Willen festgehalten?", fragte ich Liu Wei.

„Der Gesellschaft war anfangs nicht bewusst gewesen, dass es sich um eine Reise ohne Wiederkehr handelt. Das hatten sie nicht gründlich genug durchdacht. Nachdem sie die ersten Menschen dauerhaft entmaterialisiert hatten, stellten sie fest, dass sie den Prozess nicht mehr rückgängig machen konnten. Da begannen sie, die Prozedur zur Bestrafung von Kriminellen und auch von Menschen einzusetzen, deren Meinung von der der Regierung abweicht. Soweit die Kurzversion." Er steckte die Hände in die Taschen. Mir fiel auf, dass er von der Gesellschaft nur in der dritten Person sprach. Seit wann er sich wohl nicht mehr zugehörig fühlte?

Wusste Izzy davon? Und wie passte Suresh ins Bild? Wieder einmal herrschte nichts als Chaos in meinem Kopf. Ich stellte nur die offensichtlichste Frage. „Warum sind Sie hier? Woher wussten Sie, dass er hier ist?“

In diesem Moment wurde der Vorhang zur Seite gezogen und ein Mann trat hinter die Bühne. Mein Vater. Sein Hemd glitzerte, was mich zum Lachen gebracht hätte, wenn sein Anblick mir nicht solches Herzklopfen beschert hätte. Kurz bevor er die Stufen von der Bühne hinunterkam, wurde mir klar, dass ich eine Version meines Vaters vor mir hatte, die ihn mit etwa dreißig Jahren zeigte, also fast mein eigenes Alter.

Trotz seiner jungen Jahre ging er ziemlich schwerfällig die Stufen herunter. Er zuckte zusammen, als er uns bemerkte, und sah Liu Wei an. „Was macht ihr hier?“, fragte er, als redete er mit einem Freund, der gerade zu einer unpassenden Zeit kam.

„Ich hab jemanden mitgebracht, der mit dir sprechen möchte.“ Liu Wei sah mich an.

Die Haut meines Vaters war blasser, als ich sie in Erinnerung hatte. Mein Herz klopfte jetzt wie verrückt; gleichzeitig spürte ich eine seltsame Müdigkeit in mir aufsteigen. Vielleicht lag es an all den Portalen, die ich durchschritten hatte, an all den illusorischen Schleiern, die sich vor meinen Augen gelüftet hatten. Ich war am anderen Ende herausgekommen, erschöpft und verzweifelt, aber endlich in der Lage, klar zu sehen.

„Ich weiß, sie sitzt in diesem Traum da und sieht sich meine Show an, so wie immer. Was ich *nicht* verstehe, ist, wieso *du* hier bist. Normalerweise bist du um diese Zeit schon weg.“

„Du verstehst mich falsch. Sie ist es wirklich. Sie ist hierhergekommen.“

„Was meinst du? Wie kann ...“

Mein Vater trat näher und musterte mich eindringlich. Erst nach ein paar Sekunden sah er mir schüchtern in die Augen.

Ich wusste nicht, was ich sagen sollte. Meine Gedanken waren auf einer anderen Ebene als meine Stimme. Nach all der Zeit, die vergangen war, stand er nun tatsächlich vor mir, hier, in einem Raum, der auf halbem Weg zwischen Realität und Fantasie lag und mir immer mehr wie eine schreckliche Version des Jenseits vorkam.

„Bist du es wirklich?“ Seine Stimme war leiser, als ich sie in Erinnerung hatte. Mir kam der flüchtige Gedanke, dass ich möglicherweise in zweifacher Ausfertigung vor ihm stand: als mein Kinder-Ich und als mein Erwachsenen-Ich.

„Ich bin hierher zur Akademie gekommen, um dich zu finden. Oh Gott, ich – was haben sie mit dir gemacht?", krächzte ich. Eine furchtbare Sorge überlagerte sofort meine Freude.

„Deine Stimme klingt so erwachsen." Mein Vater stand gebeugt vor mir, Tränen stiegen in seinen Augen auf. „Ich wünschte, du wärst nie an diesen verdammten Ort gekommen, aber es war wohl unvermeidlich, dass du mich finden würdest."

Er zog mich an sich. Ich schloss die Augen, öffnete sie aber wieder, als ich keine Berührung spürte. Meine Gestalt und die meines Vaters waren irgendwie miteinander verschmolzen, wie Schwaden, die sich umeinander schlängelten. Ich konnte die untere Hälfte meines Körpers nicht mehr sehen. Sie war irgendwie von dem langen Umhang meines Vaters verdeckt.

„Ich kann dich hier oben gar nicht spüren. Das hatte ich ganz vergessen. Wir sind hier alle aus Jindan gemacht. Auch wenn wir fest zu sein scheinen, sind wir nichts als Rauchschwaden." Er löste sich wieder von mir. „Hör zu, ich kann nicht lange mit dir reden. Sie dürfen keinen Verdacht schöpfen. Versucht, so schnell wie möglich von hier zu verschwinden. Es ist hier nicht sicher für euch", sagte er zu mir und Liu Wei.

Ich wollte protestieren, aber Liu Wei kam mir zuvor. „Wir werden nichts dergleichen tun. Wir werden dich hier rausholen. Erinnerst du dich noch daran, wie du mir damals bei meinem Projekt geholfen hast? Damals kam ein Nein für dich nicht in Frage. Genauso wenig wie es jetzt für mich in Frage kommt. Und wahrscheinlich auch nicht für deine Tochter."

Mein Vater sah mich an und ich erwiderte seinen Blick mit fester Entschlossenheit. „Also gut. Aber seid vorsichtig. Ich bin sicher, dass sie alles überwachen – sowohl oben als auch unten. Wo immer sie mich auch festhalten mögen." Da wurde mir plötzlich klar, dass mein Vater nicht einmal wusste, dass er sich auf dem Gelände seiner alten Ausbildungsstätte befand. „Du bist in der Akademie."

Mein Vater strich sich mit der Hand über die Stirn. „Das ergibt Sinn. Sie behalten ihre Feinde gerne in ihrer Nähe."

„Wie können wir dich da unten finden?" Das Gelände hatte ziemlich weitläufig ausgesehen.

„Ich habe keine Ahnung, wo ich bin. Als sie mich hergebracht haben, war ich bewusstlos. Ich kann nicht einmal hinausschauen. Ich weiß nur, dass ich von vielen alten Möbeln umgeben bin. Deshalb komme ich auch gerne hierher, ins Theater. Da bin ich zumindest bis zu einem gewissen Grad frei, auch wenn ich für die Abendunterhaltung sorgen muss. Oder sagen wir einfach, für die Unterhaltung. Die Leute in den Himmelsstädten erleben ja Tag und Nacht nicht so wie wir. Die Zeit existiert hier oben nicht wirklich."

„Heißt das, dass sie nie schlafen?", fragte ich.

„Nein, das können sie nicht." Mein Vater schüttelte den Kopf. „Was an sich schon eine Folter ist. Ihre Gehirne funktionieren nicht mehr richtig und sie verlieren nach und nach alle ihre Erinnerungen. Gleichzeitig haben sie das Gefühl, ständig zu träumen."

Das war unglaublich. Sie befanden sich also praktisch auf einem ständigen Trip, den sie nicht kontrollieren und dem sie nicht entkommen konnten, nicht einmal für eine Minute. Sie verloren ihre Erinnerung an die Welt unter ihnen. Ich wollte meinen Vater fragen, warum er damals dafür gesorgt hatte, dass ich meine Erinnerungen verloren hatte, aber mir war klar, dass dies nicht der richtige Zeitpunkt war.

„Kannst du uns noch irgendwas sagen, einen Anhaltspunkt nennen?", fragte Liu Wei.

„Der Raum, in dem sie mich eingesperrt haben, ist ... nun ja, nicht wirklich quadratisch oder rechteckig. Eher ... rund. Manchmal kann ich etwas Erdiges riechen ..."

Ich hatte keine Ahnung, wie wir ihn finden sollten. Auf dem Weg hierher hatte ich jedenfalls keine runden Gebäude gesehen. Es hörte sich an, als würde er in einer Art Keller festgehalten.

Mein Vater zuckte zusammen und hielt sich dann den Kopf. „Ich glaube, sie versuchen, mich aufzuwecken, um mein Bewusstsein wieder in meinen Körper zurückzubringen ..." Er ergriff meine Hand.

„Ich vertraue euch, Lai. Liu Wei. Ihr werdet mich finden ..." Die Umgebung um uns herum begann zu verschwimmen, die Farben verschmolzen ineinander. Ich wollte meinen Vater noch einmal umarmen, auch wenn es nur seine wolkige Gestalt war, aber ich wusste, dass er in ein paar Sekunden weg sein würde.

Ich hatte keine Ahnung, was jetzt mit mir und Liu Wei geschehen würde, aber es war zu spät. Ich spürte den Schwindel und schloss die Augen. Als ich sie wieder öffnete und auf meinen Körper hinunterblickte, sah ich, dass er sich wieder in mein erwachsenes Ich verwandelt hatte. Ich sah zu Liu Wei hinüber, dessen Haare nun ergraut und dessen Gesichtszüge müde geworden waren.

Nachdem sich die Traumwelt vollständig aufgelöst hatte, standen wir auf einer Wolkenebene. Wenigstens hatten wir uns nicht auch in Luft aufgelöst.

„Lass uns hinunterreisen." Liu Wei bewegte sich in Richtung des Portalraums.

„Warten Sie! Suresh ist immer noch da unten. Ich meine ... jemand, der hinter mir her ist."

Liu Wei hob eine Augenbraue, dann glätteten sich seine Gesichtszüge. „Kein Problem. Wenn wir meinen Luopan benutzen, landen wir an einem anderen Ort innerhalb der Akademie. Er wird uns nicht finden. Zumindest nicht sofort."

Er hielt mir die Tür zu dem gläsernen Raum auf. „Wer ist dieser Suresh überhaupt?"

„Ein Typ aus New York, mit dem ich eine Zeitlang zusammen war. Bis er mir eines Tages Drogen verabreicht und versucht hat, Einzelheiten über den Luopan und meinen Vater herauszufinden. Da bin ich geflohen und durch ein Portal nach Peking gekommen."

„Hast du eine Ahnung, für wen er arbeitet oder was er will?"

„Nein, überhaupt nicht."

Liu Wei holte seinen Luopan heraus und aktivierte die Zeichen. Unmittelbar darauf spürte ich wieder das bereits vertraute Ziehen. „Warten Sie, was ist mit dem Port-?", brachte ich gerade noch hervor, bevor ich herumgewirbelt wurde.

Als alles wieder zum Stillstand gekommen war, sah ich mich um. Wir befanden uns in einer Art Heizungsraum. Etwas angenehmer als die Damentoilette, dachte ich mir. Ich hatte mir bisher keine Gedanken darüber gemacht, was mit meinen physischen Informationen geschah, die in dem Zwischenraum gespeichert wurden. Aber offenbar war ich wieder ganz. Mein Körper fühlte sich schwerer an als oben in der Himmelsstadt.

„Um deine Frage zu beantworten, die du mir oben gestellt hast", schmunzelte Liu Wei, „man braucht keinen Portier, wenn man von einer Himmelsstadt nach unten reist. Zumindest die erfahreneren Reisenden brauchen keinen. Ich fand ihn ohnehin immer etwas lästig." Er klopfte sich etwas Staub von seiner Hose.

Ich sah zur Tür hinüber. „Und wohin jetzt?"

„Wir schauen uns einfach um, ob uns irgendwelche Orte auffallen, auf die die Beschreibung deines Vaters passen könnte. Ein runder Raum mit einem erdigen Geruch."

Wir gingen weiter. Die nächste Tür, durch die wir traten, führte uns an die Oberfläche, wo wir sofort wieder von üppigen Bäumen umgeben waren.

„Die Regierung will diesen Ort geheimhalten. Deshalb haben sie ihn mitten in diesen ... Dschungel gebaut." Er sah sich misstrauisch um. „Zumindest würden die meisten Chinesen das als 'Dschungel' bezeichnen, diese Feiglinge ..." Er schnaubte. „Jedenfalls war das auch der Ort, an dem dein Vater deine Mutter kennengelernt hat."

„Ich weiß." Der Fischteich, gleich neben den großen Hallen. Er musste hier irgendwo sein.

Wir gingen um das Gebäude herum und hielten uns dabei im Schatten der Mauern. Ein paar Leute, vielleicht Studenten, kamen die Hauptstraße entlang, die wir durch die Büsche sehen konnten. Ängstlich hielt ich Ausschau nach Suresh. Was könnte er mir noch antun, jetzt, wo Liu Wei auf mich aufpasste?

Ein paar hundert Meter entfernt ragte der Bauklotz des Riesen auf. In unserer unmittelbaren Umgebung waren die Gebäude kleiner und in traditioneller Weise aus Holz gebaut. Wir schlichen uns in ein paar, meist große, leere Hallen. Aber die meisten davon schienen keine Keller zu haben, und sie waren außerdem rechteckig gebaut.

„Was glauben Sie, weshalb die meinen Vater hierhergebracht haben?", fragte ich Liu Wei.

„Ich bin mir nicht sicher. Immerhin ist es einer der Hauptsitze der Gesellschaft. Hier hat er angefangen. Vielleicht wollten sie ihn daran erinnern, dass sie ihn zu dem 'gemacht' haben, was er ist."

Anders als das Ministerium schien das hier ein sehr profaner Ort zu sein. Hier gab es keine Magie, nur die Nacht, die langsam den Tag verdrängte.

Die Blätter schmiegten sich an unsere Fußsohlen, als wir zu einem mondförmigen Teich schlichen, der im schwindendem Tageslicht immer stiller wurde. Es war der Teich, den ich in meiner Remote-Viewing-Sitzung gesehen hatte. Der Teich, an dem sich meine Mutter und mein Vater getroffen hatten. Ich schaute auf all die Fische hinunter, die sich mit starren Augen kreuz und quer durchs Wasser bewegten.

Etwas spiegelte sich im Wasser, eine lange, turmartige Form. Ich drehte mich um. Eine siebenstöckige Pagode erhob sich neben den großen Hallen. *Eher rund … Etwas Erdiges …* Wie ferngesteuert ging ich darauf zu.

20

Die Pagode war aus Holz, genau wie die anderen Gebäude auch. Die grün gestrichene Konstruktion wurden von geschwungenen Dächern gekrönt, die in der frühen Dämmerung fast silbern schimmerten. Liu Wei musste beinahe laufen, um mich einzuholen.

„Wo willst du hin?“, stöhnte er.

„Sehen Sie das denn nicht? Die Pagode. Sie ist rund, vielleicht ist es das, wovon mein Vater gesprochen hat.“

Von außen konnte ich eine Treppe sehen, die sich spiralförmig nach oben wand.

„Du weißt, dass Pagoden normalerweise innen hohl sind? Es ist unmöglich, dass es dort einen Raum gibt.“ Er schüttelte den Kopf.

„Vielleicht ist es bei dieser anders.“

Ich sprang die wenigen Steinstufen zum Eingang hinauf und begann, die Treppe hinaufzusteigen. Das Innere der Pagode war in Rot gehalten, als wollte man so das Fehlen der chinesischen Glücksfarbe an der Außenseite wettmachen. Es sah aus wie die Wirbelsäule eines Wals. Auf jeder Etage führten ein paar Stufen von der Treppe nach draußen zu kleinen Balkonen, die das Gebäude umgaben.

Ohne stehenzubleiben ging ich weiter, in der Hoffnung, irgendetwas zu finden. Aber was? Ich wagte nicht, in den Abgrund zu schauen, der sich in der Mitte jenseits des Treppengeländers auftat. Erst als ich oben ankam, blieb ich stehen und trat auf den Balkon hinaus. Zwischen meinen schweren Atemzügen schlich sich eine neue Erkenntnis in mein Gehirn.

Ich klammerte mich an das Balkongeländer. Die Spiralen, die ich in meiner Remote-Viewing-Sitzung gesehen hatte – das waren keine Wellen gewesen, sondern die Treppe! Keuchend und schwitzend erschien Liu Wei neben mir am Geländer. Gemeinsam blickten wir auf die vielen Gebäude mit dem Grün dazwischen, die von dem riesigen Bauklotz begrenzt wurden.

„Vielleicht gibt es hier irgendwo einen geheimen Raum?“

Liu Wei antwortete nicht, sondern schüttelte nur den Kopf.

„Ich habe diese Struktur in meiner Remote-Viewing-Sitzung gesehen! Ich glaube tatsächlich, dass er hier ist!“ Ich umklammerte das Geländer.

Liu Wei blickte in die Ferne. „Pagoden benutzte man eigentlich dazu, um die Asche von Toten aufzubewahren und nicht, um Lebende einzusperren.“

Ein schrecklicher Gedanke durchfuhr mich. Was, wenn mein Vater bereits tot war und das, was uns begegnet war, nur eine Art Geist gewesen war, der für immer auf der Traumebene gefangen blieb? Aber warum sollte er dann in der Lage sein, seinen Aufenthaltsort zu beschreiben?

Ich ging zurück in die Pagode und sah mir die Wände an. Sie waren viel zu dünn, als dass sich darin ein Geheimraum verbergen konnte. Was war mit dem ersten Stock? Hatte sich dort nicht ein kleiner Altar befunden?

Ich ließ Liu Wei stehen, eilte die Treppe hinunter und kam – erneut völlig atemlos – unten an. Vor dem Altar lagen drei Kissen. Dahinter stand ein kleiner Schrein, auf dem jemand drei bunte Figürchen platziert hatte.

„San Qing.“ Liu Wei stand hinter mir. „Die drei reinen Götter des Daoismus. *Das Dao hat den Einen hervorgebracht; der Eine hat den Zweiten hervorgebracht; der Zweite hat den Dritten hervorgebracht; der Dritte hat alle Dinge hervorgebracht.*“

Links und rechts des Altars gab es zwei menschengroße, leuchtende Kegel, auf denen jeweils eine kleine Nachbildung der Pagode stand. Ich trat näher heran. Die Kegel waren mit unzähligen schimmernden Plättchen bedeckt, die fast wie Münzen aussahen. Die winzigen, zweistöckigen Pagoden darauf sahen aus, als seien sie aus Blech gefertigt.

„Wo genau soll dieser Raum sein?“ Liu Wei sah sich um.

„Ich weiß es nicht …“ Ich trat noch näher an den Altar heran und betrachtete die Figuren und die Säulen, die ihn einrahmten. Hinter dem Altar war eine Steinwand, die in eine Holzwand überging.

Ich klopfte gegen die Mauer, wie es die Leute in Filmen immer klischeehaft taten, aber ich konnte nichts Verdächtiges entdecken oder gar einen Hohlraum ausmachen. Ich weigerte mich jedoch, vorschnell aufzugeben. Immer wieder ließ ich meinen Blick über den Altar schweifen.

Die drei männlichen Figuren standen einander in einem Dreieck gegenüber. Der größte war in ein weißlich-graues Gewand gehüllt. Mit einer Hand hielt er seinen langen Bart. In der anderen trug er ein seltsames weißes Zepter mit einem Knauf in Form einer Wolke. Der zweite, etwas kleinere Mann saß rechts von ihm und war in ein leuchtend rotes Gewand mit goldenen

Symbolen gehüllt. Auch er hielt etwas in der Hand, eine Art aufgerollte Landkarte. Der dritte auf der linken Seite trug ein goldenes Gewand und hielt eine große goldene Feder in seiner rechten Hand. Alle drei saßen auf runden Platten, die, wie sich bei näherem Hinsehen herausstellte, aus Holz geschnitzt waren. Es sah fast so aus, als hätte sie jemand daraufgeklebt ...

„Was sagten Sie über die drei Götter? Der erste bringt den zweiten hervor, der zweite den dritten ..."

„Und der Dritte bringt alles Irdische hervor, ja", sagte Liu Wei ungeduldig. „Vielleicht sollten wir weitersuchen ..."

Meinem Instinkt folgend, trat ich näher an den Altar heran und griff nach der runden Plattform, auf der der erste Gott saß. Sie fühlte sich erstaunlich kühl an und roch nach dunklem Holz. Ich ruckelte ein wenig daran, dann versuchte ich, sie zu drehen – und tatsächlich: Das Figürchen mitsamt der Plattform wandte sich nach rechts. Gleichzeitig bewegte sich die Hand des zweiten Gottes mit der Karte nach oben.

Mein Herz begann wild zu klopfen und meine Hände wurden schweißnass. Ich blickte über meine Schulter zu Liu Wei, dessen Mund ein wenig offenstand.

Vorsichtig drehte ich nun auch an der Statue des zweiten Gottes, woraufhin sich die Hand des dritten Gottes nach oben bewegte. Die dritte Figur zu drehen, erwies sich als schwierig. Irgendetwas sperrte sich, es war, als ob etwas anderes mit ihr verbunden wäre. Ich musste meine ganze Kraft aufbringen, um sie zu drehen. Sie gab nur um Millimeter nach.

Plötzlich rumpelte etwas hinter dem Altar. Liu Wei und ich schreckten zurück.

„Was zum ...?"

Erneut hörten wir ein Rumpeln und dann bewegte sich etwas zu unserer Linken. Ich traute meinen Augen nicht. Eine Platte der Steinwand schob sich zur Seite. Die drei Götter sahen sich nun direkt an.

Ängstlich sah ich mich um, ob irgendjemand das Geräusch gehört hatte, aber es blieb völlig still um uns herum. Vorsichtig ging ich auf die Steinmauer zu. Die Platte hatte den Blick auf ein paar Stufen freigegeben, die in eine vollkommene Dunkelheit führten. Ich tastete nach meinem Handy, bis mir nach ein paar Sekunden einfiel, dass ich es ja nicht mehr bei mir hatte. Ich drehte mich zu Liu Wei um. „Haben Sie ein Handy dabei?"

„Klar."

Ich machte das Licht an und leuchtete damit den Korridor entlang. Am Ende des Ganges befand sich eine Tür, die beinahe mit der Wand, in die sie eingelassen war, verschmolz.

„Papa?"

Ich eilte die Treppe hinunter. Die Tür ließ sich erstaunlich leicht öffnen, aber ich hatte keine Zeit, mich darüber zu wundern. Mein Vater saß auf einem alten Futon und sah mich an. Nur war er nicht mehr der Vater, den ich kannte. Sein Haar war grau und ausgefranst, tiefe Falten umgaben seine Augen.

Als er mich sah, leuchtete in seinem müden Blick etwas auf. „Lai!"

Er erhob sich mühsam. Ich zögerte kurz, dann schlang ich meine Arme um seinen Hals. Diesmal war er auch körperlich anwesend.

„Gut, dass wir uns schon in der Himmelsstadt getroffen haben, sonst hätte ich vielleicht einen Herzinfarkt bekommen. Meine Güte ..." Er hustete.

Ich löste mich von ihm und sah mich in dem Raum um. Ein paar alte Schränke, ein schlichtes Bett und ein Stuhl, der aussah, als hätte ihn jemand ausrangiert. Ich traute mich nicht zu fragen, wie lange sie ihn hier festgehalten hatten.

„Wie habt ihr mich so schnell gefunden?"

„Ich weiß nicht – als ich das Spiegelbild der Pagode im Teich sah, wusste ich es einfach." Ich konnte mir ein Lächeln nicht verkneifen.

Der Gesichtsausdruck meines Vaters veränderte sich. „Hierher haben sie mich also gebracht – in die Pagode. Interessant. Dort haben deine Mutter und ich uns immer getroffen. Es war nicht gern gesehen, dass Studenten der Akademie eine romantische Beziehung miteinander haben."

„Als ob dich das je von etwas abgehalten hätte", sagte Liu Wei und umarmte ihn.

„Stimmt." Mein Vater kicherte heiser. Es klang, als hätte er schon sehr lange nicht mehr gelacht.

Aber für Witze blieb uns keine Zeit.

„Wie kommen wir hier raus, ohne gesehen zu werden?" Das Gelände war weitläufig und es waren immerhin ein paar Leute unterwegs. Vielleicht hatte uns schon jemand bemerkt?

Mein Vater kratzte sich am Kopf. „Soweit ich mich erinnere, gibt es neben dem Teich ein Wasserportal. Wir müssen es nur bis dorthin schaffen."

Ich spürte einen Luftzug in meinem Nacken und erschrak. Als ich mich umdrehte, sah ich, wie sich die Tür schloss.

„Was zum ...? Nein!“ Ich schlug gegen die Tür. Es gab keine Klinke an der Innenseite – natürlich nicht. Ich trat gegen die Tür. „Nein, nein, nein!“

Ich drehte mich um. Nach allem, was wir erreicht hatten! Auch Liu Wei stand das Entsetzen ins Gesicht geschrieben, aber mein Vater wirkte seltsam ruhig.

„Du hast doch noch den Luopan, oder?“ Er sah uns beide an.

Ich nickte resigniert. Liu Wei änderte seinen Gesichtsausdruck nicht.

„Dann ist das nicht so schlimm. Es gibt eine Möglichkeit, von einer Himmelsstadt zur anderen zu reisen. Ich hatte sowieso daran gedacht, diesen Weg zu nehmen, er ist weitaus unauffälliger.“

Liu Wei sah meinen Vater ungläubig an. „Reisen zwischen Himmelsstädten?“

„Ja. Ich habe das zufällig gehört, als die Wachen einmal darüber gesprochen haben. Es ist eine Reisemethode, die nur den ranghöchsten Beamten der Gesellschaft vorbehalten ist, aber ich glaube, ich weiß, wie sie das machen.“

Liu Wei wirkte skeptisch. „Aber was ist mit unseren physischen Parametern? Werden sie dann nicht hier zurückbleiben?“

„Solange wir einen Luopan haben, ist das kein Problem. Die Clouds der verschiedenen Himmelsstädte, in denen eure physischen Informationen gespeichert sind, sind miteinander verbunden. Wenn man in eine andere Himmelsstadt reist, überträgt der Luopan die physischen Informationen automatisch.“

Mein Vater beschrieb den Luopan wie einen Minicomputer.

Liu Wei sah seinen alten Freund auf dieselbe Weise an, wie Izzy mich manchmal ansah. „Woher weißt du das?“

Mein Vater seufzte. „Hast du damals im Seminar über 'Portalreisen' nicht aufgepasst? *Alle Informationen bleiben mit dem Luopan verbunden.*“

Liu Wei schien immer noch nicht überzeugt zu sein.

„Es gibt nur einen Nachteil. Eigentlich sind es zwei. Ihr müsst in eure Traumkörper schlüpfen, wie ihr es vorher getan habt. Nur so funktioniert es. Sonst kann der Luopan die Informationen nicht genau zuordnen, wenn man durch verschiedene Träume reist. Und da ich selber bereits in der

Traumwelt bin, wird es auch bei mir funktionieren. Vertraut mir. Wir werden gemeinsam dort oben durch die Träume reisen."

„Und was ist der andere Nachteil?" Liu Wei sah ihn skeptisch an.

Mein Vater setzte sich auf den Futon. „Ich fürchte, ihr werdet meinen Körper mitnehmen müssen. Durch das Portal und auch nach oben. Ihr könnt mich einfach im Portalraum zurücklassen. Das Wichtigste ist, dass meine körperlichen Informationen in der Cloud gespeichert sind. Dann haben wir sie dabei, wenn wir in eine andere Himmelsstadt reisen. Ihr müsst nur sanft mit mir umgehen, damit ich nicht aufwache."

Er starrte einen Moment lang auf die Wand, als würde er alles noch einmal in Gedanken durchgehen.

„Ich werde den Traum von vorhin nochmal träumen. Gebt mir ein wenig Zeit, bis ich ihn aufgebaut habe. 15 Minuten sollten dafür reichen. Dann könnt ihr den Luopan benutzen, um nach oben in meinen Traum zu reisen. Es ist wahrscheinlich am besten, wenn ich mich auf den Boden lege." Er zwinkerte mir zu, stand auf, legte sich auf den Boden und schloss die Augen. Ich wusste nicht, wie er so ruhig bleiben konnte.

Nach einer gefühlten Ewigkeit, in der ich nervös im Zimmer auf- und abging, und immer wieder mein Ohr an die Tür presste, um zu hören, ob jemand kam, holte Liu Wei seinen Luopan heraus. Er war etwas kleiner als meiner, mit silbernen und schwarzen Kreisen, ideal zum Reisen. Aber ich war viel zu aufgeregt, um eine Bemerkung dazu zu machen.

Nach ein paar Sekunden erschien der Portier und sah sich in dem kleinen Raum um.

Mir kam etwas in den Sinn. „Können wir den Portier nicht fragen, ob er Izzy eine Nachricht überbringen kann, dass wir ihre Hilfe brauchen?", fragte ich Liu Wei. Das hatte ich schon früher tun wollen.

Der Portier verschränkte die Arme vor der Brust. „Madam, ich befördere ausschließlich Menschen, keine Nachrichten."

Liu Wei hatte den Mund verzogen. „Portiere haben kein Ich-Bewusstsein und kein Gewissen, sie sind nur Tulpas. Außerdem können wir dieser Izzy sowieso nicht trauen. Sie glaubt an alles, wofür das Ministerium steht, oder nicht?"

Ich gab keine Antwort. Ich wollte glauben, dass sie die ganze Wahrheit über die Himmelsstädte kannte, aber ich war mir da nicht so sicher.

Das Portal hatte sich bereits geöffnet und nahm fast den ganzen Raum ein, ein großer, pulsierender Riss in der Realität. Liu Wei packte meinen Vater sanft an den Schultern und zog ihn in Richtung des Portals. Als er den Körper meines Vaters zur Hälfte durch die Öffnung bugsiert hatte, begann das Portal zu flackern. Ich schob nun von der anderen Seite, dank der starken Anziehungskraft musste ich jedoch kaum nachhelfen. Als nur noch die Füße meines Vaters in den Raum ragten, trat ich ebenfalls durch das Portal und wurde wieder herumgewirbelt.

21

Als ich die Augen öffnete, sah ich etwas wie einen schwarzen Blitz an mir vorbeihuschen. Liu Wei? Mein Vater? Dann sah ich den Luopan und bemerkte die dunkle Masse, die direkt neben mir lag. Es war Liu Wei. Mein Vater lag ein paar Meter von uns entfernt und machte einen vollkommen leblosen Eindruck.

„Papa!"

Ich sprang auf, rannte zu ihm und beugte mich zu ihm hinunter. Als ich ihn berühren wollte, griff ich durch ihn hindurch. Dann bemerkte ich, dass er ein wenig schnarchte.

„In diesem Zustand wird er jetzt wohl vorerst bleiben. Wir müssen ihn hierlassen." Liu Wei hatte sich aufgesetzt.

Aber wenn die Person, die gerade an mir vorbeigelaufen war, weder Liu Wei noch mein Vater gewesen war ... Ich sprang auf und rannte durch die Portaltür, die sich hinter der Person beinahe wieder geschlossen hatte. Nur beiläufig bemerkte ich, wie Liu Wei aufblickte und sich erhob.

Wie hatte er uns gefunden? Wie hatte er uns in die Himmelsstadt folgen können?

Eine lähmende Angst ergriff von mir Besitz und ließ meine Glieder erstarren. Plötzlich hatte ich den Eindruck, furchtbar langsam zu rennen, wie wenn man in einem Traum vor etwas davonläuft – nur dass ich diesmal nicht die Verfolgte war, sondern die Verfolgerin. Zum ersten Mal war es nicht Suresh, der mich verfolgte, sondern umgekehrt. Das Ziel, auf das ich zusteuerte, war jedoch völlig unklar. Ein paar größere Gebäude tauchten vor uns auf. Was war hier los? Hatte mein Vater nicht die Traumszene von vorhin nachstellen wollen? Das hier sah ganz anders aus. Was war schiefgelaufen?

Suresh verschwand zwischen der ersten Reihe von Gebäuden. Ich beschleunigte mein Tempo, obwohl ich bereits Seitenstechen hatte. Die Gebäude waren hoch, aber nicht so hoch wie die in New York oder in Peking. Außerdem hatten sie einen allesamt einen beigen oder orangefarbenen Farbton. Ich sprang zur Seite, als plötzlich ein kleiner Wagen, der an

Drahtseilen befestigt war, auf mich zukam. Er sah ziemlich alt aus. So etwas hatte ich noch nie gesehen.

Um mich herum drängten sich die Menschen der Himmelsstadt auf den Straßen, ohne mich zu beachten. Ich blieb stehen. Suresh war in der Menge untergetaucht. Es wäre sinnlos, blindlings weiterzulaufen.

Ich zuckte zusammen, als ich ein Schnaufen neben mir hörte. Liu Wei hatte es irgendwie geschafft, mich einzuholen. „Was zum Teufel hast du dir dabei gedacht? Wir müssen die Traumlandschaft immer erst durch den Luopan überprüfen, bevor wir sie betreten."

Ich war völlig außer Atem. Durch meinen Kopf rasten tausende Gedanken. „Ich ... es war Suresh und ... und was ist mit dieser Stadt? Wo ist die Bühne?"

„Dieser Suresh-Typ fängt an, mich zu nerven. Wir sollten die Augen offen halten." Er sah sich um. „Was unsere Umgebung betrifft ... Ich weiß nicht, was passiert ist. Vielleicht hatte Lijie nicht die Energie, seinen luziden Traum aufrechtzuerhalten. Ich kann mir vorstellen, dass es schwierig ist, zu träumen und gleichzeitig durch ein Portal zu reisen. Wir müssen ihn so schnell wie möglich finden. Das heißt, sein Traum-Ich." Er rannte bereits weiter die Straße entlang.

„Wo sollen wir anfangen zu suchen? Was ist das überhaupt für eine Stadt? Sieht irgendwie alt aus." Verzweiflung stieg in mir auf.

„Sieht aus wie eine chinesische Stadt in den 1980ern. Derselbe verbrannte, ölige Geruch." Er rümpfte die Nase.

Was für ein Albtraum. Das war schon das dritte Mal, dass ich nach meinem Vater suchen musste. Warum verlor ich ihn nur immer wieder?

„Komm." Jetzt war Liu Wei ein paar Schritte vor mir.

Eine graue, dunstige Glocke hing über der Stadt und gab den Häusern einen kränklichen Anstrich. Nur ein paar rote Fahnen an den Hauswänden hoben sich ab. Die Straße stieg leicht an.

Ich begann zu verzweifeln. Es konnte jede beliebige Stadt sein, sie musste nicht einmal echt sein. Waren nicht alle Orte, von denen man träumte, meist nur aus Teilen jener Orte zusammengesetzt, die man im wirklichen Leben gesehen hatte?

Liu Wei blieb stehen, nahm seinen Luopan heraus und legte ihn flach auf seine Handfläche.

„Was machen Sie da?"

„Du hast es vielleicht nicht bemerkt, aber jeder Traum in der Himmelsstadt hat einen Kern, um den er angeordnet ist. Die Person, die den Traum träumt, also ihr Traum-Ich, stellt den Kern dar."

Ich trat näher und starrte den Luopan an. Die Nadel in der Mitte wurde zitternd in eine Richtung gezogen.

„Mit dem Luopan können wir feststellen, wo dieser Kern liegt, und die Quelle des Traums finden."

Er umschloss den Kompass mit den Fingern, steckte ihn zurück in seine Jacke und ging weiter.

„Wenn du genauer hinsiehst, wirst du feststellen, dass wir uns immer noch an den Rändern des Traums befinden. Das bedeutet, dass vieles von dem, was du siehst, nur Wiederholungen sind. Eine Art Loop. Ähnlich wie in Computerspielen."

Eine kleine Straßenbahn kam den Hügel hinunter. Sie sah genauso aus wie die, der ich zuvor aus dem Weg gesprungen war.

„Verstehe." Ich blickte zu den schmalen Fenstern hinauf. „Aber für die Bewohner der Himmelsstadt ist das normal? Sie bemerken es gar nicht?"

„Wenn man allmählich sein Gedächtnis verliert, nimmt man irgendwann keine Wiederholungen mehr wahr. Jeder Tag, ja sogar jede Stunde scheinen völlig neu zu sein. Deshalb kann man kaum ein normales Gespräch mit den Menschen hier führen."

Wir schleppten uns weiter den Berg hinauf. Ich war so erschöpft, dass ich das Gefühl hatte, zu einer 2D-Kopie meiner selbst zu verblassen. Gleichzeitig fühlte ich mich unruhig und schaute mich ständig um. Wie hatte Suresh es geschafft, uns in die Himmelsstadt zu folgen? War er es, der die Tür hinter uns geschlossen hatte?

Endlich kamen wir oben an. Vor uns ragten weitere hohe Gebäude in den Himmel. Dazwischen befand sich ein Viertel mit Holzhäusern, die von Bäumen umgeben waren. Einige der Häuser klebten wie Wespennester an den Rändern des Viertels. Es erinnerte mich an die Beschreibungen meines Vaters in seinem Tagebuch.

„Ist das …?"

„Das alte Chongqing." Liu Wei stemmte die Hände in die Hüften, als sei er der Herrscher über dieses Gebiet. Er griff in die Innentasche seines Jacketts.

Wie ein kompliziertes Mosaik aus einer vergessenen Zeit lag Shibati inmitten der Wolkenkratzer. Wir begannen, die Steinstufen in das Meer aus Baumkronen hinabzusteigen. Es gab nur einen Ort, an dem er sein konnte. Das Haus seiner Großmutter.

„Hier ist dein Vater aufgewachsen, richtig?", fragte Liu Wei.

„Ja, genau hier in Shibati."

Liu Wei sah sich um und schüttelte den Kopf. „Davon kann heute kaum noch etwas übrig sein."

Wir gingen zwischen halb verfallenen Häusern mit hoch aufragenden Holzdächern und einfachen, aber großzügig bemessenen Fenstern hindurch. Ein paar einzelne Regentropfen glitzerten auf dem Pflaster. Trotzdem war es warm. Die Jacke begann an meiner Haut zu kleben. Es war seltsam, in diesem Halbtraum über den Wolken Wärme und Kälte zu spüren. Wahrscheinlich war es die erinnerte Wärme des Träumers.

Menschen säumten die Gassen, fegten die Haustreppe oder spielten Mahjong, wobei sie versuchten, passende Steine mit jeweils dem gleichen Muster zusammenzufügen und suchten nach kleinen länglichen Kacheln, die genau die gleichen Muster aufwiesen ... Genau die gleichen ...

„Oh nein ..." Als mich die Erkenntnis traf, wurde mir fast übel.

„Was ist los?" Liu Wei schaute mich von der Seite an. Auf seiner Stirn hatten sich ein paar Schweißtropfen gebildet.

„Wenn das ein ganz anderer Traum ist, wie sollen wir uns denn dann darin wiederfinden? Ich meine, wir müssen doch in unser Traum-Ich schlüpfen, um mit meinem Vater reden zu können und in eine andere Himmelsstadt zu gelangen, oder? Vielleicht ist es das Beste, wenn wir diesen Traum einfach wieder verlassen?"

„Das können wir nicht tun. Wir wissen nicht, ob irgendjemand da unten gerade nach deinem Vater sucht. Und wir können ihn nicht mit diesem Suresh hier oben allein lassen. Zum Glück sind unsere Körper auch hier oben. Wenn auch nur vorübergehend."

„Verdammt." Ich würde nicht zulassen, dass jemand meinem Vater etwas antat.

Auch die Pflanzen schienen von der Hitze erschöpft zu sein und ließen die Blätter hängen. Wir kamen an mehreren Treppen vorbei, die zu anderen Teilen des „Dschungels" hinaufführten. Die Luft hier war sehr stickig.

Mit jedem Atemzug inhalierten wir eine Mischung aus Abgasen aus der Stadt, Kochdämpfen aus den Häusern und etwas Fauligem.

„Jetzt wäre ein guter Zeitpunkt, den Luopan noch einmal zu überprüfen. Ich weiß nicht, wo sich dieses Haus genau befindet. Du?"

Ich schüttelte den Kopf.

Liu Wei zog die silberne Scheibe heraus und legte sie wieder flach auf seine Handfläche. Die Nadel drehte sich im Kreis und kam dann zum Stillstand, wobei sie nach rechts zeigte. Ich wartete nicht lange und huschte die Treppe zu meiner Rechten hinauf. Das Grün verschwamm in meinen Augenwinkeln. Dann tauchte plötzlich etwas Rosafarbenes vor mir auf. Die Flamingos auf Stöcken von meiner Urgroßmutter. Das alte Haus stand einsam am Ende der Treppe.

Die Tür war nur angelehnt. Nicht weit von der Tür, nur wenige Meter von den Flamingos entfernt, spielte ein kleiner Junge im Dreck, den er mit einem kleinen Löffel umgrub. Er trug eine Latzhose. Neben dem Garten voller Flamingos und anderen Objekten stand ein kleiner Karren mit Obst darauf.

Liu Wei hatte mich wieder einmal eingeholt. Beim Anblick des verrückten Gartens schüttelte er unwillkürlich den Kopf.

„Willkommen im Haus meiner Urgroßmutter", sagte ich.

„Lijies Großmutter?" Er trat näher an sie heran und betrachtete den kleinen Jungen. „Dann ist das ...?"

„Ich glaube schon." Ich flüsterte, als wollte ich meinen Vater nicht stören. Dass wir ohnehin nicht in der Lage waren, mit ihm zu sprechen, spielte keine Rolle. Und ohnehin hätte das Traum-Ich meines Vaters sowieso nichts von unserem Gespräch verstanden. Unbekümmert buddelte er weiter in seinem provisorischen Sandkasten.

„Was sollen wir jetzt tun? In unserem Zustand können wir nicht mit ihm interagieren ..."

Wir waren nur zwei Gestalten aus Rauch, die keinen Einfluss auf diese Welt ausüben konnten. Vielleicht war es für Geister ähnlich frustrierend, die Lebenden heimzusuchen?

Plötzlich öffnete sich die Tür des Hauses. Eine alte, leicht gebeugte Frau mit einem rosa Haarband trat heraus. Meine Urgroßmutter. Wir hatten uns zwar viele Mails geschrieben, aber ich hatte sie noch nie zuvor persönlich getroffen. Sie ging auf meinen Vater zu und beugte sich zu ihm hinunter. Schwach konnten wir hören, was sie sagte.

„Hör mir gut zu. Es gibt da etwas, das du jetzt tun musst. Weißt du, dass sich deine Eltern sehr auf dich gefreut haben? Eines Tages wirst du selbst Vater eines Kindes sein. Und als Papa wirst du dann auch einen richtig guten Freund haben, so wie jetzt Yumi."

Liu Wei und ich sahen uns erstaunt an. Warum erzählte sie ihm das alles?

„Du musst dir jetzt diese beiden Menschen vorstellen, das Kind und deinen Freund. Stell sie dir so genau wie möglich vor. Versuche dir auszumalen, wie sie aussehen könnten." Die Großmutter legte dem Kleinen eine Hand auf die Schulter.

Mein Vater legte seine Schaufel beiseite. „Aber warum?"

„Das erkläre ich dir nachher. Es ist eine Überraschung." Sie zwinkerte.

Mein Vater beäugte seine Großmutter skeptisch, dann blickte er auf die Schaufel neben sich. Ich vermutete, dass dies sowohl im Traum als auch in seinem echten Kinderleben die einzige Zeit am Tag war, wo er mal ein wenig Zeit für sich hatte. Wahrscheinlich fragte er sich, warum seine Großmutter sein Spiel mit einer so albernen Übung unterbrach. Zögernd schloss er die Augen, seine Lider flatterten.

Ein paar Augenblicke lang geschah nichts. Dann, ganz langsam, begann sich eine winzige flackernde Gestalt neben ihm zu materialisieren. Eine blasse kleine chinesische Puppe mit gewelltem Haar. Mein Vater hatte gerade eine Tulpa erschaffen.

Er und seine Großmutter sahen sie an, als wäre sie nichts Besonderes. Vielleicht hatten sie damals, als er noch ein Kind war, häufig solche kleinen Übungen zum Zeitvertreib gemacht? Als mein Vater die Augen wieder schloss, erschien ein kleiner Junge neben der Puppe.

„Komm." Ich ging auf die beiden Gestalten zu, ausschließlich meiner Intuition folgend.

„Was machst du da?", fragte Liu Wei verblüfft.

„Machen Sie einfach das gleiche wie ich." Ich stellte mich neben die Puppe und berührte sie vorsichtig. Sofort zog ich meine Hand wieder zurück. Das vertraute Schwindelgefühl hatte mich gepackt.

„Meinst du…?" Liu Wei beugte sich hinunter.

„Ja, wir können in sie hineinschlüpfen." Ich wusste nicht warum, aber meine Urgroßmutter hatte soeben eine Möglichkeit geschaffen, dass wir uns im Traum meines Vaters manifestieren konnten.

Liu Wei stellte sich hinter den kleinen Jungen.

„Lassen Sie es uns gemeinsam tun. Ich zähle bis drei ..."

Wieder einmal schlug mein Bewusstsein einen Purzelbaum. Als ich kurz darauf in die Realität zurückkehrte, waren meine Glieder steif und starr. Meine Haut fühlte sich extrem straff an. Seltsamerweise konnte ich meine Augenlider wie zwei große Fensterläden bewegen, die sich vor meinen Augen öffneten und schlossen. Ich versuchte, meinen Kopf zu drehen, ohne umzufallen. Er schien fast zu schwer für meinen Körper zu sein.

Direkt neben mir betrachtete Liu Wei seine Hände, dann meinen Vater, der wieder mit seiner Schaufel spielte.

Ich schaute zu meiner Urgroßmutter auf. Warum war sie in diesem Traum? Woher wusste sie von diesem seltsamen Trick?

„Ich glaube, dein Freund und deine Tochter wollen dir etwas sagen, Xiao Li."

Mein Vater sah auf und starrte uns misstrauisch an, als hätte er nicht damit gerechnet, dass die Figuren, die er erschaffen hatte, auch sprechen konnten.

„Hallo, ich bin – ich bin Lai Fang." Meine Stimme klang irgendwie blechern. „Du kennst mich noch nicht, aber ich werde eines Tages deine Tochter sein. Und das wird eines Tages ein sehr guter Freund von dir werden, Liu Wei."

Die Augen meines Vaters wirkten glasig. Er war nicht ganz bei sich. „Papa, wie kommen wir von hier weg? In eine andere Himmelsstadt?" Mein Vater sah mich nur mit leerem Blick an. Natürlich, woher sollte seine sechsjährige Traumhülle das wissen?

Die Zeit drängte. Jeden Moment konnte jemand das Zimmer meines Vaters betreten. Und dann war da noch Suresh ... Vielleicht hätten wir wirklich gleich wieder hinunterreisen sollen. Die ganze Sache war so ein Durcheinander, mit unseren Körpern in der Cloud und unseren Seelen in diesen Tulpas.

Plötzlich setzte sich mein Vater auf und klopfte sich den Dreck von seiner Hose.

„Oma, ich muss zurück auf die Straße.“

Er schaute uns an. „Kommt mit. Das wird lustig.“

Er ging zu dem Obstkarren hinüber.

Verzweifelt blickte ich meine Urgroßmutter an.

„Ich schätze, ihr geht besser mit ihm mit.“ Sie hob hilflos die Schultern. Ich hatte keine Ahnung, ob sie bei klarem Verstand war, und wenn ja, in welchem Maße.

Liu Wei ging bereits zu meinem Vater. Ich versuchte, einen Schritt zu machen, aber meine Beine fühlten sich so steif an, dass ich beinahe gestürzt wäre. Warum in aller Welt musste sich mein Vater seine Tochter als Puppe vorstellen?

Mein Vater bemerkte, dass ich Schwierigkeiten hatte, mich zu bewegen,. Er kam zu mir zurück, nahm mich auf den Arm und setzte mich neben ein paar Wassermelonen und eine zerquetschte Mango in den Wagen. „Komm, wir machen eine kleine Fahrt, Wawa.“

Kurz darauf rasten wir die Gasse entlang, grüne Blätter und Holzfassaden zogen an mir vorbei. Ich hatte keine Ahnung, wohin wir fuhren und wie wir es jemals schaffen sollten, aus dieser Himmelsstadt zu entkommen. Wir waren jetzt das Spielzeug meines Vaters, und er war sich der Tatsache, dass sein unschuldiges Spiel uns wertvolle Zeit kostete, nicht einmal bewusst.

Als wir an der Steintreppe ankamen, bat mein Vater Liu Wei, ihm beim Tragen des Wagens zu helfen. Er schaukelte hin und her, so dass mir fast übel wurde.

Die Straße in diesem Neubauviertel war menschenleer. Glasfassaden blitzten uns an. Mein Vater stellte seinen Karren am Straßenrand ab. Liu Wei sah mich an und zuckte hilflos mit den Schultern. Er zog seinen Luopan aus der Tasche und zeigte ihn meinem Vater.

„Hey, Xiao Li, kennst du das? Damit können wir ... woanders hingehen. Du hast doch gesagt, dass wir einmal in eine andere Stadt fahren wollen, weißt du noch?“

Mein Vater kratzte sich am Kopf. „Ich kann hier nicht weg. Ich muss das Obst verkaufen. Mama und Papa werden sonst böse.“ Er griff nach einer der Melonen, die neben mir lagen. „Aber ich kann dir einen kleinen Trick zeigen. Schau mal.“

Er kniff die Augen zusammen und fixierte die Melone. Meine Haut begann seltsam zu kribbeln. Plötzlich klappte die Melone auseinander. Ich hielt mir schützend die Porzellanhand vors Gesicht. Die Melone hatte sich in gleichmäßig große Teile zerlegt.

„Das ist wirklich beeindruckend, Xiao Li, aber wir müssen jetzt gehen." Liu versuchte, ihn am Arm zu packen.

Mein Vater schüttelte ihn ab. „Nein, ich will nicht..."

Plötzlich fiel ein Schatten auf den Wagen. Ein großer, dunkler Mann stand vor uns. Mein Herzschlag beschleunigte sich.

„Das war beeindruckend. Darf ich mich vorstellen? Ich bin Lingyun, der Direktor der Akademie in Suzhou."

Liu Wei, der sich neben mich gestellt hatte, stupste mich an und flüsterte mir ins Ohr. „Das ist der Gründer der Gesellschaft der Träumer. Eigentlich ist er schon tot ..."

„Was?" Anscheinend konnten die Menschen in Träumen weiterleben, solange jemand von ihnen träumte.

„Und wer sind deine kleinen Freunde?" Der Direktor drehte sich zu uns um.

„Das ist Liu, und das ist Wawa."

„Wawa, hm?" Der Blick des Direktors gefiel mir nicht. Wenn er der Gründer der Himmelsstädte war, war er dann nicht eigentlich unser Feind?

Liu Wei flüsterte weiter: „Der Direktor hatte sich von der Gesellschaft der Träumer distanziert, da er offenbar nicht mit der Richtung, in die sie sich entwickelte, einverstanden war. Ich denke, wir können ihm vertrauen."

Plötzlich hatte ich so etwas wie ein Déjà-vu. Das Tagebuch meines Vaters! Diese Szene hier glich exakt einem der Einträge, die mein Vater an mich gerichtet hatte. Der Direktor war der Mann, der meinen Vater für die Akademie angeworben hatte, dem mein Vater alles zu verdanken hatte.

„Hören Sie", platzte es aus mir heraus, „ich weiß nicht, ob Sie sich in Ihrem jetzigen ... Zustand daran erinnern können", ich sah den Direktor an, „... aber Sie werden diesen Jungen für Ihre Akademie rekrutieren. Er wird eines Tages ein vertrauenswürdiges Mitglied Ihrer Gesellschaft sein." Ich deutete mit meinen winzigen Porzellanhänden auf meinen Vater. „Wir sind nicht das, wonach wir aussehen. Wir sind eigentlich erwachsen. Ich bin seine Tochter und das", ich zeigte auf Liu Wei, „ist sein Freund. Man könnte sagen, dass wir Besucher aus der Zukunft sind. Wir haben uns hier oben in ein kleines Dilemma manövriert und bräuchten wirklich dringend Hilfe." Ich holte tief Luft. „Wir müssen von hier aus in eine andere

Himmelsstadt gelangen. Angeblich ist das irgendwie möglich. Wissen Sie, wie das funktioniert?“

Der Direktor sah mich an. Ich meinte, seine Mundwinkel zucken zu sehen. „Das stimmt, ich wollte diesen Jungen rekrutieren. Er ist mir schon ein paar Mal aufgefallen. Er macht immer erstaunliche Sachen mit dem Obst.“

Ich spürte einen Anflug von Enttäuschung. Wahrscheinlich würde der Direktor nun einfach sein Programm abspulen und seine Rolle in diesem Traum erfüllen. Schließlich war er nicht mehr als eine leere Gedankenhülle.

„Ich kann euch helfen, in eine andere Himmelsstadt zu gelangen, auch wenn das erst seit kurzem möglich ist.“ Er musterte uns. „Besucher aus der Zukunft, was? Das bedeutet, dass die Himmelsstädte fortbestehen werden. Das ist gut. Ich hätte so viele Fragen an euch, aber ich weiß, dass wir nicht viel Zeit haben. Kommt mit mir mit. Ich zeige euch, wie ihr in eine andere Himmelsstadt gelangen könnt.“ Er drehte sich um.

Mein Vater betrachtete immer noch gedankenverloren die Melonen, ohne sich um unser Gespräch zu kümmern.

Ich drehte mich zu meinem Vater um. „Xiao Li, hast du Lust auf einen kleinen Ausflug? Der nette Mann will uns etwas zeigen.“

„Aber ich muss doch das Obst verkaufen!“, protestierte mein Vater.

„Es ist nicht sehr weit weg“, sagte der Direktor. „Wir sind gleich wieder da.“

Ich drehte mich zu meinem Vater um. „Hast du den Mann gehört? Es dauert nur ein paar Minuten“, versuchte ich es nochmal.

Mein Vater bewegte sich immer noch nicht.

„Wawa wird sehr traurig sein, wenn wir uns das nicht ansehen.“ Ich konnte nicht glauben, dass ich das wirklich sagte. „Und es kommt gerade sowieso niemand, um Melonen zu kaufen.“ Die Straße war nach wie vor menschenleer. Ich versuchte, mein Gesicht so weit zu verziehen, wie meine Porzellanhaut es zuließ.

„Oh nein, nicht weinen, Wawa ... okay, okay, wir gehen.“ Mein Vater hob mich aus dem Obstkarren, und gemeinsam folgten wir der dunklen Gestalt des Direktors.

22

Wir folgten dem Direktor über die Straße in Richtung der modernen, hohen Gebäude. Ich blickte nach oben und sah etwas, das sich in den Glasfassaden spiegelte. Noch mehr Gebäude, umgeben von Wolken ... eine Himmelsstadt in der Himmelsstadt, die sich mein Vater ausgedacht hatte.

Wir gingen ein paar Straßen weiter und kamen schließlich zu einem Platz, der von Geschäftsgebäuden umgeben war. In der Mitte des Platzes stand ein achteckiges Monument mit schmalen Fensterscharten und einer Uhr an der Spitze.

„Deshalb sind wir hergekommen. Das war höchste Punkt der in den 80er Jahren, damals das höchste Gebäude in Chongqing." Der Direktor zeigte auf die Spitze.

Mein Vater verzog das Gesicht. „Na und? Ich war schon tausendmal hier."

„Aber du warst noch nie oben, oder?", fragte der Direktor. Mein Vater gab keine Antwort.

Wir gingen auf das Denkmal zu. Während es zu dämmern begann, erstrahlte die Säule plötzlich in einem hellen Gelb. Von der Kuppel darüber schien silbriges Licht herab. Das Gebäude sah ein bisschen wie eine Pagode aus, nur massiver und weniger verschnörkelt. Wir erklommen die steinernen Stufen, gingen durch eine eiserne Gittertür und stiegen eine unangenehm enge Wendeltreppe hinauf. Vor uns bewegte sich die dunkle Silhouette des Direktors. In meinem geschrumpften Zustand kam mir alles viel größer vor.

Als wir oben ankamen, breitete sich vor uns das nächtliche Chongqing aus. Ich blickte nach oben, konnte aber die imaginäre Himmelsstadt nicht mehr sehen. Der Nachthimmel hatte sie verschluckt.

Der Direktor lehnte sich gegen das Balkongeländer. Ringsum funkelten die Lichter.

„Wenn ihr in eine andere Himmelsstadt wollt, ist dies der richtige Ort. Es ist der höchste Punkt im Traum, hier vermischt sich das Jindan mit der Atmosphäre. Ihr müsst hier nur ein Portal erschaffen."

Ich blickte nach oben, um zu sehen, ob irgendetwas ungewöhnlich aussah, aber in der Dunkelheit war nichts auszumachen.

„In welcher Himmelsstadt werden wir landen?“, fragte Liu Wei – oder vielmehr, der kleine Junge, in dem Liu Wei steckte.

„Sagt einfach dem Portier, wohin ihr wollt. Er bringt euch hin.“

„Was wird mit ihm geschehen?“ Liu Wei zeigte auf meinen Vater. „Er ist nicht einmal wach. Seine, ähm, Traumhülle liegt noch im Portalraum. Ist es möglich, sie ... in die andere Himmelsstadt zu transferieren?“

„Macht euch keine Sorgen. Alles wird wieder zusammengefügt, sobald ihr durch das Portal geht.“

Ich warf dem Direktor einen skeptischen Blick zu.

„Ich habe die Regeln erfunden, also muss ich es doch wissen, oder nicht?“ Er grinste und zwinkerte mir zu.

Liu Wei und ich sahen uns an. Langsam zog er den Luopan aus der Tasche und sah den Direktor fragend an.

„Aktiviert einfach die Symbole, die ihr sonst auch benutzt, wenn ihr in eine Himmelsstadt reist.“

Liu Wei tippte auf das Symbol des Himmelsrads auf seinem Luopan. Ein paar Sekunden lang geschah gar nichts. Dann plötzlich erschien vor uns ein Portal. Diesmal war es nicht blau, sondern von einer zarten goldenen Farbe. Die Spiralen drehten sich ineinander. Mein Vater wich ein wenig zurück. Ich konnte die Augen nicht abwenden. Es war einfach wunderschön.

„Wer will zuerst?“ Der Direktor lächelte.

Liu Wei, mein Vater und ich sahen einander an.

„Du solltest zuerst gehen.“ Der Direktor wandte sich an Liu Wei. „Xiao Li vertraut dir. So wird er bereit sein, dir zu folgen.“

„In Ordnung.“ Liu Wei, der kleine Junge, holte tief Luft und trat vor das Portal. Er drehte sich noch einmal zu meinem Vater um. „Wir sehen uns gleich, in Ordnung?“ Mein Vater nickte mechanisch.

Liu Wei setzte einen Fuß in das Portal. Er begann zu flackern, als sei er eine Glühbirne, deren Stromzufuhr unterbrochen ist. Dann war er plötzlich verschwunden.

„Als nächstes ist Wawa dran. Stelle sie auf den Boden und lass sie eintreten“, sagte der Direktor zu meinem Vater.

Ich sah den Direktor an. „Können wir nicht gemeinsam reingehen?" Ich wollte meinen Vater auf keinen Fall zurücklassen. Vielleicht würde er es sich anders überlegen.

„Das könnte die Funktion des Portals stören."

Ich sah ihn eindringlich an. Er hatte uns hierher geführt, also wollte er uns wohl wirklich helfen. Mein Vater hielt mich immer noch im Arm. Ich wand mich, um ihn dazu zu bringen, mich loszulassen. Als ich schließlich auf dem Boden stand, sah ich zu meinem Vater auf, der mich mit unschuldigem und unwissenden Kinderblick betrachtete. Würde er überhaupt bereit sein, mir durch das Portal zu folgen?

„Schau, es ist nur ein kleines Spiel. Los, komm, das ist spannend! Wir schauen nach, was sich da hinter dem Licht versteckt! Danach gehen wir auch gleich wieder zurück und du kannst wieder zu deinem Obststand, einverstanden?"

Mein Vater schien neugierig zu sein, aber ganz überzeugt war er noch nicht. Ich würde rückwärts durch das Portal gehen, um sicherzugehen, dass er mir folgte.

Langsam schritt ich im Rückwärtsgang auf das Portal zu, ohne meinen Vater aus den Augen zu lassen. Goldene Fäden zuckten unter meinen Füßen. Als ich einen Fuß in das Portal setzte, begannen die Fäden ihre Farbe zu verändern, lösten sich auf und verschmolzen schließlich zu Fraktalen. Ich hatte noch nie etwas so Faszinierendes und Schönes gesehen.

Trotzdem behielt ich meinen Vater im Blick. Unschlüssig stand er immer noch an der gleichen Stelle und blickte mir ein wenig verunsichert nach. Und neben ihm ... eine Gestalt, die ich nur zu gut kannte. Meine Knie gaben fast nach. Was war mit dem Direktor? Ich versuchte, aus dem Portal zurück zu meinem Vater zu gelangen. Die Fraktale zoomten jetzt heraus. Ich hatte den Eindruck, als würde sich der Portaleingang immer weiter von mir entfernen. Ich versuchte, schneller zu laufen. Nie zuvor war eine solche Verzweiflung durch meine Adern geflossen. Und eine solche blinde Wut. Mit aller Macht stemmte ich mich gegen den Sog, der mich erfasste. Plötzlich verlor ich den Boden unter den Füßen. Mit einem dumpfen Aufprall landete ich auf dem harten Boden des Monuments.

„Du dummes Ding!"

Ich blickte auf, mein Nacken war steif. Der Direktor ragte über mir auf. Suresh war nirgends zu sehen.

„Du hättest die Chance nutzen und gehen sollen. Das hier ist nichts für kleine Mädchen."

Ich sah dem Direktor ins Gesicht. Diese funkelnden Augen, das irre Grinsen ...

„Du hattest die Möglichkeit zu fliehen, aber jetzt bleibt mir nichts anderes übrig ..."

Aus den Augenwinkeln sah ich, dass sich das Portal zu schließen begann.

„Die Seelen der Menschen, die hier sterben, werden diesen Tod immer und immer wieder erleben. Das ist genau das, was ich mir für Lijie wünsche. Er hat versucht, mein Lebenswerk zu zerstören. Ich habe den perfekten Weg gefunden, um diesen Staat, den chinesischen Staat, zum mächtigsten der Welt zu machen. Die Spreu wird vom Weizen getrennt, ohne, dass die Spreu leidet. Die Menschen hier oben hatten bisher ein gutes Leben. Dann kommt er daher und verrät meine Ideen, – und das gleich zweimal. Zuerst spioniert er für die Kapitalisten und dann meint er, er hätte die moralische Berechtigung, die Himmelsstädte in Frage zu stellen. Nachdem ich ihn aus dem Dreck gezogen und ihn zu dem gemacht habe, der er ist." Suresh in Gestalt des Direktors warf meinem Vater einen verächtlichen Blick zu. „Die Strafe der Gesellschaft ist immer noch zu mild für ihn. Aber die waren ja noch nie in der Lage, eine Sache auch mal mit allen Konsequenzen durchzuziehen."

Suresh bückte sich, packte mich am Bein und riss mich hoch, bevor ich überhaupt nur daran denken konnte, wegzulaufen. Szenen aus unserer Beziehung tauchten vor meinen Augen auf. Wie wir durch den Schnee gewandert waren und er über seine verschiedenen Persönlichkeiten gesprochen hatte. Mr. Hirn, Mr. Sozio, und Mr. Jongleur. Seine schlimmen Kopfschmerzen.

„Warum mischst du dich immer wieder ein, du Dummkopf? Jetzt muss ich dich auch noch loswerden." Suresh trat an die Brüstung.

Ich sah das Lichtermeer unter und den nachtschwarzen Himmel über mir. Ein paar blasse Sterne waren erkennbar. Suresh und ich, wie wir die Sterne betrachteten. Mein Vater, der mir den Großen Wagen zeigte. Ich schloss die Augen. Ich wollte, dass es so schnell wie möglich vorbei war. Ich wollte nicht mit der Schande leben, Suresh direkt zu meinem Vater geführt zu haben.

„Hey, was machst du da mit Wawa? Tu ihr nicht weh!“, rief mein Vater, der kleine Junge, von hinten. Ich öffnete meine Augen ein wenig. Mein Porzellankopf war sehr schwer geworden, er zog mich nach unten und machte mich apathisch. Vielleicht würde es mit einem Porzellankopf, so ganz ohne Blut und Nerven und Knochen, weniger wehtun, wenn man auf dem Boden aufschlug …?

„Wawa, nein!“

Aus meiner verkehrten Perspektive sah ich plötzlich eine Gestalt mit schnellen Schritten auf den Direktor – Suresh – und mich zukommen. War Liu Wei etwa zurückgekommen? Dann kam der hell leuchtende Kopf der Gestalt in mein Blickfeld.

„Ich kann nicht zulassen, dass du meine Reisenden aufhältst. Das Portal wird geschlossen, sobald ich niedergebrannt bin.“

Ich wurde dem Direktor entrissen und durch die Luft gewirbelt. Ich verlor vollkommen die Orientierung und wusste nicht mehr, wo oben und unten war. Ein kleiner Ausschnitt des dunklen Himmels und ein paar blinkende Lichter flitzten vorbei. Und dann waren da wieder diese goldenen Fäden, die sich zu bunten Fraktalen verdichteten und verflochten … Ich schloss die Augen, als ich nach vorne katapultiert wurde und dann in Millionen von winzigen Stücken zerfiel, wie die Gesteinsbrocken im Schweif einer Sternschnuppe.

23

Zum ersten Mal seit langem brach die Sonne durch das Wolkenmeer über Peking. Es war ein erhabenes und beruhigendes Gefühl. Es war eine schöne Vorstellung, dass sie alle Sorgen, die sich hinter der Stirn der Menschen verbargen, auflösen konnte, wie Nebel.

Mein Vater und ich standen an die Brüstung des Himmelstempels gelehnt, einer runden Pagode mit blau leuchtendem Dach.

Mein Vater hatte darauf bestanden, hierherzukommen. Es war der Ort, an dem die alten Daoisten den Himmel angebetet und um günstiges Wetter gebeten hatten.

In der intensiv leuchtenden Abendsonne sah ich, was die Gefangenschaft ihm angetan hatte. Seine Wangen waren eingefallen und seine Augen wirkten unruhig und stumpf zugleich. Nachdem er so lange in einem Raum eingesperrt gewesen war, schien ihn alles, was er sah, zu erschöpfen.

Da die Gesellschaft sehr wahrscheinlich nach ihm suchte, war dies der einzige kleine Ausflug, den wir wagen konnten. Liu Wei hatte einen privaten Fahrer organisiert, damit wir nicht die öffentlichen Verkehrsmittel nehmen mussten. Liu Wei selbst war zu Hause geblieben. Er musste seine verwirrte alte Mutter beruhigen und ihr versichern, dass er nicht wieder so lange von zu Hause wegbleiben würde.

Bevor wir uns von ihm verabschiedet hatten, hatte er das Geheimnis gelüftet, wie es ihm gelungen war, zur gleichen Zeit wie ich in der Himmelsstadt über Suzhou zu sein. Als er sein Büro ausgeräumt hatte, hatte er Izzys Mikrodrohne gefunden. Er hatte zwei und zwei zusammengezählt und, statt sie zu zerstören, seine eigene Spionagesoftware darauf installiert, um mehr über die Unbekannten herauszufinden, die ihn ausspionierten. Und so wurden Izzy und ich schließlich von unserer eigenen Drohne entlarvt. Wenn du mich ausspionierst, spioniere ich zurück – das schien die Regel unter Agenten zu sein.

Nachdem mein Vater und ich das Portal durchschritten hatten, fanden wir uns in einer weiteren ungewöhnlichen Himmelsstadt wieder. Quadratische und runde Häuser mit Strohdächern umgaben uns. Ich blickte an mir herunter und bemerkte, dass ich wieder normal aussah. Das starre Gefühl in meinem Körper war verschwunden. Ich blickte nach rechts. Auch mein Vater hatte wieder seine normale Gestalt angenommen. Verblüfft und erleichtert schauten wir uns an.

Schnell waren wir von dem, was um uns herum geschah, in den Bann gezogen. Frauen rührten in Kesseln, die über Feuern hingen. Männer saßen herum und polierten Dinge, die an Knochen erinnerten. Waren wir im prähistorischen China gelandet? Hinter uns hörten wir Lachen. Wir drehten uns um. Doch niemand nahm Notiz von uns, wie es in den Himmelsstädten üblich war, wenn man nicht in einer Traumhülle steckte.

Ein älterer Mann saß vor seinem Haus und arbeitete an einer Art Scheibe. Wir traten näher heran. Der Mann benutzte einen primitiven Meißel und hämmerte Zeichen in eine Platte.

„Ist das ...?" Ich traute meinen Augen nicht.

„Ein Luopan. Es muss einer der ersten seiner Art sein. Sie wurden zunächst für geomantische Zwecke verwendet."

Der alte Mann hob die Scheibe an, so dass sie das Sonnenlicht schillernd reflektierte. Er betrachtete sie nachdenklich, als wüsste er bereits, wozu sie eines Tages in der Lage sein würde.

„Da seid ihr ja!"

Mein Vater und ich drehten uns um. Liu Wei kam auf uns zu. Auch er hatte wieder seine normale Gestalt angenommen.

„Ich hatte schon fast gedacht, dass etwas furchtbar schief gelaufen ist. Dass ihr womöglich in einer anderen Himmelsstadt gelandet seid. Dieser dämliche Portier hat uns mitten in diesen Traum hier geschickt." Einen Moment lang dachte ich, er wolle uns umarmen. Das passte überhaupt nicht zu dem sonst so reservierten Liu Wei.

Mein Vater und ich sahen uns an. Stillschweigend kamen wir zu der Übereinkunft, dass wir im Moment zu erschöpft waren, um über das Geschehene zu sprechen.

Mein Vater fand zuerst die richtigen Worte. „Wir werden dir später alles erzählen. Lass uns erst einmal das Ausgangsportal aus dieser Himmelsstadt finden."

Wir ließen den alten Mann mit dem Luopan hinter uns und gingen zwischen den kleinen Hütten hindurch. Hier schien alles friedlich zu sein. Fast wünschte ich, wir könnten bleiben, aber wir mussten in die richtige Stadt, wenn wir hier nicht für alle Zeiten festsitzen wollten. Wer wusste schon, wessen Traum das war und ob es hier oben nicht auch irgendwelche Spitzel gab.

Als wir das Dorf hinter uns ließen, verwandelte sich der sandige Boden in den bereits bekannten, diffus wirkenden Wolkenboden. Noch nie zuvor hatte ich Wolken als so fest und sicher empfunden.

Als wir den Portalraum erreichten, wollte Liu Wei sofort seinen Luopan zücken, doch mein Vater hielt ihn zurück.

„Lass mich das machen."

Er zog einen großen, mitternachtsblauen Luopan mit silbern schimmernden Zeichen aus seiner Tasche. Es war der schönste, den ich bis jetzt gesehen hatte.

Liu Weis Augen weiteten sich. „Aber Lijie, heißt das ..."

„Alle meine Teile sind mit mir in diese Himmelsstadt gereist, auch die Hülle, die ihr im Portalraum zurückgelassen habt. Sogar mein Luopan, den sie mir abgenommen hatten, ist wieder da. Der Portier muss beides mitgenommen haben." Er lächelte. „Hast du dich einmal für einen Luopan entschieden – oder besser er sich für dich –, findet er dich überall wieder. Genau wie meine Tochter." Er legte den Arm um meine Schultern. „Siehst du, das Zittern seiner Nadel synchronisiert sich mit meinem Herzschlag."

Mein Vater strich fast zärtlich über den Luopan, dessen Nadel leicht vibrierte. Ehe wir uns versahen, wurden wir in einen Strudel aus Farben gezogen und reisten nach unten.

Als wir Izzy erzählten, dass mein Vater von der Gesellschaft gefangen gehalten worden war, war sie schockiert. Noch schockierter war sie, als sie von dem wahren Zweck der Himmelsstädte erfuhr. Auch sie war der Methode der „Tausend Sandkörner" zum Opfer gefallen: Die Gesellschaft hatte ihr nicht alles erzählt, sondern das Wissen unter den Agenten aufgeteilt.

Mit ihrem großen weißen Sonnenhut auf dem Kopf stand sie neben mir an der Brüstung.

„Es tut mir so leid, dass ich dich alleine gelassen hab. Ich hatte nicht gedacht, dass dein Remote Viewing so präzise ist. Wenn ich daran denke, was dir alles hätte passieren können ..."

„Schon in Ordnung, wirklich. Ich weiß, dass du mit deinem Job viel um die Ohren hast."

Izzy hatte keine Ahnung, wie sie die neuen Informationen über die Gesellschaft der Träumer verarbeiten sollte. Sie hatte wirklich geglaubt, der gesamten Weltbevölkerung helfen zu können und dass die öffentliche Bekanntgabe des Projekts kurz bevorstand. In den letzten Jahren war die Gesellschaft ihr Ein und Alles gewesen. Sie hatte ihrem Leben Sinn gegeben. Wenn sie jetzt aussteigen würde, stünde sie vor dem Nichts. Zudem würden ihre Kollegen wahrscheinlich misstrauisch werden. Wer warf einen so lukrativen Job schon einfach so weg? Deswegen hatte sie beschlossen, sich vorerst bedeckt zu halten.

„Wie war das nochmal mit Suresh? Ich glaube, das hab ich noch nicht so richtig verstanden. Du sagtest, er sei zugleich der tote Direktor der Gesellschaft?" Izzy sah ungläubig drein.

„Ja, ich hab quasi einen Geist gedatet." Ich lächelte unsicher. „Oder besser gesagt, eine leere Hülle mit einem Geist darin."

„Wie konnte er in den Körper einer anderen Person schlüpfen? So etwas habe ich noch nie gehört."

„Es ist möglich ...", mein Vater räusperte sich, „dass er etwas ausprobiert hat, was in der Gesellschaft einmal sehr kontrovers diskutiert wurde. Damals wurde behauptet, dass, wenn ein Bewohner der Himmelsstadt stirbt, man seinen Körper übernehmen kann."

Einige Kondensstreifen hatten sich am Himmel wie Fluchtlinien gekreuzt.

„Ich dachte, man kann als Bewohner einer Himmelsstadt nicht sterben?" Izzys Gesichtsausdruck war nach wie vor unverändert.

Mein Vater sprach weiter. „Oh doch, das kann man. Nur, weil für dich die Zeit nicht vergeht, heißt das nicht, dass du nicht sterben kannst."

„Was ist jetzt mit Suresh, beziehungsweise dem Direktor? Er ist doch immer noch da oben, oder?" Izzy sah meinen Vater an.

„Das ist eine knifflige Frage. So einen Fall hatte ich noch nie." Mein Vater sah zur Spitze des Tempels hinauf. „Ich weiß es wirklich nicht. Er könnte im Moment dort gefangen sein, in der Traumebene über Suzhou. Da er in das von dir geschaffene Portal eingetreten ist, ohne seinen eigenen Luopan ... Ich wüsste nicht, wie er von dort ohne fremde Hilfe wieder zurückkommen könnte." Mein Vater zuckte mit den Schultern. „Apropos Portale – der

Portier hat sich wirklich gemausert. Zu meiner Zeit waren diese Tulpas rein mechanische Kreaturen. Aber dieser hier hat tatsächlich eine eigene Persönlichkeit entwickelt. Wenn er nicht gewesen wäre, wären wir jetzt nicht hier. Wir haben uns noch nicht einmal bei ihm bedankt!"

Izzy stimmte zu. „Er wird wahrscheinlich behaupten, dass er nur seinen Job gemacht hat. Aber ich glaube, es steckt mehr in ihm, als er zugibt ... Er ist sich vielleicht selbst der Tatsache noch nicht bewusst, dass er dabei ist, Gefühle und ein Gewissen zu entwickeln."

Warum meine Urgroßmutter in dem Traum war und uns geholfen hat, würden wir wahrscheinlich nie erfahren. Wir hatten sie vor ein paar Tagen angerufen und vorsichtig darauf hingewiesen, dass ihr Sohn wieder aufgetaucht war. Als wir erwähnten, dass sie in dem Traum oben in der Himmelsstadt gewesen war, behauptete sie, sie wisse nicht, wovon wir sprächen. Wir konnten ihre Armreifen am anderen Ende der Leitung klappern hören.

Es war das erste Mal, dass ich die Stimme meiner Urgroßmutter hörte. Sie klang zu jung, um einen Enkel und eine Urenkelin zu haben, die nach vielen Kämpfen wieder zueinander gefunden hatten. Mein Vater wollte sie so bald wie möglich besuchen, aber er wusste, dass er sich im Moment zurückhalten musste. In der Gesellschaft der Träumer war nämlich die Hölle los, wie Izzy uns erzählte. Bis auf unseren kleinen Ausflug hatte mein Vater die Wohnung nicht verlassen. Obwohl er in seinen Träumen nun ein freier Mann war, war er im wahren Leben immer noch ein Gefangener. Er würde bald das Land verlassen müssen. Weder China noch die Vereinigten Staaten waren mehr sicher für ihn.

Eine Frage hatte ich bisher aufgeschoben. „Papa, warum ... hast du dafür gesorgt, dass ich mein Gedächtnis verliere, und mich durch die Portale geschleppt?"

Mein Vater blickte in die Ferne. „Ich wusste, dass sie hinter mir her waren. Also wollte ich verhindern, dass sie dich auch erwischen. Ich wollte keine Last für dich sein, die du für den Rest deines Lebens mit dir herumträgst, und sei es nur in deiner Erinnerung." Er seufzte.

„Ich hab dir eine Wohnung organisiert und dafür gesorgt, dass du alles über deine Vergangenheit vergisst. Liu war so freundlich, alle meine Besitztümer aufzubewahren. Unser Plan war, dass er dir eines Tages von meinem Tagebuch erzählen und es dir zeigen würde. Ich konnte meine Geschichte aber nicht einmal zu Ende erzählen. Sie haben mich entführt, noch bevor ich über meine Zeit in Peking schreiben konnte."

Ich verarbeitete kurz, was er gesagt hatte. „Dann war ich also gar nicht im Krankenhaus? Und den Unfall hatte ich auch nicht?" Was war mit dem schwarzen Haarschopf und dem leblosen Körper vor dem Taxi, den ich bei einem meiner Trips gesehen hatte?

Mein Vater sah mich erstaunt an. „Nein! Warum solltest du? Was für ein Unfall?"

Ich dachte an die Frau in meiner Mnemotherapiegruppe, die herausgefunden hatte, dass eine ihrer Erinnerungen falsch gewesen war. Vielleicht hatte sich mein Gehirn diese Geschichte nur ausgedacht? Und Suresh hatte das schamlos ausgenutzt und meinen Tod vorgetäuscht, um mich noch abhängiger von ihm zu machen.

Mein Vater fragte nicht weiter nach. „Ich hab wirklich alles getan, was ich konnte, damit du mich vergisst. Aber offenbar war ich nicht gründlich genug." Ein leichtes Lächeln legte sich auf seine Lippen.

„Oh Papa." Ich dachte nach. „Wenn der Direktor die ganze Zeit nur hinter dir her war, wozu hat er dann mich gebraucht? Warum ist er nicht direkt nach China und Suzhou gereist?"

„Der Direktor", mein Vater ließ den Blick in die Ferne schweifen, „war schon immer ein seltsamer Mann. Sehr eigensinnig. Wie du aus meinem Tagebuch weißt, hat er mich für die Akademie rekrutiert. Anfangs erhielt ich persönlichen Unterricht von ihm, jedoch im Laufe der Jahre wurde der Kontakt immer seltener. Die Leute dachten, er hätte sich in sein Büro zurückgezogen, um darüber nachzudenken, wie er die Gesellschaft noch mächtiger und sich selbst unsterblich machen könnte. Er entwickelte immer radikalere Ansichten, während er die Leute in dem Glauben ließ, er hätte sich von der Richtung, die die Gesellschaft eingeschlagen hatte, distanziert. Der Vorschlag, Verbrecher in die Himmelsstadt zu verbannen, kam von ihm. Während er damit noch durchkam, standen seine Angestellten seinen weiteren Vorschlägen jedoch skeptisch gegenüber – ethnische Minderheiten und Menschen, die am unteren Ende des Sozialkreditsystems angesiedelt waren, nach oben zu schicken. Sie versuchten, ihm die Macht zu entziehen, um ihn letztendlich zu einer Art Marionette zu machen. Deine Mutter war daran ebenfalls aktiv beteiligt ..." Ein trauriger Ausdruck lag in seinem Blick.

„Dann ist er plötzlich gestorben. Man fand ihn zusammengerollt auf seinem Bett, neben ihm lag ein Luopan. Die meisten fanden es ziemlich unheimlich, dass er noch so kurz vor seinem Tod hinauf in die Himmelsstadt gereist ist. Vielleicht ist er sogar gestorben, als er dort oben war." Mein Vater holte tief Luft. „Wir wissen jedenfalls, dass er von einem Toten Besitz ergriffen hat, der in der Himmelsstadt gestorben war, und dass er es irgendwie geschafft hat, diesen Körper mit nach unten auf die Erde zu bringen."

Plötzlich fiel mir etwas ein. „In der Nacht, als ich Suresh, also dem Direktor, entkommen bin, sagte er immer wieder: ‚Ich kann mich nicht erinnern'…' Ich glaube, er wusste nicht mehr, wie dieses ganze System funktioniert. Er konnte sich nicht erinnern, wie *Magie* funktioniert. Genau wie ich."

Bei dieser Erkenntnis lief mir ein Schauer über den Rücken. Eine tote Seele in einem toten Körper, der sich auf der Erde rematerialisierte? Vielleicht hatte er deshalb vergessen, wie der Luopan und die Portale funktionierten. In meinem Kopf drehte sich alles.

„Wo willst du jetzt hin, Lijie?", fragte Izzy.

Mein Vater blickte immer noch verträumt auf die Spitze des Himmelstempels. „Ich weiß es noch nicht."

Er drehte sich zu uns um und blinzelte ins Sonnenlicht.

„Aber solange wir uns in der Nähe von Wasser befinden, wird alles gut."

Glossar

Luopan: Ein chinesischer Magnetkompass, auch bekannt als Feng-Shui-Kompass. Normalerweise wird er von einem Feng-Shui-Anwender benutzt, um die genaue Richtung einer Struktur, eines Ortes oder eines Gegenstandes zu bestimmen. Im Kontext des Buches wird der Luopan als magisches Gerät verwendet, um durch die horizontalen und vertikalen Portale zu reisen. Auf seiner Oberfläche sind etwa 40 konzentrische Ringe mit Angaben der Himmelsrichtungen und den Symbolen aus dem I Ging eingraviert, die chinesische Berge, Drachen, Jahreszeiten und astrologische Positionen darstellen. In der Mitte befindet sich eine Kompassnadel.

I Ging: Das I Ging (auch I Ching oder Yi Jing), meist übersetzt als „Buch der Wandlungen", ist ein alter chinesischer Orakeltext, der zu den ältesten der chinesischen Klassiker gehört. Das I Ging wird für die traditionelle chinesische Form der Kleromantie verwendet, die als I-Ging-Wahrsagung bekannt ist, bei der Schafgarbenstängel auf den Boden geworfen werden. Je nachdem, wie sie auf den Boden fallen, bilden sie eines der 64 Hexagramme, die im I Ging nachgeschlagen werden können. Das I Ging steht in enger Verbindung zum Daoismus.

Daoismus: Der Daoismus ist eine aus China stammende Lehre. Laozi und Zhuangzi gelten als wichtige Vertreter. Im Daoismus ist das Dao die Quelle von Allem und das höchste der der gesamten Wirklichkeit zugrunde liegenden Prinzipien. Die Praktizierenden werden ermutigt, Eins zu werden mit dem Rhythmus der Welt, genannt „der Weg" oder „Dao". Die daoistische Ethik umfasst *Wu Wei* (Handeln ohne Absicht), Natürlichkeit, Einfachheit, Spontaneität, Mitgefühl, Genügsamkeit und Demut.

Remote Viewing: Unter Remote Viewing (RV) versteht man das mentale Sammeln von Eindrücken über ein entferntes oder nicht einsehbares Objekt. In der Regel wird von einem Remote Viewer erwartet, dass er Informationen über ein Objekt, ein Ereignis, eine Person oder einen Ort liefert, der dem physischen Blick verborgen ist und sich in einiger Entfernung befindet. Der Begriff wurde erstmals in den 1970er Jahren geprägt. Die amerikanische Regierung führte im 20. Jahrhundert mehrere Studien über Remote Viewing durch.

Indigo-Kinder: Kinder, von denen man annimmt, dass sie besondere, ungewöhnliche und manchmal übernatürliche Eigenschaften oder Fähigkeiten besitzen. Einige glauben, dass sie die nächste Stufe der menschlichen Evolution sind und in einigen Fällen über paranormale Fähigkeiten wie Telepathie verfügen, andere schlicht, dass sie einfühlsamer und kreativer sind als ihre Altersgenossen.

Wasserportale: Portale, durch die man horizontal in andere Bereiche reisen kann. Dazu muss man sich in der Nähe von Glas (z. B. einem gläsernen Gebäude) und Wasser (z. B. einem Fluss) aufhalten, vorzugsweise bei Flut und Mondschein. Der Mond „zieht" das Wasser an, das mit dem Glas zusammenarbeitet. Indem man bestimmte Symbole auf dem Luopan aktiviert, erscheint ein Pförtner, der einem die Reise erleichtert. Leider können bei der Reise durch Wasserportale Erinnerungen verlorengehen.

Portale von Himmelsstädten: Portale, durch die man vertikal nach oben in eine Himmelsstadt reisen kann. Anders als beim Wasserportal wird dazu kein Wasser oder Glas benötigt, sondern nur ein Luopan. Durch das Tippen auf die Himmelsscheibe in der Mitte landet man in einem Portalraum. Auf dem Weg nach oben werden die physischen Informationen des Reisenden in der „Wolke" zwischen Erde und Himmel gespeichert. Bei dieser Art von Portalreisen verliert man keine Erinnerungen.

Die Gesellschaft der Träumer: Eine Geheimgesellschaft mit Sitz in China. Ihr Hauptziel ist es, Himmelsstädte zu schaffen und zu erhalten, um dort einen Teil der ständig wachsenden chinesischen Bevölkerung unterzubringen. Die Gesellschaft wurde in der Mitte des 20. Jahrhunderts von dem geheimnisvollen Yunfen gegründet.

Das Ministerium: Das Ministerium der Gesellschaft der Träumer, dessen Zentrale sich in Peking befindet, ist ein großes, gläsernes Gebäude, dessen Inneres sich täglich mit den Träumen des Personals ändert.

Die Akademie, auch: Die Akademie für Spionage: Das Schulungszentrum für die Ausbildung von Mitarbeitern der Gesellschaft der Träumer in Suzhou. Ein dreieckiges Gebäude aus Beton, umgeben von üppiger Natur. Auf dem Gelände befinden sich auch ein Teich, hölzerne Hallen und eine Pagode.

Danksagung

Mein Dank geht an meine Testleser: Robin, Maksim, Andy und Maximilian – mein inspirierendes kritisches Quartett. Besonderer Dank geht an Maximilian, der sich immer wieder als hervorragender Kritiker erwiesen hat.

Anna Brailow, meine Lektorin, hat hervorragende Arbeit geleistet, indem sie mich auf kleine Handlungslücken und Ungereimtheiten aufmerksam gemacht und dabei meine Vision und meinen Stil respektiert hat.